W0403890

NICOLA KARLSSON

LICHT ÜBER DEM WEDDING

Roman

PIPER

Mehr über unsere Autoren und Bücher:
www.piper.de/literatur

FSC
www.fsc.org
MIX
Papier aus verantwortungsvollen Quellen
FSC® C014496

ISBN 978-3-492-05941-1
Originalausgabe
© Piper Verlag GmbH, München, 2019
Satz: Satz für Satz, Wangen im Allgäu
Gesetzt aus der Sabon
Druck und Bindung: GGP Media GmbH, Pößneck
Printed in the EU

1

Die Katze lag zwischen den Ästen der Hecke, das schwarze Fell glänzte, als hätte sie sich gerade erst geputzt. Dichte graue Wolkenmassen zogen über die Wiese mit den großen Bäumen. Dreckige Bauten umringten sie wie Wächter in einem Spiel. Es war Frühling geworden. Was braun war, wandelte sich in junges Grün. Aus der Ferne hörte man das Hämmern von Metall auf Metall. Ein kleines Mädchen kniete neben dem Gebüsch und malte mit Kreide auf die Gehwegplatten, leise summte es eine Melodie. Als es die Zacken eines Sterns kritzelte, erblickte es das Tier. Es ließ die Kreide fallen und streckte die Hand aus. Ein Junge kam angepirscht, gefolgt von vier weiteren Kindern, die in kämpferisches Geschrei ausgebrochen waren. Die Kleine legte den Zeigefinger auf den Mund, presste ein Pscht durch die Lippen. Die Kinder verstummten und schlichen näher. Der etwas ältere Junge wischte sich mit der flachen Hand den Rotz von der Nase, bevor er das Mädchen zur Seite schubste und sich auf den Bordstein kniete. Niemand sagte etwas. Der kühle Wind heulte leise durch die Schlucht zwischen den Hochhäusern. Der Junge griff mit der Hand in das Fell und zog. Ein Kopf kam zum Vorschein, mit einem weit geöffneten Auge, das ins Leere starrte. Der Mund halb aufgerissen, ein Fangzahn sichtbar. Erschrocken riss er die Hand zurück und blickte in die Runde.

»Mausetot«, sagte er mit ehrfurchtsvoller Stimme.

»In echt?«, fragte die Kleine und pikste mit dem Finger in den starren Leib.

»Ich hab sie gefunden, Luca.«

»Hast du nicht«, brüllte sie.

Die anderen warteten gebannt, was als Nächstes geschehen würde, als sich neben ihnen die Haustür der Nummer 21 öffnete. In grellem Neonpink stand »VERRECKT« quer über die Tür geschmiert. Die Kinder stoben kreischend auseinander und rannten davon.

Die Sonne brach durch die schwere Wolkendecke, als Hannah Hoch das Haus verließ. Sie war vor wenigen Tagen einundzwanzig geworden und hatte nicht bemerkt, dass ihr Alter identisch mit der Nummer ihres Hauses war. Genauso wenig bemerkte sie die tote Katze, an der sie mit hohen Absätzen vorbeistakste. Viele Jahre Ballettunterricht hatten ihr einen aufrechten Gang verliehen. Sie war zu sehr damit beschäftigt, in der großen Umhängetasche nach den Kopfhörern zu suchen. Sie wollte ihrem besten Freund Fabian Bescheid geben, dass sie zu spät kommen würde. Ihr Vater hatte angerufen und beschissene Neuigkeiten überbracht. Doch sie wollte nicht darüber nachdenken. Hannah fluchte über den Wind, der ihr Haar zerzauste, dessen von mehreren Sommern gebleichte Spitzen bis zum Saum ihrer engen schwarzen Lederjacke reichten. Sie tippte mit dem Finger auf den Bildschirm, das Freizeichen ertönte.

»Echt jetzt?«, sagte Fabian mit genervter Stimme.

»Hey, du mieses kleines Stück«, antwortete Hannah, wollte ihn aufziehen.

Plötzlich wurde sie mit voller Wucht ins Gebüsch geschubst. Ein Unterarm drückte schwer gegen ihre Brust. Hannah konnte sich nicht rühren. Sie starrte in das wutverzerrte Gesicht eines Teenagers, vielleicht sechzehn oder siebzehn Jahre alt. »Pass bloß auf«, zischte das Mädchen, ehe sie Hannah unvermittelt die flache Hand ins Gesicht klatschte. »Beleidigen tust du mich nicht. Verstanden?«

»Kommst du noch klar?« Hannah konnte ihre Stimme zittern hören. Schlecht gepflegte Zähne hingen bedrohlich nah vor ihrem Gesicht, sie roch den nikotinverhangenen Atem. »Mit dir hat gar keiner geredet.«

Ihre Wange brannte, doch sie unterdrückte den Impuls, sie anzufassen. Auf keinen Fall wollte sie Schwäche zeigen.

»Denkst wohl, du bist was Besseres?« Die Augenbraue hochgezogen, starrte das Mädchen sie an. »Ich wohne schon länger hier. Bin hier geboren.«

Hannah hatte die Jugendliche noch nie gesehen. Vorsichtig drehte sie sich weg. Ging davon. Sie versuchte, gelassen zu wirken, während ihr Herz wild gegen die Brustwand klopfte. Aus den Augenwinkeln checkte sie die Umgebung, ob sie jemand beobachtet hatte. Nein, sie sah niemanden. Was für eine Asoziale. Sie spürte das Mädchen im Rücken. Hatte Angst vor einem weiteren unvorhergesehenen Angriff, sie streckte die Schultern zurück und ging weiter. Diesmal sprach sie direkt ins Handy: »Fabian? Bist du noch dran?«

»Was war das denn?«, fragte er mit seiner spöttisch-ernsten Stimme.

»Hast du das mitbekommen? Ich bin angegriffen worden.« Sie zwang sich zu einem Lachen, versuchte, es ins Lächerliche zu ziehen. »Von einem Teenager.«

»Und der Angriff hat fünfundvierzig Minuten gedauert? Ich warte hier. Mann, Hannah, du denkst dir immer noch absurdere Geschichten aus.«

»Du hast es doch gerade mitbekommen.«

»Bist du etwa jetzt erst losgegangen?«

»Ich beeile mich. Ist ja nicht so, dass uns die Fotos davonlaufen würden.«

Sie steckte das Handy zurück in die Tasche und eilte zur U-Bahn. Sie hasste den Wedding. Hatte ihn von Anfang an gehasst. Sie blickte sich nicht um, und so bemerkte sie nicht, dass das Mädchen ihr mit feindlichem Blick nachsah.

Am Rosenthaler Platz rannte Hannah die Stufen des U-Bahn-Ausgangs hoch. Von Weitem sah sie Fabian mit seinem riesigen Schal und einer Kippe im Mundwinkel auf der gegenüberliegenden Straßenseite vor dem Café sitzen. Sie fluchte, weil sie den falschen Aufgang genommen hatte. Die unbesetzten Stühle und Tische ließen kaum Platz für Fußgänger. Sie winkte mit den Armen, um sich anzukündigen, um wenige Augenblicke vorher da zu sein, obwohl sie wusste, dass es nichts nutzte. Sie war eine Stunde zu spät. Er würde sie spüren lassen, dass sie etwas falsch gemacht hatte. Dass sie falsch war. Er sah sie nicht. Wollte sie nicht sehen. Eine Straßenbahn rumpelte über die große Kreuzung und versperrte die Sicht.

Noch bevor die Fußgängerampel auf Grün sprang, überquerte sie die Fahrbahn, und als sie näher kam, konnte sie seinen typischen Gesichtsausdruck erkennen, er hatte einen Schmollmund gezogen, als warte er darauf, heimlich fotografiert zu werden.

Fabian besetzte als Einziger einen Tisch vor dem Café, alle anderen saßen im Warmen. Den Grund hielt er in der Hand, ein Joint qualmte zwischen seinen Fingern. Sie winkte weiter. Trotzig blickte er in die andere Richtung. Er hatte sie bestimmt gesehen.

Erst als sie neben ihm stand, sah er auf.

»Nicht dein Ernst, oder? Du bist eine ganze Stunde zu spät.«

»Entschuldige«, sagte sie lieb. So lieb sie konnte.

»Ich finde es wahnsinnig respektlos.«

Er gefiel sich gut in seiner Rolle. Das konnte ewig so weitergehen, wenn sie ihn nicht stoppte.

»Fabian, mehr als entschuldigen kann ich mich nicht. Was willst du? Dass ich auf Knien zu dir gerobbt komme?«

»Ich will, dass du pünktlich kommst.«

»Dafür ist es zu spät. Aber ich habe es wirklich versucht«, sagte sie, obwohl sie wusste, dass es eine Lüge war.

»Das sieht man.«

»Ich habe dir doch erzählt, dass ich angegriffen worden bin.«

Er verdrehte die Augen. »Und wahrscheinlich hat man dich eine Stunde in Schach gehalten.«

Nein, aber ich habe eine Stunde mit meinem Vater telefoniert. Das sagte sie ihm aber nicht.

Schweigend liefen sie los. Die Geschichte mit der Verrückten interessierte ihn nicht. Früher hätten sie stundenlang darüber gesprochen, sich Gedanken gemacht, die Situation bis auf Kleinste analysiert. Und dann gelästert, aber gut gelästert, erhaben. Stattdessen verblasste langsam auch diese Geschichte, wurde bedeutungslos.

Sie hatten die Straße überquert und liefen hintereinander auf dem schmalen Stück zwischen Tramgleisen und Hauptverkehrsstraße.

»Hier.«

Hannah war stehen geblieben. Das war der richtige Ort. Ein gutes Motiv. Sie stellte ihre Tasche auf den Boden, holte die Kamera hervor und drückte sie Fabian in die Hand. Dann zeigte sie auf die Stelle, wo sie sich hinstellen würde.

Fabian runzelte die Stirn.

»Echt? Mitten auf die Gleise?«

»Ja, und ich will den Moment draufhaben, wenn hinter mir die Tram angefahren kommt. Das Gelb sieht super aus im Kontrast zu meinem Outfit. Schnell, da ist eine.«

Sie stellte sich zwischen die Schienen, der Boden uneben. Pflastersteine. Keine Zeit, auf die Füße zu schauen. In die Kamera sehen, vorgeben, schön zu sein, denn Zweifel sah man den Bildern an. Ich sehe dich. Ich sehe mich. Zeige dir, wie ich mich sehen will. Das anschwellende Gebimmel im Hintergrund. Die Luft begann zu flirren. Bis Fabian sie von den Gleisen riss. Geratter. Das Rauschen der vorbeifahrenden Straßenbahn. Der Fahrer lehnte halb aus dem Fenster und tippte sich wild mit dem Zeigefinger gegen die Stirn.

Hannah winkte lachend.

Sie machte sich von Fabian los, der sie immer noch am Ärmel hielt, schnappte sich die Tasche und lief über die Straße.

»Du hast einen Knall«, schrie er, aber er folgte ihr.

»Ach komm. Die Bilder sind bestimmt gut geworden. Zeig her.«

Sie riss ihm die Kamera aus der Hand und betrachtete sich auf dem Display. Sie würde sie bearbeiten müssen, die Farben zu ihrem Vorteil verändern. Bis sie zufrieden war. Hannah musste immerzu Bilder von sich machen. Mehr Bilder. Mehr Auswahl. Außen wurde innen. Über eine schlecht getroffene Aufnahme erschrak sie. Vernichten. Der Gedanke war dann da. Sah sie wirklich so hässlich aus? Heute war sie zufrieden. Sie steckte die Kamera zurück in die Tasche und boxte Fabian gegen den Oberarm.

»Wollen wir was essen? Ich lade dich ein.«

Fabian schüttelte den Kopf.

»Immer noch eingeschnappt, weil ich zu spät gekommen bin?«

»Das machst du immer. Es verletzt mich, wenn du mich warten lässt.«

»Vergiss es.«

»Aber …«

Sie unterbrach ihn. »Bleibt es bei unserer Verabredung heute Abend?«

»Ich warte nicht länger als fünf Minuten.«

Sie schmiss sich an seine Brust, hielt ihn fest umklammert, dabei knickte sie in ihren Stiefeln um. Er machte sich los und lief in die entgegengesetzte Richtung davon.

Sie nahm sich fest vor, pünktlich zu sein, während sie ihm hinterherwinkte, obwohl er sich nicht mehr umdrehte. Ihr Knöchel schmerzte. Sie würde den Rückweg dennoch laufen. Luft an ihre Gedanken lassen. Sie spürte nahende Kopfschmerzen. Es hatte zu nieseln begonnen im dumpfen Licht. Deprimierend.

Sie zwang sich zu einem offenen, natürlichen Lächeln, was nur bedingt funktionierte. Das sollte sich auf die Empfindungen auswirken. Doch noch während ihrer Gesichtsentspannungsübungen erinnerte sie sich an den Anruf ihres Vaters. Sie versuchte, an was anderes zu denken, und konzentrierte sich auf die hellen Kaugummiflecken auf dem Bürgersteig. Ihr Kopf begann zu dröhnen. Sie fühlte dem Schmerz hinterher, bis ihre Gedanken leise wurden. Danke, Kopfschmerz. Als gäbe es keine schlechten Nachrichten auf der Welt. Die gleichmäßigen Motorengeräusche der Autos harmonierten mit dem pochenden Schmerz. Die wenigen Bäume und die tristen Fassaden schmiegten sich in den grauen Himmel. Die Menschen, die ihr entgegenkamen, trugen gedeckte Farben. Von Weitem sah sie eine Kindergartengruppe, die Kinder in neon-gelbe Westen gepackt, ein kleiner Haufen, der zum Warnzeichen wurde. Das Grelle die einzige Farbe. Aber sie musste das nicht beurteilen, eingehüllt in ihren Schmerz.

2

Ein hohes, schrilles Tschirpen erfüllte die Küche. Wolf Hermann saß in Jeans und Feinrippunterhemd am Küchentisch. Auf dem Oberarm hatte er eine Henry-Rollins-Sonne tätowiert. Das zu lang gewordene Haar fiel ihm ins Gesicht. Man sah, dass er mal ein attraktiver Mann gewesen war, der sich nicht sonderlich um sein Äußeres kümmerte.

Vor ihm stand ein großer Vogelkäfig, die Stäbe verrostet, der Boden spärlich mit trockenem Heu bedeckt. In der Faust hielt er einen kleinen Sperling, der ohne Federn noch durchscheinend wirkte. Fordernd streckte er Wolf seinen weit geöffneten gelben Schnabel entgegen. Und Wolf durchfuhr eine Welle verzweifelter Liebe. Er griff mit der Pinzette eine Made aus der Dose mit Insekten, die er am Morgen gesammelt hatte. Wild bog sie sich in alle Richtungen, bis sie im Schnabel des Spatzen verschwand.

Der kleine Vogel war der erste in diesem Jahr, den er aufziehen musste. Eine frühe Brut, der Winter war ungewöhnlich mild gewesen. Die rote Wärmelampe war die einzige Lichtquelle und tauchte die Küche in weiche Schatten. Durch das verdreckte kleine Fenster der Erdgeschosswohnung drang kaum Tageslicht. Zerrissene, mit Staub verhangene Spinnennetze wehten wie grob gesponnene Wollfäden von der Decke.

Vertieft in die Fütterung, bemerkte er nicht, dass ihm jemand zuschaute. In seiner hohlen Hand spürte er das kleine, heftig schlagende Herz des Vogels. Dich werde ich aufziehen. Liebevoll strich er mit der Fingerkuppe über das dunkle, flaumige Köpfchen.

Wolf sah auf. Seine Tochter Agnes stand im Türrahmen. Sie hatte die Angewohnheit, nervös auf den Lippen herumzubeißen oder sich die trockene Haut abzuzupfen. Sooft er sie auch daran erinnerte, er konnte es ihr nicht abgewöhnen. Sie war ein hübsches Mädchen, aber es schien, als wollte sie das mit aller Macht verbergen, sie versuchte ständig, sich hinter ihren langen Haaren zu verstecken. Unter der zu kurz abgeschnittenen Jeansshorts trug sie eine schwarze Netzstrumpfhose. Aus dem blassen Gesicht funkelten ihm zornig die dunklen Augen ihrer Mutter entgegen. Das Gesicht rot und verquollen, als hätte sie geweint.

»Eine tote Katze liegt vor der Haustür.«

»Hast du deswegen geheult?« Er wollte mitfühlend klingen, aber kaum waren die Worte aus seinem Mund, registrierte er die Vertiefung zwischen ihren Augenbrauen. Wieder war er nicht sensibel genug gewesen. Sein Mädchen war fünfzehn geworden. Und er spürte ihren andauernden kritischen Blick. Sie war nicht mehr das kleine Kind, dem er sagen konnte, was zu tun sei, sie wollte Selbstbestimmung.

»Quatsch.«

Sie hatte sich umgedreht, wollte gehen. Er steckte das Vogelbaby zurück in den Käfig.

»Müsstest du nicht in der Schule sein?«

»Fällt aus.«

»Warum sollte die Schule ausfallen?«

Sie öffnete den Kühlschrank, nahm eine Flasche Bier heraus.

»Zu wenig Lehrer. Keine Vertretung. Ist auch nichts Neues. Das ist ein allgemeines Problem in Berlin.«

Sie reichte ihm das Bier. Wolf war klar, dass sie log. Zu

viele Informationen für ein Mädchen, das ansonsten nicht viel sprach. Aber was würde die Wahrheit ändern? Auch er hatte geschwänzt, als er jung war. Und doch machte das die Sache nicht leichter. Da war es wieder, das Gefühl des Versagens. Seine Schuld klebte an seiner Tochter.

»Kommst du?«

Er wusste, dass es besser war, keine weiteren Fragen zu stellen.

Als kleines Mädchen war sie in wütendes Gebrüll ausgebrochen, wenn sie nicht ihren Willen bekam. Sie hatte geschrien und getobt. Gefühlte Ewigkeiten, in denen er erst hilflos neben ihr stand, sie nicht beruhigen und anfassen durfte, bis sich ihr Schreien in ein nervenzerrendes Gekreische gewandelt hatte. Oft genug war das der Moment, in dem er sie schnappte, um sie zu drücken, bis sie aufgab, um sich in seinen Armen trösten zu lassen. Den gleichen Effekt hatte es allerdings, wenn er sie in Ruhe ließ, manchmal hatte er es geschafft, das Zimmer zu verlassen, damit sie es mit sich selbst ausmachen konnte.

Angefangen hatte es, da war sie zwei Jahre alt, und es würde die folgenden Jahre andauern, doch das wusste er bei ihrem ersten Wutanfall nicht. Anschließend kam sie angerannt, um sich in seine Arme zu schmiegen. Dann erst war sein Trost gewünscht. Schuldig hatte er sich immer gefühlt. Niemand hatte ihn darauf vorbereitet. Vielleicht aber hatte er es schon vorher geahnt. Vielleicht wollte er deswegen nie Kinder. Er konnte sich nicht daran erinnern, dass ihm je einer gesagt hätte, was es wirklich bedeutete, Vater zu sein. Welche enormen Auswirkungen das auf sein gesamtes Gefühlsleben haben würde. Und dass Kinder nie mitlaufen würden. Welche Reue und Scham ihn abends im Bett quälen würden, wenn die Kämpfe des Tages ausgefochten waren, und er sich bewusst wurde, dass sein Gegner ein kleines Mädchen war.

Aber dieser Wille, dieser unglaublich mächtige Wille. Er war größer, er meinte sogar älter, als das Kind selbst. Und vielleicht war das Mädchen genauso erschrocken darüber und musste deswegen getröstet werden. Auch wenn er mit diesem Willen manchmal täglich zu ringen hatte, bewunderte er sie dafür. Stolz war er auf seine Tochter, und er liebte sie.

Liebte sie immer.

Sie hatten den Hauseingang erreicht. Auf dem grauen Betonabsatz blieb er stehen, die Levi's breit aufgeschlagen, das übergeworfene Hemd offen. Er blickte in den Himmel und versuchte, die Tageszeit zu schätzen. Die Sonne hinter einer schweren Wolkendecke verborgen, er tippte auf Mittag. Er spürte keinen Hunger, das tat er nie. Er würde noch eine Weile ohne Essen auskommen. Er steckte sich eine Zigarette zwischen die Lippen, nahm ein Streichholz, das Ratschen auf der Reibefläche, Schwefelgeruch, eine lodernde Flamme, und zündete sich die Zigarette an.

»Da im Gebüsch.« Das Mädchen war an ihm vorbeigeschlüpft und wies mit dem Finger neben sich.

Ein Stück Kreide krachte unter seinen Stiefeln, als er sich zu dem toten Tier begab.

»Vergiftet?«

Das Mädchen stand neben ihm, hochgewachsen. Sie verlagerte ihr Gewicht nervös von einem Fuß auf den anderen. Und knatschte auf ihrem Kaugummi herum.

Mit der Fußspitze stupste er in den Katzenkörper.

»Könnte sein.«

Er sah, dass sie kein Halsband trug.

»Lassen wir sie liegen?«

»Lockt die Ratten an.«

»Begraben wir sie?« Agnes hatte sich bei Wolf eingehakt, das Kinn auf seiner Schulter abgelegt. Etwas war nicht in Ordnung. So nah war sie ihm lange nicht mehr gekommen. Je älter sie wurde, desto verschwiegener und distanzierter war sie. Obwohl sie nie zu der Sorte gehört hatte, die viel plapperte. Als kleines Mädchen hatte sie still neben ihm gehockt, mit großen Augen die Welt beobachtend.

»Hol einen Müllsack. Der Abfall tut es auch.«

»Das ist traurig.«

»Ja, das ist es.«

Sie drehte sich um, kickte mit dem Fuß die Kreide zur Seite und verschwand im Haus.

Wolf dachte an ein frisch gezapftes Bier, doch Helgas Kneipe kam nicht infrage. Vor zwei Tagen war er ohne linken Schuh und Geldbörse unweit von hier im Gebüsch aufgewacht. An den aufgefetzten Fingerknöcheln klebte getrocknetes Blut. Vage konnte er sich an einen Streit mit Latte erinnern. Latte war auch Stammgast bei Helga, mit selbstgefälliger Miene konnte er stundenlang in sein Bier starren, um dann unvermittelt in Rage zu geraten und seinen Frust abzulassen. Wolfs Jochbein schmerzte noch immer, also hatte auch er was abbekommen. Er hatte keine Ahnung, wo der Schuh geblieben war. Das machte ihn wütend, es war sein bestes Paar gewesen. Den anderen konnte er auch wegschmeißen, was sollte man mit nur einem verdammten Schuh?

Zwei Nebelkrähen jagten kreischend dicht über die Wiese, bis sie mit weit ausgebreiteten Flügeln in die Luft schwangen.

Das Mädchen stand wieder neben ihm und drückte ihm einen schwarzen Müllsack in die Hand. Er zerrte die steife Katze aus dem Gebüsch, schmiss sie in den Beutel und machte sich auf den Weg zu den Müllräumen. Der feuchtwarme, gammelige Geruch kroch ihm in die Nase. Ächzend öffnete sich die Tonne, er warf den Sack in die hinterste Ecke, wo sie zwischen den anderen Mülltüten versank.

Er drehte sich im Schein des aschenen Tageslichts um.

»Alles in Ordnung?«

Das Mädchen nickte stumm, hielt ihm die Tür auf.

Bei den Briefkästen blieb er stehen. WOLF stand mit Edding auf dem überquellenden Briefkasten geschrieben, die Farbe verblasst. Als er die Blechtür öffnete, fiel ihm die Post entgegen. Den schmalen Briefumschlag aus grauem Umweltpapier entdeckte er sofort, die Reklame hatte ihn nicht verstecken können. In kleiner Schrift stand der Absender: Jugendamt. Das konnte kein guter Brief sein. Nie hatte er einen guten Brief von denen bekommen. Nur weiteren Ärger, mehr Probleme. Auch sonst konnte er sich an keine gute Post in den letzten fünfzehn Jahren erinnern.

Er drehte den Umschlag in seinen Händen, als könnte er dadurch mehr Aufschluss darüber erhalten, was sie von ihm wollten.

Das Mädchen, kurz zuvor noch in seinem Rücken spürbar, war in die Wohnung gerannt. Als er zur Wohnungstür lief, hörte er das Schlagen ihrer Zimmertür.

Zurück in der Küche, ließ er sich auf den Stuhl fallen. Er griff nach der angefangenen Flasche Bier, trank sie aus. Mehrmals kniff er die Augen zusammen, die von Jahr zu Jahr schlechter wurden. Er war fünfundvierzig Jahre alt, hatte seinen Körper nie geschont, die ersten Zeichen der Endlichkeit zeigten sich. Mit dem kleinen Finger fuhr er unter die Umschlaglasche und riss sie auf.

3

Agnes ließ sich auf die am Boden liegende Matratze fallen. Das hellblaue Spannbettlaken war ausgeleiert und hing nur halb über einer Ecke, an der die Matratze zum Vorschein kam. Die Naht war aufgeplatzt, und der Schaumstoff kämpfte sich ins Freie. Sie knotete ihre Doc Martens auf und schleuderte sie gegen die Wand, wo sie einen Abdruck hinterließen, der schnell zwischen den vielen anderen verschwand. Sie knautschte die Bettdecke zusammen und stopfte sie sich unter den Kopf.

Rico hatte Schluss gemacht. Sie unterdrückte den Wunsch, etwas in ihrem Zimmer zu zerstören. Sie war sich nicht mal sicher, schwanger zu sein. Hatte es nur so dahingesagt. Er hatte gebrüllt, sie müsse es wegmachen. Sie sei doch selber noch ein Kind. Aber sie wollte sich nichts von ihm sagen lassen. Er hatte sie geschubst, weil sie nicht zuhören wollte. Da war sie ausgeflippt, schrie den Wichser an: »Du Fotze.« Und stürzte sich auf ihn, verkrallte sich mit den Fingernägeln in seinem Gesicht. Mickey ging dazwischen. Bevor Rico das Zimmer verließ, schrie er: »Verpiss dich, du Irre. Ich will dich hier nie wieder sehen. Nie wieder. Verstanden?«

Sie betrachtete ihren flachen Bauch. Tonlos lief der Fernseher, der nur an der Wand lehnte, weil der Fuß fehlte. Rico hatte ihn angeschleppt. Er hatte sie gefragt, ob er ihn kurz unterstellen könne, ihn aber dann wohl vergessen. Sie wollte ihn nicht erinnern. War ein schönes Ding. Riesig, silbern. Gerade lief eine Realityshow. Ein junges Mädchen stand keifend vor einem Mann, der ungerührt auf einem Sofa lag. Vielleicht war es der Vater, oder sie hatte einen extrem alten Sack zum Freund.

Ricardo und Agnes, Agnes und Ricardo, dachte sie, während sie sich aufrappelte. Mit den Füßen auf der Matratze schob sie die Gardine zur Seite, legte die Stirn an die kalte Scheibe und blickte hinaus. Vor ihrem Fenster lag die abgetretene Wiese mit den vielen braunen Stellen, an denen kein Halm mehr wachsen wollte. Dahinter der nächste Wohnblock mit seinen unendlich vielen Fenstern und kastenförmigen Balkonen. Um den Himmel sehen zu können, hätte Agnes den Kopf heben müssen. Sie waren hier aufgewachsen. Wohnten schon ihr gesamtes Leben hier. Langsam änderte sich die Nachbarschaft. Schickere Autos und Bioläden, dafür verschwand die Hundescheiße von den Bürgersteigen. In ihr Haus hatten sie sich noch nicht verlaufen. Nicht viele jedenfalls. Rico sagte, da kämen bald mehr. Neuerdings sah man auch regelmäßig Umzugswagen. Und ein paar wohnten auch schon in ihrem Haus. Weit oben aber. Seitdem die hier sanierten, veränderte sich was. Diese arrogante Kuh, die sie vorhin beleidigen wollte, war so eine. Wegekeln musste man die. Hatte auf unschuldig getan. So, als hätte sie sie noch nie gesehen. Dabei stimmte das gar nicht. Hübsch war sie. Ein Püppchen. Das musste sie zugeben. Agnes war sogar bei ihr in der Wohnung gewesen. Sie musste lächeln. Der Umzugswagen hatte damals direkt vor der Tür geparkt, so bescheuert, dass sie kaum das Haus betreten konnte. Sie schnappte sich eine der Topfpflanzen, eine große mit grün-gelben Blättern, die sich spitz in den Himmel bogen. Dahinter hatte sie sich versteckt und fuhr mit den Umzugsmännern in den zehnten Stock. Sie erwartete eine schicke Wohnung, aber dann war sie kalt und ungemütlich, alle Tapeten waren abgerissen. Nur grauer Beton, es sah aus wie im Keller. Aber tolle Aussicht. Das Püppchen hatte sie entdeckt, als sie gerade am Fenster stand. Sie sagte nichts, aber der irritierte Blick reichte Agnes, und sie haute ab. Sie ärgerte sich immer noch, dass da nicht mal ein Danke gekommen war. Immerhin hatte sie die Pflanze hochgebracht, und die war nicht leicht gewesen. Aber so sind die. Lassen andere für sich machen, nicht einen Karton hatte sie selber getragen.

Sie stieß gleichmäßig mit der Stirn gegen die Scheibe. Vorsichtig genug, um sie nicht kaputt zu schlagen, und vor allem, um keinen Krach zu machen. Aber hart genug, um sich zu spüren. Das beruhigte sie.

Die meisten, mit denen sie aufgewachsen war, wohnten noch hier. In Ricos Haus konnten sich die Bewohner kaum mehr die Miete leisten. Sollte das Amt die Miete nicht mehr zahlen, musste auch er sich was Neues suchen, das wusste sie.

Mit der Handkante wischte sie den Abdruck ihrer Stirn vom Fenster und drehte sich ins Zimmer. Sie ließ sich fallen. Dann krallte sie sich die Bettdecke und brüllte hinein.

Dumpf wurde der Schrei verschluckt, sie durfte nicht laut sein, wollte nicht, dass ihr Vater sie hörte. Am liebsten hätte sie die Wasserflasche neben der Matratze genommen und gegen die Wand geschleudert. Die Wut war groß.

Sie kannte Rico seit dem Sandkasten. Ihre Mütter waren befreundet gewesen. Ewigkeiten war das her. Mit Rico hatte sie dieselbe Grundschule besucht. Sie waren gemeinsam auf die Oberschule gewechselt. Mit dreizehn hatten sie das erste Mal Sex, seitdem waren sie ein Paar. In den letzten Monaten vögelte Rico aber auch mit anderen Mädchen. Offene Beziehung nannte er das. Wenn sich Agnes darüber aufregte, dann sagte er, sie wäre wie eine Schwester für ihn.

Aber ficken Geschwister denn miteinander? Das war doch pervers, oder?

Er wollte sie nie wieder sehen. Das Schwein. Es durfte nicht wahr sein.

Sie war oft wütend. Sie wurde schnell sauer. Richtig sauer. Wenn ihr einer blöd kam, dann konnte sie nicht still bleiben. Dann gab's halt was aufs Maul. Normal. Niemals kriechen, sagten die Jungs. Hatte ihr Vater auch immer gesagt. Jan sagte das mit dem Kriechen allerdings nicht. Der laberte immer vom Einstecken-Können. Und von Demut. Was für ein bescheuertes Wort. Er setzte sich mit ihr hin und versuchte, den Begriff zu erklären. Er sprach langsam. Als sei sie behindert. Klar verstand sie das Wort Demut, aber wenn man hier aufgewachsen war, musste man sich durchsetzen können. Sonst war man das Opfer. Nichts an sich ranlassen, sonst würden die anderen einen zerbrechen, kaputt machen. Also immer zuerst zuschlagen, sonst war man verloren.

Jan hatte staubig-braunes, zotteliges Haar und sah aus, als müsste er dringend zum Friseur. Wenn Jan also mit dieser bescheuerten Stimme auf sie einsprach, dann nickte sie nur. Damit gab er sich zufrieden und hörte nach einer Viertelstunde auf zu labern. Ließ sie in Ruhe. Mehr wollte sie nicht.

Rico wohnte in der Wohnung seiner Mutter, die aber seit Jahren bei ihrem Freund im Nachbarhaus lebte. Seine Mutter ging arbeiten, während der Freund nichts tat. Wie ihr Vater. Früher hatte Wolf in Clubs gearbeitet. Als sie klein war, hatte sie oft die Nächte allein in der großen Wohnung verbracht. Manchmal hatte Sandy oder irgendeine andere seiner Freundinnen auf sie aufgepasst. Aber es war ihr lieber gewesen, alleine zu sein. Sie legte sich dann in sein großes Bett. Das Radio lief die ganze Nacht, weil sie Angst vor der Stille hatte. Und erst am Morgen, wenn es hell war und sie längst gefrühstückt hatte – Cornflakes, immer Cornflakes, – kam er nach Hause, legte sich mit seiner Schlafbrille ins Bett, und Agnes schaute Filme auf seinem Computer, während er schlief.

Sie musste das wieder hinkriegen mit Rico. Der wollte kein Baby. Wäre doch schön. Was Kleines, was Eigenes. Erst einmal musste er sich beruhigen. Das konnte eine Weile dauern. Fuck. Sie presste das Gesicht in die Decke, bis sie kaum noch Luft bekam. Dann warf sie sich herum, die geballten Fäuste in die Augenhöhlen gedrückt. Das durfte nicht wahr sein. Dieses dumme Arschloch. Was sollte sie bloß tun? Ihr fiel die arme kleine Katze ein, und sie fing laut an zu schluchzen. Sie weinte um das tote Ding, das alleine in diesem schwarzen, dunklen Sack zwischen dem Müll dieser fiesen Nachbarn lag. Zwischen den Latte-macchiato-Bechern und den Sushi-Boxen von diesem arroganten Püppchen. Sie weinte um die Schlechtigkeit der Welt.

Als sie das Schlagen der Wohnungstür hörte, sprang sie auf und guckte nach draußen. Ihr Vater lief dicht unter ihrem Fenster vorbei, sie wartete, bis er außer Sichtweite war, dann schnappte sie sich ihren Parka und verließ ebenfalls die Wohnung. Agnes schlich zu den Müllräumen. Sie hielt die Luft an, als sie in der großen Tonne nach dem schwarzen Müllsack wühlte. In der zweiten Tonne hatte sie Glück. Er war schwerer als gedacht. Mit dem Finger drückte sie in das matte Schwarz. Der Sack stieß gegen ihr Bein, als sie den Müllraum verließ. Sie ekelte sich. Kein Mensch zu sehen. Sie lief den Pfad am Haus entlang, blieb unschlüssig stehen. Wohin bloß mit dem toten Kätzchen? Sie überquerte die Straße. Ein Auto hupte. Hass. Sie drehte sich um und streckte dem Fahrer den Mittelfinger hinterher. Im

Park wurde das Vogelgezwitscher lauter. Ein Radfahrer bimmelte mit seiner scheiß Fahrradklingel. Agnes brüllte ihm nach. Der Radfahrer beeilte sich davonzukommen.

Dann verließ sie den Weg, lief über die Wiese und den Hügel hinauf. Es roch nach Erde. Hier hatten sie als Kinder oft Verstecken gespielt. Die Stelle war auch im Winter, wenn die Äste vom Laub befreit waren, schlecht einzusehen. Sie schmiss den Sack vor ihre Füße. Hockte sich im Schneidersitz vor den Beutel und kramte in der Tasche nach Zigaretten und Streichhölzern.

Rico hatte sie hier das erste Mal geküsst. Da waren sie in der Grundschule. Es war ihre Idee gewesen, und Rico hatte sich danach den Mund abgewischt, als würde er sich ekeln. Ihr hatte das Knutschen immer Spaß gemacht. Irgendwann aber hatte Rico aufgehört, sie zu küssen. Er wollte lieber an ihrem Körper rumtatschen. Am Arsch, aber vor allem an ihren Brüsten, dabei waren sie gar nicht groß. Vielleicht eine Handvoll, bei kleinen Händen. Nicht wie die von Kat. Diese dämliche Schlampe. Sie war offensichtlich hinter Rico her. Die hatte richtig große Titten. Und musste die auch immer allen zeigen. Mit Push-up-BHs drängte sich das helle Fleisch aus ihren weit ausgeschnittenen Oberteilen.

Sie hoffte, dass ihre auch noch wachsen würden. Nur ein bisschen. Sie konnte sich nicht an die Brüste ihrer Mutter erinnern. Normal wahrscheinlich. Aber was war schon normal? Sie drückte die Kippe aus. Wollte rückwärts aus dem Gebüsch klettern, doch der Sack guckte sie vorwurfsvoll an. Sie wollte auch immer eine Katze haben. Ihr Vater hatte es verboten. Warum, hatte sie nie erfahren. Vielleicht wegen der Vogelbabys, mit denen er sich die ganze Zeit beschäftigte. Total unnütz, die starben sowieso immer gleich. Aber manche Dinge waren einfach so. Unverrückbar. Festgeschrieben. Andere Dinge konnten sich ändern. Das Gesetz hierfür kannte sie nicht.

Sie hatte ein schlechtes Gewissen und konnte den Sack nicht liegen lassen. Sie musste der Katze ein Grab ausheben.

Mit den Händen begann sie, in der harten Erde zu buddeln, doch sie war zu fest. Sie blickte sich suchend um. Mit einem großen Stein in der Faust hackte sie auf die Erde ein. Die Lippen fest zusammengepresst. Der Boden lockerte sich nur wenig. Gebückt lief sie aus dem Gebüsch und trottete zum verlassenen Spielplatz. Stieg über einen kaputten Bagger, dem ein Rad fehlte, braun verschmiert, als hätte jemand draufgekackt. Am Ende der Rutschbahn lugte halb im Sand verbuddelt die Spitze einer Schippe hervor. Agnes griff danach und machte sich auf den Weg zurück zur toten Katze. Sie wartete auf sie. Der Sack hatte sich geöffnet, das Plastik raschelte im Wind.

4

Ein Abendkleid, über und über mit Pailletten besetzt, glitzerte wie ein Reptil zwischen dem Seidenpapier hervor. Hannah streichelte es.

Ein neues Paket war angekommen. Die Modemarken hatten begonnen, sie ungefragt zu beschicken. Mädchen wie sie, die ihr Leben in Bildern verkauften. Sie ließ sich absichtlich mit Kleidung und Accessoires fotografieren und verdiente damit ihre Miete. In dem beiliegenden Beutel lagen hochhackige Sandalen mit schmalen Lederriemen.

Zu welchem Anlass sollte sie so ein Outfit und diese Schuhe tragen?

Sie stieg in das lange Kleid. Es fühlte sich angenehm kühl auf ihrer Haut an. Sie mochte diese Geschenke, sie flüsterten ihr zu, etwas Besonderes zu sein. Mit einem kleinen Blog über Mode hatte sie angefangen, mittlerweile postete sie aber hauptsächlich Bilder. Wenig Worte, dafür eine Realität ohne hässliche Gedanken.

Die Absätze klackten triumphierend auf dem geschliffenen Estrich ihrer Wohnung, der schwere Stoff schmiegte sich eng an ihren Bauch und ihre schmalen Hüften. Sie betrachtete sich im großen Spiegel.

Warum nicht sofort ein Bild machen?

Sie schlüpfte in den Mantel, steckte den Schlüssel ein und schnappte sich die Kameratasche.

Vor dem Haus blieb sie unschlüssig stehen. Sie blickte sich um. Den türkischen Lebensmittelladen hatte sie erst vor zwei Wochen als Hintergrundkulisse für ihre Fotos benutzt. Daneben war eine Kneipe, die sie neugierig machte. Die alte Leuchtschrift vom Dreck der Straße grau. Hannah stöckelte auf den zu schmalen Absätzen in kleinen Schritten darauf zu. Die Tür war geschlossen. Sie ging zum Fenster, wölbte die Hand um die Stirn und schaute in die finstere Tiefe der Kneipe. Sie konnte nichts erkennen, also ging sie zur Tür, die sich nur unter großem Kraftaufwand öffnen ließ. Zu besoffen durfte man für die Tür nicht sein.

Sie brauchte einen Moment, um sich an die Dunkelheit zu gewöhnen.

Die Bar war beinahe leer, bis auf zwei Gestalten, die an der holzverkleideten Theke saßen, vielleicht ein Pärchen. Im Gesicht des Mannes ein breiter Schnauzer, ein Überbleibsel aus vergangenen Tagen. Als sein Typ noch gefragt war. Vielleicht hielt er damit verzweifelt an dieser Zeit fest. Die rothaarige Frau neben ihm trug ein Spaghettiträgerkleid, genauso unmodern, vom Waschen ausgeblichen und viel zu kalt für diese Jahreszeit. Freundlich lächelte Hannah in ihre Richtung, doch die beiden ignorierten sie und starrten weiter in ihre Getränke.

Hannah setzte sich an einen der Tische und sah sich um. Die staubigen roten Vorhänge verschlissen, der Stoff brüchig. Gestickte Sprüche hingen an den Wänden. In der Ecke entdeckte sie einen Spielautomaten. Leider besetzt. Ein Mann saß auf einem Hocker davor und schmiss mutlos Münzen hinein. An der Wand daneben hing eine elektronische Dartscheibe. Der kurze Stecker baumelte dicht über dem Boden und hatte keine Chance, die Steckdose zu erreichen. Das sah alles echt aus hier.

Die dicke Barfrau stand plötzlich vor ihr, Hannah hatte ihr Kommen nicht bemerkt.

»Wat willste denn, Kindchen?«

Hannah sah sich um. Sie wollte was Passendes trinken.

»Gibt es eine Karte?«, fragte sie höflich.

Die Barfrau reagierte mit hochgezogenen Augenbrauen.

»Was trinkt denn die Dame da an der Bar? Ich glaube, ich nehme das Gleiche.«

Das sah nach hartem Alkohol aus, und der musste ihr helfen, das hier durchzuziehen. Sie traute sich nicht, den Mantel abzulegen. Noch nicht. Obwohl es die beiden an der Bar sicherlich nicht interessieren würde. Die waren zum Trinken hier.

»Die Dame, ich lach mich schlapp.« Aber die Barfrau lächelte nicht mal. »Kannste haben.«

Hannah blickte wieder zum Geldautomaten, der Mann, der davorsaß, schien nicht vorzuhaben, bald damit aufzuhören. Er warf immer wieder Geldstücke in den schmalen Schlitz. Leise tutete, piepte und klingelte das wilde Lichtermeer.

Ein Glas knallte vor ihr auf den Tisch. Schön sah es aus. Trüber Alkohol.

Vielleicht kriegte sie sogar die Schuhe mit aufs Bild, überlegte sie.

Nachdem sie eine Weile mit ihrem Handy gespielt hatte, die Reaktionen auf ihre letzte Veröffentlichung gecheckt hatte und nun mutiger war durch den Alkohol, stand sie auf und lief zum Tresen.

»Spielt der schon lange?«, fragte sie die Barfrau und nickte in die Richtung.

»Der spielt immer.«

»Glauben Sie, ich dürfte auch mal?«

»Ali«, rief sie dem gebückten alten Mann zu. »Das Mädel hier will an den Automaten.«

Der Mann rührte sich nicht. Vielleicht hatte er sie nicht gehört.

»Ali«, rief sie erneut.

Diesmal drehte er für einen Moment den Kopf zu ihnen herüber. Trübe Augen, aus denen alles Leben erloschen schien.

»Willste nicht mal nach Hause?«

Ali öffnete die Faust und sah hinein, dann steckte er auch den Rest des Kleingelds in den Automaten, drückte ein paar Mal den rechten Knopf. Es klingelte und blinkte. Dann Stille. Ali rutschte vom Hocker. Und schlürfte langsam zur Tür. Zum Abschied hob er die Hand, ins Leere blickend.

»Ich wollte ihn wirklich nicht verscheuchen«, sagte Hannah mit schlechtem Gewissen.

»Du hast ihm einen Gefallen getan. Der saß seit gestern Abend da. Kann man fast nicht ertragen, den Anblick.«

»Hat er denn keine Familie?«, fragte sie.

»Alle tot.«

»Tot?«

»Was bistn so neugierig?«, blaffte die Barfrau sie plötzlich an.

»Entschuldigung. Ich dachte nur …«

»Willste noch was bestellen?«

»Ja, gerne. Noch so einen, bitte.«

Hannah nahm das Glas und ging damit in die Ecke zum Automaten. Sie drapierte die Kamera mit dem kleinen Stativ auf dem Barhocker.

Plötzlich stand die Barfrau wieder neben ihr.

»Was hastn vor?«

»Ich wollte ein Foto machen. Ist das okay?«

»Für wen ist das denn?«

»Für mich.«

Gelogen, aber das würde die Alte nicht mitkriegen. Dass sie die Kneipe als Kontrast benutzen würde. Sie wollte das tausenddreihundert Euro teure Abendkleid mit den Fünfhundert-Euro-Sandalen in der heruntergekommenen Alt-Berliner Kneipe funkeln lassen. Dafür wurde sie von den Modefirmen bezahlt.

Die Barfrau ließ sie wieder allein. Hannah schmiss den Mantel über den Stuhl neben dem Automaten, trank und verschluckte sich an ihrem Drink. Selbst der schaffte es nicht, ihr vorzugaukeln, dass sie hier willkommen war.

Sie platzierte die Kamera, sah durch den Sucher und stellte die Zeit des Selbstauslösers ein.

Ein Testbild. Nicht schlecht. Der Automat spendete genug Helligkeit. Neue Einstellung, diesmal warf sie ein paar Münzen in den Schlitz. Sie wollte, dass sich alles drehte und heller leuchtete. Sie stellte sich in Pose, hinter sich hörte sie einen Sturz Münzen, überrascht drehte sie sich um und lachte leise auf.

Die Maschine hörte nicht auf zu klimpern. Schnell stellte sie den Selbstauslöser wieder ein und blickte trotzig in die Kamera. Sie mochte keine Fotos, auf denen sie lächelte. Als sie dreizehn war, hatte eine Mitschülerin gesagt, dass sie dann wie ein Pferd aussähe. Das saß. Bis heute. Es gab nicht ein Bild von ihr, auf dem sie lachte. Sie schmiss auch ihr restliches Geld in die Maschine. Sie hatte mehr als genug.

Plötzlich stand die Rothaarige neben ihr, sie wankte. Dann hielt sie sich an dem Automaten fest, der Fahrt aufgenommen hatte. Er blinkte und heulte vor sich hin. Hannah lächelte sie freundlich an. Die Betrunkene lächelte nicht zurück. Von Nahem sah sie noch fertiger aus. Sie hatte eindeutig bessere Tage gesehen. Aber man konnte erkennen, dass sie gut ausgesehen hatte. Die feinen Augenbrauen wölbten sich herausfordernd über den grünen Augen, und sie hatte eine auffallend schöne gerade Nase. Aber sie war zu mager, ein bisschen mehr Fett hätte ihr besser gestanden. Die weiße Haut über den eingefallenen Wangen war in Fältchen gelegt. Sie sah dehydriert aus, müsste mehr Wasser trinken. Wahrscheinlich trank sie nicht mal Wasser.

»Du hast ja eine richtige Glückssträhne, Süße.« Dann lachte die Frau. Ohne zu lachen.

Der Träger ihres Kleids rutschte über die Schulter, umständlich schob sie ihn wieder zurück.

»Ich bin Sandy.«

Sollte sie sich auch vorstellen? Gab man sich die Hand? Die Arme der Trinkerin hingen schlaff am Körper runter.

»Ich kann es selber kaum glauben, ich habe noch nie was gewonnen.« Obwohl das nicht stimmte, aber das war egal. Sie hatte mal bei einem Radiosender angerufen und Konzertkarten gewonnen.

Schwarz angemalte Schlupflider, wie dunkle Vorhänge, starrten sie plötzlich bedrohlich an. »Das ist aber Alis Kohle. Das weißt du?«

Eigentlich ist das meine Kohle, dachte sie. Stattdessen antwortete sie: »Klar. Logisch.«

Am liebsten hätte sie ihr zugeprostet. Kam aber sicherlich nicht gut. Also lächelte sie bloß. Sie wollte noch ein Foto machen. Wartete einen Moment. Die Alte sollte verschwinden. Der Gedanke, neben ihr das Bild zu schießen, behagte ihr nicht sonderlich.

Doch statt abzuhauen, kam sie noch näher. So nah, dass Hannah einen Schritt zurücktrat. Dann zischte sie ihr ins Gesicht: »Das ist Alis Geld.«

»Das habe ich verstanden. Kann er haben. Kein Ding.«

Hinter ihr klimperte es erneut. Da hatte der gute Ali aber verdammt viel Geld reingesteckt.

»Hat sie doch gewonnen.«

Der Typ mit dem Schnauzer stand nun auch neben ihnen. Zu nah.

»Das Geld wirft er doch sowieso zurück in den Automaten.«

»Wenigstens muss er dafür keine neuen Schulden machen.«

»Nee, die macht er dann erst morgen wieder.«

Sie war froh, dass er gekommen war, dass sie nicht im Mittelpunkt des Interesses stand. Er war auf ihrer Seite. Auch wenn er streng roch. Lange nicht gewaschen. Nach Käsefuß. Sie ekelte sich. Er stand zu dicht vor ihr. Weiter zurücktreten konnte sie aber nicht, da stand der Automat. Sie hatte Angst, dass er sie berühren könnte, seine Haut sah klebrig aus und feucht. Sie wollte hier weg.

»Ich lass Ali das Geld da. Ich nehme mir nur etwas, um meine Drinks zu zahlen.«

Sie versuchte, etwas Geld aus der Klappe zu fischen. Den Rest würde sie für Ali liegen lassen, bestimmt freute er sich darüber. Was für eine traurige Geschichte. Was meinte sie wohl mit »alle tot«? War seine Familie ermordet worden? Bei der Flucht gestorben? Ein Unfall? Fragen, die sie wohl nie beantwortet kriegen würde.

Ein Foto mit den beiden wäre auch toll. Aber die Frau machte ihr Angst, und der Mann stank.

Ein lauter Knall ließ sie herumwirbeln. Die Frau hatte das Stativ umgeworfen, die Kamera lag auf dem Boden.

»Spinnst du?«, entfuhr es Hannah.

»Verpiss dich«, sagte der Mann.

Sie zuckte zusammen. Wie schnell er die Seiten gewechselt hatte.

»Ali will dich nicht auf deine beschissenen Drinks einladen.«

Hastig bückte sich Hannah nach der Kamera, besah sie, doch sie spürte die bösen Blicke der beiden. Sie warf das Stativ und die Kamera in die Tasche. Drehte sich zum Automaten um. »Ich habe mein gesamtes Geld da reingesteckt. Ich nehme nur, was mir gehört.«

Dumme Idee.

»Das ist aber nicht mehr dein Geld.«

Schwitzige Finger griffen nach ihr. Schnell zog Hannah die Hand zurück. Doch es war zu spät. Sie spürte einen Stoß. Sie versuchte, sich zu halten, doch der schwere Stoff und der schmale Schnitt des Abendkleids erschwerten es ihr, das Gleichgewicht wiederzufinden, sie stolperte, blieb hängen, griff nach dem Barstuhl und fiel zu Boden.

Mit dem Kinn schabte sie über den stinkenden, rauen Teppich. Es brannte. Sie ekelte sich. Über sich hörte sie kreischendes Lachen. Sie schloss die Augen. Was für ein Scheiß.

Jemand zog sie hoch. Sie sah helle Augen, dunklen Teint. Nicht mehr jung. Zu alt für sie. Bestimmt vierzig. Durch das weiße Shirt waren seine Brustmuskeln zu erkennen. Er erinnerte sie an Johnny Depp, der sah genauso heruntergekommen aus.

»Alles okay?«

»Komm bloß nicht wieder«, zischte die Frau hinter ihr.

»Lass sie in Ruhe, Sandy.«

Langsam ließ sie den Arm los, sah ihn dankbar an, drehte sich zur Barfrau um, traf ihren mitleidigen Blick.

»Geht aufs Haus.«

Hannah drückte sich gegen die schwere Tür. Der graue Himmel über ihr. Es nieselte noch immer. Sie atmete. Sie hatte nicht gemerkt, dass sie dort drinnen die Luft vermisst hatte.

5

Die Tigerkralle baumelte wie ein Pendel vor seiner Brust. Die Arme aufgestemmt neben Sandys Gesicht. Die Sprungfedern des Messingbetts quietschten rhythmisch. Er mühte sich, zum Höhepunkt zu kommen. Die Satinbettwäsche hatte sich um seine Füße gewickelt und klebte an seinen Waden. Er versuchte, sie wegzutreten, doch sein Spielraum blieb klein, ihre Fingernägel hatten sich in seinen Arsch verkrallt. Sie stöhnte. Ihr rötliches Haar klebte an den Schläfen, die Wimperntusche war verlaufen. Sie wand sich. Schrie.

Er legte seine Stirn auf ihrem Schlüsselbein ab. Dann rollte er zur Seite. Lag neben ihr. Nur der bittere Geschmack ihres Lippenstifts blieb in seinem Mund zurück. Er spürte ihre Finger am Oberschenkel. Wolf schob ihre Hand beiseite.

»Lass mal, Sandy.«

Er stieg aus dem Bett und sah sich nach seiner Unterhose um, die an seinem rechten Knöchel baumelte. Die Hose lag am Kopfende des Betts.

»Dann trink noch einen mit mir. Wartet doch keiner auf dich.«

Die halterlosen schwarzen Strümpfe hingen an ihren dünnen Oberschenkeln. Er hatte sie noch nie in dieser Maskerade gesehen. Ihm fielen die Worte von Latte wieder ein, »Die Sandy macht's jetzt auch für Kohle«. Er hatte das nicht geglaubt.

Er kannte Sandy seit Ewigkeiten. Hatte miterlebt, wie sich die Zeit ihrer Schönheit bemächtigte. Alkohol und Pillen taten ihr Übriges. Sandy und er waren einmal ein Paar gewesen, das war zwei Jahrzehnte her, und es war offensichtlich, dass Sandy den Traum einer gemeinsamen Zukunft nicht aufgegeben hatte. Doch sie konnte keine Beziehung mit einem anderen Menschen ertragen. Sie hatten es probiert. Sandy hatte Sex immer mit Liebe verwechselt. Den Sex konnte sie kontrollieren, die Liebe nicht. Wenn Wolf zu nett war, zu viel Liebe schenkte, wurde sie unausstehlich, als würde sie es nur darauf anlegen, ihn in die Flucht zu treiben. Wenn er dann gemein wurde, schnurrte sie wie ein Kätzchen. Das war ihm zu anstrengend. Manchmal ließ er sich bezirzen. Und er landete mit ihr im Bett.

Der Brief vom Jugendamt hatte ihn verunsichert. Er hatte die Aufforderung zu einem Termin erhalten, sicherlich ging es um die endgültige Klärung des Sorgerechts. Agnes' Mutter hatte ihn vor zehn Jahren verlassen. Susann war eines Morgens aus ihrem gemeinsamen Leben verschwunden. Sie hatte keine Adresse hinterlassen und sich nie wieder gemeldet. Nach einem Jahr wurde das alleinige Sorgerecht ihm übertragen. Der Brief konnte nur bedeuten, dass Susann wieder aufgetaucht war. Aber genau wusste er es nicht. Bei ihm hatte sie sich nicht gemeldet. Und diese Unsicherheit machte ihn verletzlich. Die Ablenkung durch Sandy kam wie gerufen.

Er war eine Weile nicht mehr bei ihr gewesen, und es hatte sich einiges in der kleinen Wohnung verändert. Die Wände waren lila gestrichen worden. Eine furchtbare Farbe, wie er fand. Und eventuell schien Latte sogar recht zu haben, dachte er, während er ihr nachstarrte, wie sie zum Schminktisch wankte, auf dem ordentlich Tuben und

Flakons aneinandergereiht standen, um nach der Flasche Nordhäuser Doppelkorn zu greifen. Sie drehte den roten Verschluss, goss zwei Schnapsgläser ein. Wolf starrte auf ihren dürren Hintern. Sie schien von Jahr zu Jahr weniger zu werden.

Den Kopf in den Nacken geworfen, das rötliche Haar auf ihren schlanken Schulterblättern, kippte sie den Klaren runter. Ein Schauder erfasste ihren Körper, und sie schaute Wolf aus wässrigen Augen traurig an. Sie griff nach der Schachtel Zigaretten, zog eine mit den Fingernägeln heraus, steckte sie zwischen die nur noch blass bemalten Lippen und zündete sie an, vorsichtig, um keinen ihrer langen Fingernägel abzubrechen. Mit der Kippe im Mundwinkel hielt sie ihm das volle Gläschen entgegen.

Der Schnaps brannte seine Kehle hinab und ließ augenblicklich all seine negativen Gedanken verpuffen. Stattdessen war es, als ginge ein Licht in seinem Innern an. Ein Strahlen. Der Suchende wurde zum Findenden.

Er sah wieder zu Sandy, die Flasche auf Hüfthöhe vor sich herschwenkend. Er nickte und spürte, wie sich seine Gesichtszüge entspannten. Es stimmte nicht, was man über den Alkohol sagte, dass er für die tiefen Furchen in seinem Gesicht verantwortlich war. Er hatte den Verdacht, dass die angespannten nüchternen Augenblicke voller Kummer und Sorgen, die sich ins Unendliche zogen, Grund für das schnelle Altern waren. Entspannt wie im Rausch war er selten, eigentlich nie, wenn er nicht getrunken hatte.

Er schwang sich auf, plötzlich wieder energiegeladen, klapste Sandy auf den nackten Arsch, und sie schenkte lachend nach. Der zweite Schnaps rann seine Speiseröhre runter. Er atmete Luft. Klar und frei. Er riss Sandy die Flasche aus der Hand, um direkt daraus zu trinken. Er gab ihr einen Stoß, und sie fiel lachend aufs Bett. Sie tranken abwechselnd aus der Flasche. Die Gläser zu ihren Füßen. Sandy hatte sich eng an Wolf geschmiegt.

»Ich finde es schön, mit dir zusammen zu sein.«

»Ich weiß.«

»Hast du nicht mehr zu sagen?«, sagte sie langsam mit schwerer Zunge und halb geschlossenen Lidern. »Findest du es auch schön? Wir sind uns vertraut. Kennen uns jahrelang.«

»Ja.«

»Seit wann kennen wir uns?«

»Zu lange.«

»Warum sagst du ›zu lange‹?«

»Nicht nerven.«

»Ich will mich doch nur unterhalten.« Sie küsste seine Brust. »Warum bist du so negativ?«

»Bin ich nicht.«

»Magst du meine Brüste? Ich habe überlegt, sie operieren zu lassen. Größer.«

Sie packte ihre Brüste, hob sie an, um sie zusammenzuquetschen.

»Die sehen nur müde aus, weil du zu dünn geworden bist.«

Sandy strich über ihren flachen Bauch. »Schön, oder?«

»Geht so.«

»Was meinst du damit?«

»Nichts.«

»Kannst du keine Komplimente machen?«

»Komm, trink lieber.« Er reichte ihr die Flasche.

»Und was soll das heißen?«

»Dass du schön bist?«

Sandy lächelte. Und Wolf nahm ihr die Flasche wieder ab. Trank. Und schloss die Augen. Wattewolken in seinem Kopf. Sandys Stimme drang gedämpft zu ihm durch. In der

Ferne hörte er ein Piepen. Sein Vögelchen. Sein geliebter Spatz. Gleich würde er ihn füttern gehen. Im grellen Sonnenlicht sah er ihn die Flügel ausbreiten. Die Hand zum Schutz vor der blendenden Sonne, beobachtete er ihn, die Flügel schlagen. Den Schnabel in die Höhe gereckt. Majestätisch. Dann flog er durch das offene Küchenfenster hinaus in den goldenen Schein.

6

Hannah hatte Schwierigkeiten, den Schlüssel ins Loch zu stecken, wieder und wieder verschoben sich die Bilder, zerteilten sich, stoben auseinander, um zitternd vor ihr stehen zu bleiben. Sie schloss ein Auge und zielte auf das falsche Loch. Verdammt. Lachte, als der Schlüssel kratzend das Metall hinunterrutschte. Ihre Stimme echote durch das schlafende Hochhaus. Neben ihr der Typ, den sie gerade erst kennengelernt hatte und dessen Namen ihr bereits entfallen war. Er nahm ihr den Schlüssel aus der Hand und öffnete die Tür. Sie trat an ihm vorbei in die Wohnung. Langsam, aufrecht, darauf bedacht, nicht zu schwanken. Sie streckte den Arm nach ihm aus und griff in seinen Nacken. Zog ihn zu sich. Fand Halt an seiner Brust. Sie achtete darauf, eine gute Figur zu machen. Während sie sich küssten, schob er die Tür hinter ihr zu. Mit schweren Lidern gab sie sich hin, wie die krisseligen Hollywooddiven in Schwarz-Weiß-Filmen. Musste sich nicht mehr aufs Sehen konzentrieren. Hörte auf zu denken, um zu fühlen. Er drehte sie um, schob sie rückwärts, bis sie die Tür im Rücken spürte. Seine Hände wanderten ihre Oberschenkel hinauf. Er griff unter ihre Pobacken, schob das kurze Kleid nach oben. Mit den Beinen umschlang sie seine Hüften. Er nestelte an seiner Hose, öffnete sie, zog die Unterhose runter, während sie mit einer Hand ihre Strumpfhose kaputt riss. Sich fest aneinanderklammernd. Ihr Atem wurde schneller. Rhythmisch bumste Hannahs Hinterkopf gegen die Wohnungstür.

»Willst du mich verarschen, Hannah?«

Fee stand im übergroßen T-Shirt in der Tür ihres Schlafzimmers, das feine, platinblond gefärbte Haar in alle Richtungen abstehend, wie eine tote Möwe am Strand. Sie hatte ihre Hände in die schmale Taille gestemmt und blitzte sie wütend an. »Es ist drei Uhr. Ein paar von uns müssen morgens aufstehen.«

Der blasierte Ton von Fees Stimme hallte von den nackten Betonwänden wider. Sie und Fabian redeten immer geschwollen, hochmütig, als wären sie den anderen überlegen.

Fee hatte sie mit siebzehn auf einer Party kennengelernt. Selina, eine Klassenkameradin, hatte Geburtstag gefeiert. Alle waren eingeladen. Der Grund, warum auch Hannah kommen durfte. Sie war nicht sehr beliebt gewesen. Eher eine Einzelgängerin. Für Hannah war es immer schwer, Freunde zu finden. Als sie kleiner war, hatte sie eine beste Freundin, mit der sie zum Ballett gegangen war. Natascha. Ihre Mütter holten sie im Wechsel vom Unterricht ab. Im roten Fiat Panda schoss Hannahs Mutter um die Kurven, den Einkauf auf der Rückbank zwischen ihre Beine gequetscht, weil sie die Zeit nutzte für wichtigere Dinge. Sie war keine der Mütter, die mit den anderen Müttern geduldig wartend auf der Bank saß. Es kam oft vor, dass sie und Natascha vor dem großen alten Gebäude standen, wenn alle anderen Schüler und sogar der Ballettlehrer längst gegangen waren, und dann kam ihre Mutter hupend angefahren. Springt rein, schrie sie, und dann rasten sie nach Hause. Immer über dem Tempolimit. Zu Hause hatte ihr Vater gekocht, und ihre Mutter machte es sich vor dem Fernseher bequem. Irgendwann war Natascha in eine andere Gruppe gewechselt. Und Hannah wurde das Gefühl nie ganz los, dass ihre Mutter schuld daran war. Von Natascha hatte sie nie wieder was gehört.

Auf Selinas Geburtstagsparty stand sie in dem fremden Wohnzimmer im Abseits. Fee kam mit einer Welle knisternder Luft reingestürmt. Sie sah cooler als ihre Schulfreunde aus. Lebendiger, lauter, schriller. Fabian war dabei und ein anderes Mädchen, an das sie sich aber kaum noch erinnern konnte. Die drei wirkten, als hätten sie mehr Spaß am Leben. Den billigen Rotwein, den sie mitgebracht hatten, kippten sie auf dem Teppich aus. Anstatt sich zu entschuldigen, lachten sie laut. Selina versuchte hysterisch, sie rauszuschmeißen. Auf dem Boden hockend, den Teppich schrubbend. Schaum mit Tränen vermischt. Verstohlene Blicke, als Hannah Fee im Flur dabei beobachtete, wie sie beim Rausgehen an der Garderobe in den Jackentaschen wühlte. Fees verschwörerisches Grinsen, als sie zu ihr kam und ihr einen iPod in die hintere Jeanstasche schob. Die zarte Hand an ihrem Po. Der warme, süßliche Atem ganz nah an ihrem Gesicht. Die gefundenen Geldscheine hatte sie sich in die Hosentasche gesteckt, sie griff nach ihrer Hand, und Hannah ließ sich mitreißen. Die Treppenstufen hinab. Vor der Haustür hockte sich Fee mitten auf den Bürgersteig, sie pinkelte und fragte Hannah dabei aus. Name, wo sie wohnt, welche Schule. Alles. Bis sie aufstand, die Jeans zuknöpfend. Dann drückte sie ihr einen Kuss auf den Mund, weiche, volle Lippen, und rannte den anderen, die längst aus dem Blickfeld verschwunden waren, hinterher.

Zwei Wochen später stand sie vor Hannahs Tür. Von diesem Tag an waren sie beste Freundinnen. Sie hatte nie verstanden, was Fee an ihr toll fand. Doch sie war ihre Auserwählte.

Fee schlief immer öfter bei ihr. Sie wechselte auf dieselbe Schule, als sie beide die letzte Klasse wiederholen mussten.

Mit Koffeintabletten und Speed schafften sie es, nachts feiern zu gehen und am nächsten Tag in der Schule fit zu sein. Hannah bewunderte Fee, hätte es aber nie zugegeben. Ihre unverschämte Art, die Lehrer zu kritisieren. Jetzt nervte sie mit ihrer ständigen Kritiksucht. Damals verbrachten sie die Tage und die Nächte miteinander. Fee zog zu ihr, ihre Eltern hatten nichts dagegen einzuwenden. Sie waren zu sehr mit sich beschäftigt. Fee war bei ihrer Oma groß geworden, die gestorben war, und lebte vorübergehend wieder bei ihrer Mutter, die sie nicht ausstehen konnte. Sie planten gemeinsam ihre Zukunft, und wenn auch nur das nächste Wochenende, das war interessanter, als sich über die Vergangenheit zu beklagen. Nur manchmal, wenn sie gemeinsam Speed gezogen hatten, blitzten Satzteile, Wortfetzen aus der Vergangenheit auf, um schnell abgelöst zu werden von neueren, noch schnelleren Gedanken. Die gemeinsame Wohnung war nur die logische Fortsetzung. Und es war Fees Idee gewesen, eine Wohnung im Wedding zu suchen. Das erste Jahr war toll, trotz der getrennten Zimmer hatten sie in einem Bett geschlafen, wie früher. Auch wenn sie jetzt tagsüber getrennte Wege gingen. Fee studierte Architektur.

Abends schlich sie sich zu Hannah ins Bett, aneinandergekuschelt erzählten sie sich von ihrem Tag und träumten von einem dreimonatigen Trip nach Südamerika.

Zu dem Blog hatte Fee sie überredet. Nach dem Abitur wusste Hannah nicht, was sie machen wollte. Sie hatte sich bei der Uni eingeschrieben, war aber nie zu einer Vorlesung gegangen. Fee gab ihr das Gefühl, etwas Besonderes zu sein. Hatte sie früher ihr Anderssein gehasst, weil es sie zur Einzelgängerin machte, ermutigte Fee sie, es einfach noch mehr zur Schau zur stellen. Und mit jedem Like bekam Fee ein bisschen mehr recht.

Irgendwann war Moritz da. Er sah gut aus, aber er vermied Blickkontakt. Hannah traute ihm nicht. Er hatte einen weichen Händedruck, den sie abturnend fand. Und sein Körper war haarlos. Er redete viel, vor allem langweiliges Zeug. Und Hannah verstand nicht, was Fee an ihm fand. Moritz hatte gerade sein erstes Staatsexamen hinter sich, was er ständig betonte. Ein Angeber. Immer häufiger war er bei ihnen. Die geschlossene Zimmertür wie ein Mahnmal, hinter dem sie Stimmen und Geräusche vernahm, wie aus einer anderen Welt, der sie nicht angehörte. Hannah konnte es nicht lassen, schlecht über ihn zu reden, und Fee verschanzte sich immer häufiger in dem Zimmer, das nicht mehr ihnen gemeinsam gehörte. Auch bei Fabian versuchte sie, über Moritz, über die beiden zu lästern, aber er stieg nicht darauf ein. Sie hasste ihn, weil sie eifersüchtig war. Weil sie unwichtig geworden war. Und sie fühlte sich fallen gelassen, ausgetauscht. Fee war gerade erst wieder von ihrem vierwöchigen Brasilienurlaub zurückgekommen. Mit Moritz, nicht mit ihr. Je stärker sich Fee von ihr distanzierte, desto mehr Bilder stellte Hannah ins Internet. Suchte dort Bestätigung. Sie konnte Fee nicht verzeihen. Sie wollte ihr nicht verzeihen. Fee hätte sich bemühen müssen, aber das tat sie nicht.

Nur langsam drangen die Worte in Hannahs Bewusstsein. Sie drückte das Gesicht in die weiche Stelle zwischen Schulter und Hals. Ein fremder und doch vertrauter Geruch. Warm und anziehend. Auch er hatte innegehalten, sie hörte seinen Atem dicht an ihrem Ohr.

Über seine Schulter blickte Hannah die braun gebrannte Fee an. Hasste sie. Sie schloss die Augen. Das Knallen der Zimmertür. Sie hob den Kopf, um in sein Ohr zu flüstern: »Mach weiter. Nicht aufhören.«

Später saßen sie in der Küche. Hannah, die noch immer die Lederjacke trug, rollte gemächlich einen Joint. Ihre übereinandergeschlagenen Beine ragten in den Raum hinein, weil sie keinen Platz mehr unter dem Tisch gefunden hatten. In der dunklen Strumpfhose klaffte ein riesiges Loch, etliche Laufmaschen bahnten sich ihren Weg bis zu den Fesseln. Sie verliehen ihren Beinen etwas Verletzliches, fand sie und überlegte, ihre Kamera zu holen, um ein Bild zu machen. Verwarf die Idee aber schnell wieder, um sich nicht erklären zu müssen.

Ihr Fuß wippte zu einem lautlosen Beat und hielt nur kurz inne, als sie den Joint anzündete. Vereinzelte, leise Motorengeräusche, wenn ein Auto die ausgestorbene, hell erleuchtete Hauptstraße entlangfuhr. Ihr Blick schweifte in die Ferne. Sie fragte sich, wie lange es dauern würde, bis er sagte, dass die Aussicht toll sei. Das sagten alle, die das erste Mal zu Besuch waren. Manche sagten es sogar jedes Mal. Vom Küchenfenster sah man in den Westen. Unter ihnen breiteten sich die Häuserdächer aus, ein dunkler Schatten, wie ein Teppich.

Der drückende, fahrige Rausch der unzähligen Tequilas machte langsam einer schweren, doch flüchtigen Zufriedenheit Platz.

Sie starrte ihn an, er hatte markante Gesichtszüge. Seine Klamotten abgetragen. Sie konnte sich dennoch gut vorstellen, wie sie als Paar wirkten.

Er fing ihren Blick, unterbrach das Schweigen. »Was machst du?«

»Studieren.« Sie log. Ihr Studium hatte sie bereits vor einem halben Jahr abgebrochen. Aber sie hatte keine Lust, ihm zu erklären, wie sie ihr Geld verdiente. Das war kompliziert genug, es selber zu verstehen. Sie machte Fotos von sich und bekam Geld dafür. Oder sie ging auf Veranstaltungen, auch das ließ sie sich, wenn möglich, bezahlen.

Er drehte den Kopf, blickte zurück in den Flur mit den geschlossenen Zimmertüren.

»Teuer?«, fragte er.

Bestimmt dachte er, dass ihre Eltern alles bezahlten. Sie hatte das dringende Verlangen, sich vor ihm zu rechtfertigen. »Ich bekomme Halbwaisenrente.«

Er sah sie verwirrt an. Ihr fiel ein, dass er ihr keinen Vorwurf gemacht hatte. Warum hatte sie sich diese saudämliche Lüge ausgedacht? Sie dachte an ihre Mutter und fühlte sich schuldig.

Um abzulenken, stellte sie Fragen: »Und du? Was machst du?«

»Ich bin Musiker.«

Hannah lachte auf. »Ach, und davon kannst du leben?«

Ohne sein Gesicht zu verziehen, antwortete er: »Nein. Ich arbeite nebenher in einem Plattenladen.«

Klang er beleidigt? Hatte sie seinen Stolz verletzt? Sie wollte es wiedergutmachen. Traute sich aber nicht, zu ihm zu gehen, ihn zu umarmen, zu küssen. Das wäre zu vertraut. Stattdessen stand sie auf, zuppelte an dem kurzen Kleid und kramte ihr Handy aus der Jackentasche, platzierte es in der kleinen Anlage auf der Fensterbank.

»Wenn du möchtest, kannst du mich in den Arsch ficken.«

Das Knacken der Boxen. Dann flatterte Musik durch den Raum. Ruckartig drehte sie sich zu ihm. War das zu viel für ihn?

Sie wusste, sie hatte ihn. In seinem Gesicht sah sie diese Mischung aus Entsetzen und Faszination. Sie lachte, wog die Hüften im Takt.

Wie sie Fabian versprochen hatte, war sie einige Stunden zuvor pünktlich in der Bar erschienen. Fee wollte auch mitkommen, aber wie immer hatte sie im letzten Moment abgesagt. Hannah wunderte das nicht mehr. Es war ihr auch lieber so. Seit ihrer Rückkehr aus Brasilien mied sie den Kontakt mit Fee. Sie war nicht bereit, sich Urlaubsgeschichten anzuhören. Fee verstand nicht oder wollte nicht verstehen, dass es sie verletzt hatte, dass sie mit Moritz und nicht mit ihr die Reise angetreten hatte.

Fabian war enttäuscht über die kurzfristige Absage. Manchmal war er echt naiv. Und sie wusste nicht, ob sie diesen Umstand verachten oder doch lieber beneiden sollte. Als Hannah versuchte, über Fee herzuziehen, ging er nicht drauf ein. Spielverderber.

Sie tranken Jägermeister. Der Erste schmeckte scheußlich, aber dann gewöhnte sie sich an den Geschmack. Es war voll und heiß. Sie fing an, mit den vier Jungs neben ihnen zu flirten, die dabei waren, das Abitur zu machen. Wann sich Fabian verabschiedet hatte, wusste sie nicht mehr. Oder ob er gegangen war. Das konnte bei ihm auch schnell passieren, man sagte was Falsches, und er haute beleidigt ab. Vielleicht nahm er das aber auch nur zum Vorwand, sie wusste, wie gerne er kiffte. Jedenfalls war er nicht mehr dabei, als sie in eine Hawaiibar mit Plastikpalmen in großen gelben Eimern zogen, wo sie sich kleine Tequilagläser zwischen die Zähne klemmten, weil Hände benutzen verboten war. Sie konnte sich nicht für einen der Jungs entscheiden, sie waren alle süß. Harmlos. Einer hatte ihr sogar seine Fliegerjacke über die Schultern gelegt. Sie ließ sich mit auf ein Konzert schleppen, wo sie die vier schnell aus den Augen verlor. Es war ihr egal, dafür hatte der Typ, der ihr jetzt gegenübersaß, neben ihr gestanden. Sie fand ihn sofort toll, wie er alleine inmitten der Menge tanzte. Sie starrten sich an, bis sie es nicht mehr aushielt und ihn küsste. Er machte mit. Einfach so. Das mochte sie. Umringt von warmen Körpern, im zuckenden Licht.

Musiker, das gefiel ihr. Hannah sah ihr gemeinsames Leben vor sich. Wie sie ihn auf Konzerte begleiten würde. Wilden Sex im Tourbus. Und kreischende Mädchen, die gegen die Scheiben klopften. Und dazu das Gefühl, dass sie die Auserkorene war. Erfüllt von Stolz und Glück. Das seltene Gefühl von Zufriedenheit.

»Kann ich mal deine Toilette benutzen?«

»Klar.« Sie sah ihm nach, er war groß, verpasste um wenige Zentimeter den Türrahmen, und trotzdem wirkte er kleiner, so, als wäre er als Kind lange klein geblieben, um über Nacht in die Höhe zu schießen, als hätte sein Körperempfinden den Sprung nicht nachvollziehen können.

Sie lehnte sich zurück, zog die Beine an, um ihre Schuhe auszuziehen. Sie klaubte eine Zigarette aus seiner Schachtel, zündete sie an und zog daran, das Nikotin entfaltete sich in ihrer Lunge. Zufrieden legte sie den Kopf in den Nacken und starrte aus dem Fenster. Während sie in den dunklen Nachthimmel blickte und keinen einzigen Stern entdecken konnte, stellte sie sich vor, wie sie eines Nachts auf der Autobahn einen Unfall haben würden. Der Wagen hätte sich überschlagen, nur mühsam kletterte sie aus dem Inneren. Nieselregen, blutige Haarsträhnen, die an Stirn und Wange klebten. Er war eingeklemmt, sein schlaffer Arm hing aus dem umgedrehten Fahrerfenster im Matsch, sie versuchte, ihn aus dem Auto zu zerren. Schreiend, mit letzter Kraft. Die Erde rutschig. Sie hätte einen Schuh verloren, das seidene Kleid klebte an ihrem Körper. Autofahrer hielten an und standen hilflos im Kreis. Sie schüttelte eine Frau, die benommen neben ihr stand, und brüllte sie an,

Hilfe zu holen. Der Schrei eines Mannes, nur langsam drangen die Worte in ihr Bewusstsein. »Das Benzin. Das Benzin.« Jemand riss sie weg. Sie wehrte sich, schlug um sich. Laute kamen aus ihrem Mund. Eine helle Explosion, die Druckwelle, die sie nach hinten warf. Es war zu heiß, geblendet hielt sie sich den Arm schützend vor die Augen. Langsam wurde es hell am Horizont. Das lautlos kreisende Blaulicht tauchte das Szenario in schöne Farben.

»Alles okay?« Unversehrt stand er im Türrahmen und betrachtete sie. Dann griff er nach seiner Jacke.

»Ich geh dann mal.«

Hannah zwang sich ein Lächeln ins Gesicht, war erleichtert, dass er verschwand. Er nickte. Dann ging er in den Flur. Sie folgte ihm. Er hatte die Hand am Knauf, als er sich umdrehte.

»Darf ich kurz?«

Er griff nach dem Kugelschreiber, der auf dem kleinen Tisch neben der Tür lag. Fischte ein altes U-Bahn-Ticket aus seiner Manteltasche und kritzelte eine Telefonnummer darauf.

»Meld dich mal.«

Sie lächelte ihn an. Im Hintergrund tönte die Musik aus der Küche, die sich mit dem Gebrüll von Fee vermischte. Hannah versuchte, sie zu ignorieren. Dann das Tappen spitzer Finger auf ihrer Schulter.

»Was?«, fragte Hannah.

»Ich kann nicht schlafen, du egoistische Kuh!«

»Dann lass uns doch die Musik leiser machen.«

»Richtig.« Fee verdrehte die Augen. »Du bist so abgefuckt.«

»Ja, ja.« Hannah drehte sich zurück, doch das Treppenhaus war leer.

Sie gab der Tür einen Schubs und lief an Fee vorbei.

»Gute Nacht, Fee.«

Sie ging in ihr Zimmer, streifte sich die Klamotten ab und kuschelte sich unter die dicke Daunendecke. Sie schloss die Augen, war am Einschlafen, als ihr der Anruf ihres Vaters wieder einfiel. Den ganzen Abend und die halbe Nacht hatte sie es geschafft, jeden Gedanken daran zu verdrängen. Im Dunklen fielen ihr seine Worte wieder ein. Hellwach starrte sie an die Decke. Angst stieg aus ihrer Brust empor und flatterte unruhig über ihr. Das Dunkel um sie herum wurde schwärzer und das Gefühl des Alleinseins riesengroß. Sie schaltete schnell die Nachttischlampe ein, doch vor den langen Schatten, die sich in ihrem Zimmer aufwarfen, begann sie sich ebenso zu fürchten. Erst im Morgengrauen, als es leicht zu regnen anfing, fiel sie in einen unruhigen Schlaf. Das Letzte, was sie hörte, war das rhythmische Pochen der Tropfen auf ihrem Fensterbrett.

7

Der Morgenhimmel stand grau und niedrig über der feuchten Wiese. Halme, die tränend zur Seite hingen. Ein leichter Nieselregen benetzte Wolfs Gesicht, der den schmalen Trampelpfad entlangschwankte. Die Lider schwer, und noch immer toste Sandys hysterisches Gekreische in seinen Ohren.

Er stolperte in den dunklen Wohnungsflur. Der Matsch unter seinen Sohlen verteilte sich auf dem Teppich. Hinter ihm schlug die Tür zu, er zuckte zusammen, verlor das Gleichgewicht, taumelte zur Seite und stützte sich mit ausgestreckten Armen an der Wand ab. Der Kopf kippte nach vorne, bis sein Kinn auf die Brust sackte. Dunkelheit verschluckte ihn. Wolf schlug nach dem Lichtschalter. Versuchte, die Jacke auszuziehen, drehte sich ein paarmal um sich selbst. Hatte Schwierigkeiten, sie an den Garderobenständer zu hängen. Musste sich wiederholt vergewissern, die Schlaufe in der Hand zu haben. Störrisches kleines Ding. Misstrauisch beäugte er den Kragen. Ein erneuter Versuch. Die Jacke fiel zu Boden. Er bückte sich. Stolperte. Ging selbst auf die Knie. Sah sich den Boden an. Zusammengesunken lag die Jacke vor ihm. So friedlich. Er war versucht, sich danebenzulegen. Ein letzter Tatendrang hielt ihn davon ab, und er schmiss sie auf die anderen Jacken. Die Lider halb geöffnet, fiel sein Blick auf die angelehnte Küchentür. Drohende Stille. Hinter ihm fiel der Garderobenständer zu Boden und schuf einen Berg aus Stoff. Wolf rammte sich den Türknauf in die Hüfte und jagte zum Käfig.

Der kleine Spatz lag auf der Seite, den Schnabel weit geöffnet, als hätte er gehofft, Futter zu bekommen. Wolfs Hals schnürte sich zu. Er hob die Hände, presste die Handballen in die Augenhöhlen, verzerrte das Gesicht zum lautlosen Schrei. Hinter sich hörte er Schritte.

Verschwommen sah er Susann im Türrahmen stehen. Sie blickte ihn höhnisch grinsend an. »Du hast ihn umgebracht.«

Bevor sie in Lachen ausbrechen konnte, schlug er ihr mit der Faust ins Gesicht.

8

Nur mit Mühe schaffte Agnes es, ihr zuschwellendes Auge zu öffnen. Sie fuhr mit der Zunge über die aufgeplatzte Lippe. Sie fühlte sich dick an. Schmerzen spürte sie nicht. Taubheit, als wäre sie gar nicht da. Der Körper eine leere Hülle. Sie blinzelte die Tränen weg. Krümel türmten sich zu Bergen auf. Salz glitzerte wie Kristall. Unscharf dahinter die Stiefel ihres Vaters unter dem Küchentisch, ein Schuh offen, die dreckigen Schnürsenkel lagen schlaff auf dem Boden.

Zweimal hatte er zugeschlagen. Und sie war rückwärts über den Stuhl gefallen.

Sie lag auf dem dreckigen Boden der Küche. Warum hatte er das getan? Konzentrier dich. Denk nach.

Agnes schloss die Augen. Wollte verschwinden, sich verstecken. Und erinnerte sich an die vielen Versteckspiele. Er hatte oft mit ihr gespielt. Nur wenn er betrunken war, hatte er manchmal vergessen, sie zu suchen. Später hatte er darüber gelacht und gesagt, was für gute Verstecke sie doch immer finden würde.

Ihr Gesicht ruhte auf den kühlen Kacheln. Eine erste Welle Schmerz durchfuhr sie. Die rechte Gesichtshälfte fühlte sich matschig an, doch sie war zu schwach, den Arm zu heben und das Gesicht abzutasten. Ein Brummen umhüllte sie. Sie lag auf ihrem gesunden Ohr. Der umgekippte Vogelkäfig lag nicht weit von ihr. Sie entdeckte das tote Vögelchen, es ruhte auf den rostigen Metallstäben.

Warum hatte er sie mit dem Namen ihrer Mutter angebrüllt? Denk nach. Denk nach. Aber das Denken fiel ihr schwer. Das Rauschen im kaputten Ohr war fürchterlich laut. Lieber wieder die Augen schließen, er war betrunken, und er war böse. So böse wie damals, als die Sache mit dem Ohr passierte.

Sie war klein gewesen. Kurz nachdem ihre Mutter abgehauen war. Es war nur ein Schlag. Ein einziger Schlag, der das Trommelfell zerstört hatte. Ihr Vater brachte sie ins Krankenhaus. Sie sagte nichts. Es war ein Unfall. Lange Zeit durfte sie zu Hause bleiben und bei ihm im Wohnzimmer auf der Couch liegen. Mit ihm. Mit ihrem Papa. Mit Bettdecke im Wohnzimmer. Sie sahen viel fern. Auch nachts, bis ihre Lider schmerzhaft schwer waren und die Augen zufielen. Sie aßen auch auf der Couch. Es war eine schöne Zeit. Er hatte ihre Hand gehalten. Manchmal weinte er, und sie tröstete ihn, dass alles gut und sie nicht böse auf ihn sei. Er wich nicht von ihrer Seite und trank lange nichts. Später fing er wieder damit an, aber seine Wut hielt immer nur kurz, und meistens konnte er sich im Nachhinein nicht einmal erinnern, warum er ausgerastet war. Nie wieder hatte er sie geschlagen.

Aber die Verletzung im Ohr war nicht richtig geheilt. Ihr Vater beschimpfte die Ärzte, und schließlich gingen sie nicht mehr hin. Seitdem hörte sie schlecht auf dem kaputten Ohr, und auch das verriet sie niemandem.

Heute hatte Agnes ein schlechtes Versteck gewählt. Mitten in der Küche. Sie musste verschwinden, ein richtiges Versteck finden. Er war betrunken. Sie rollte vorsichtig auf den Rücken. Das ging, keine unerwarteten Schmerzen. Das Auge war dick. Sie schmeckte Eisen im Mund. Hoffentlich war nichts mit der Nase passiert. Sie wollte nicht in die Notaufnahme. Dieses Anstehen, diese Fragen. Mitleidige Blicke konnte sie am wenigsten ertragen. Wenn sie ihn anzeigten, hatte sie kein Zuhause mehr. Dann hatte sie niemanden mehr. Ihre Mutter wollte sie nicht. Hatte nie Kinder gewollt. Er hatte auf sie aufgepasst. Hatte sie großgezogen. Familie war ihm wichtig.

Das mit dem Vogel hätte nicht passieren dürfen. Wahrscheinlich war es ihre Schuld, dass er tot war. Sie hätte vor dem Schlafengehen einmal nachschauen sollen, ob ihr Vater da war. Armes Vogelbaby. War auch nicht der erste Vogel, der tot im Käfig lag. Die starben immer.

Sie kroch auf allen vieren aus dem Zimmer. Die letzten Meter krauchte sie in der Hocke. Schleppte sich ins Bad, wo sie leise die Badezimmertür abschloss. Ihr Magen rebellierte, sie stürzte zum Klo, um sich zu erbrechen, aber es kam nichts. Langsam richtete sie sich auf. Ihr Gesicht im Spiegel. Mit roten Flecken übersät, die sich zusehends dunkler färbten. Das Auge nur ein Schlitz. Mit den Fingern tastete sie den Wangenknochen ab. Schien nichts gebrochen zu sein. Trotzdem würde sie die nächsten Tage, die nächsten Wochen beschissen aussehen.

Jan fiel ihr ein. Wann war der Termin? Er durfte sie nicht sehen. Sie musste abhauen.

Agnes lief in ihr Zimmer, um den Parka zu holen. Beim Rausgehen griff sie nach dem Handy, schlich an der Küchentür vorbei, mit dem heilen Auge betrachtete sie ihren Vater, der mit dem Kopf auf der Tischplatte lag, das Unterhemd war aus der Hose gerutscht. Laut schnarchte er vor sich hin. Sie stahl sich aus der Wohnung.

Vor der Tür kramte sie in ihrem Parka nach einer Zigarette. Vergebens. Sie ging zum Supermarkt, hoffte, dort auf jemanden zu treffen, um eine Kippe zu schnorren. Die Kapuze tief ins Gesicht gezogen, den Kopf gesenkt, den Blick auf ihre Doc Martens. Einen Schritt vor den nächsten. Der Wind blies ihr um die Ohren und säuselte Tonleitern in ihren Kopf. Der Platz vor dem Supermarkt war verlassen. Nur ein leerer Einkaufswagen stand verloren vor der Scheibe, auf der mit kreischender Farbe Sonderangebote angepriesen wurden. Zu früh. Sie setzte sich auf die Stufe. Vor ihren Fußspitzen lag eine ausgetretene Kippe, die sie aufhob. Sie pustete den Dreck ab und drückte sie wieder zurecht, steckte sie zwischen die gespannten Lippen und rauchte die letzten Züge. Schuldbewusst zuckte sie zusammen, als das jaulende Geräusch einer Alarmanlage vom Parkplatz zu ihr rüberdröhnte.

Hinter der Scheibe des Supermarkts kniete sich eine junge Frau im Kittel zu Boden und schloss die Glastüren auf. Vereinzelt kamen Menschen, mit leeren Händen liefen sie an ihr vorbei, um mit vollen Tüten wieder herauszukommen. Niemand sah sie an, vielleicht hatten sie Angst, sie könnte betteln. Vielleicht hatten sie Angst, sie könnte abfärben. Unheil über sie bringen. Als alle wach waren, die Schiebetür sich in regelmäßigen Abständen öffnete und wieder schloss, der Einkaufswagen unter das Vordach zu den anderen zurückgeschoben worden war, stand sie auf. Vielleicht würde Rico sie rausschmeißen, aber wie konnte sie das wissen, wenn sie sich nicht traute, es herauszufinden. Scheiß auf den Stolz. Wo sollte sie auch sonst hin?

Rico wohnte nicht weit entfernt. Agnes klingelte. Der Summer ertönte, erleichtert stieß sie die Tür auf.

Rico würde sie nicht darauf ansprechen. Sie redeten nicht über solche Dinge. Nie. Er kannte das selber. Von seinem Vater, auch von seiner Mutter. Einmal war sie dabei gewesen, als sie wieder und wieder mit einem Kochlöffel auf ihn eingeschlagen hatte.

Agnes glaubte, dass er netter zu ihr sein würde, vorgeben würde, dass alles in Ordnung sei. Sie würde sich entschuldigen. Sagen, dass sie nicht schwanger sei. Dass sie einen Scherz gemacht habe.

Die Tür war nur angelehnt, zögerlich betrat sie die Wohnung. Stimmen vermischt mit dumpfen Hip-Hop-Beats drangen in den engen Flur. Die Lampe zeichnete schwach den Turnschuhhaufen. An die Wand gelehnt, zog sie ihre Doc Martens aus. Das war wichtig, immer Schuhe ausziehen, sonst flippte Rico aus. Dabei fand sie stinkende Füße viel schlimmer. Die Tür seines Zimmers stand ein Stückchen offen. Daneben die verschlossene Wohnzimmertür. Ricos Mutter gehörte die Wohnung. Vor zwei Jahren war sie zwar zu ihrem Freund ins Nachbarhaus gezogen, doch das Wohnzimmer durfte niemand betreten. Einmal stand die Tür offen. Seine Mutter stand tief gebeugt über dem dröhnenden Staubsauger. Dahinter eine komplette Wohnzimmergarnitur, Dreiersofa, Zweiersofa und ein Sessel im altmodischen Blümchendesign. Wie die Kulisse einer alten Werbebroschüre.

Agnes stieß Ricos Zimmertür auf, eine dichte Wolke Zigarettenrauch und der säuerliche Geruch von abgestandenem Bier schlugen ihr entgegen. Hier saßen sie alle unter den Balken des Hochbetts mit müden Gesichtern und Ringen unter den Augen. Rico, Kat und Bülent dicht gedrängt auf dem durchgesessenen Sofa im Schatten der zugezogenen Vorhänge. Kat hatte sich eng an Rico geschmiegt, saß beinahe auf ihm.

Kat. Mit ihren beschissenen aufgemalten Lipgloss-Lippen. Die waren nur schmieriger Glanz. Dabei sah man die Konturen ihrer Lippen. Sie waren nicht dick, sondern schmal. Nicht mal geschwungen, sondern wie bei einem Strichmännchen, das weder lacht noch grimmig guckt. Ausgerechnet heute musste sie ihren freien Tag haben. Sie machte als Einzige eine Ausbildung – im Billig-Friseursalon, nicht weit von hier –, und trotzdem würde ihr Geld nicht mal für die Miete genügen. Sie ließ sich aushalten.

Die Jungs standen auf Kat, lag wohl an den blond gefärbten Haaren und den großen Titten. Auf dem Oberschenkel hatte sie sich Katzenpfoten tätowieren lassen, sie trug kurze Röcke, so kurz, dass man ihr in den Schritt schauen konnte, wenn sie sich setzte, und natürlich damit man die Tätowierung sah.

In dem überquellenden Aschenbecher lagen oft Kippen mit rosa verschmierten Filtern. Wenn Agnes fragte, ob Kat da gewesen sei, bekam Rico schlechte Laune und sagte, sie solle nicht auf Spürhund machen, die Kippen seien alle alt. Aber sie glaubte ihm nicht. Offiziell hatte Kat einen Freund, er war alt, bestimmt vierzig, lebte in einer anderen Stadt und hatte Kohle. Und war selten da. Irgendwann wollte Kat zu ihm ziehen. Aber Agnes hatte gehört, in Wirklichkeit sei er verheiratet und wolle Kat nur ficken.

Als Agnes das Zimmer betrat, den Kopf gesenkt, Schutz in den Tiefen ihrer Kapuze suchend, sprang Rico auf. Erst als er ihr zerschlagenes Gesicht erblickte, ließ er sich wieder nach hinten fallen. Ignorierte sie, tat, als sei sie nicht da. Er beugte sich über den zerkratzten Glastisch, die Beine weit auseinandergestellt, und machte sich daran, einen Joint zu rollen. Auf dem niedrigen Tisch vor ihm, zugestellt mit leeren Bierflaschen, Gläsern und Tassen, in denen sich braune Cola-Reste befanden, vollgemüllt mit alten Fernsehbeilagen, hatte sich Rico ein Stück freigeräumt. Ein sorgfältig auseinandergefaltetes Blättchen mit Tabak lag vor ihm. In der Hand hielt er ein Stück Haschisch, das er mit einem

Feuerzeug erhitzte, um dann die Krümel auf dem Tabak zu verteilen. Agnes beobachtete ihn verstohlen.

Kat starrte sie an.

»Was?«, formte Agnes lautlos drohend mit dem Mund.

Hastig drehte Kat den Kopf zur Seite. In einer Ecke saß Mickey auf einem Plastikgartenstuhl mit geblümter Auflage. Weit nach hinten gelehnt, sah er auf den großen Fernseher an der Wand, auf dem ohne Ton ein Billardturnier lief. Seine muskulösen Unterarme waren voller verblasster schwarzer Tattoos. In Fleisch gestochene Erinnerungen, behauptete er. Er trug ein schwarzes T-Shirt, unter dem sich seine Brustmuskulatur deutlich abzeichnete. Alles an ihm war breit, selbst sein Hals. Am Kinn hatte er ein Grübchen, und seine dunklen Augen funkelten unter den dichten, immer zusammengezogenen Augenbrauen. Argwöhnisch.

Weil es keinen Sitzplatz mehr gab, setzte sich Agnes im Schneidersitz auf den Boden. Sie schnappte sich eine Kippe aus der Schachtel Marlboro, die auf dem Tisch lag. Bülent brummte eine abfällige Bemerkung, aber sie ignorierte ihn. Bülent nahm keiner ernst. Am Hals hatte er das Profil eines Indianerhäuptlings tätowiert, doch irgendwas war schiefgelaufen, denn das Tattoo erinnerte an eine Waschmaschine im Schleudergang. Sie zog die Kapuze tiefer ins Gesicht, froh, dass keiner einen Kommentar abgegeben hatte. Bis Mickey sie ansah.

»Wow. Da scheint Wolf aber ordentlich seine Wut abgelassen zu haben.«

Er hatte sich nach vorne gebeugt und betrachtete Agnes.

»Fresse halten«, herrschte sie ihn leise an.

»Oho. Das Kätzchen faucht.«

Mickey sprach langsam, wählte seine Worte mit Bedacht. Kats Kopf war zur Seite geschnellt, Agnes starrte sie böse an. Und mit gelangweiltem Gesicht wandte sich Kat wieder ihrem Handy zu.

Rico hatte Agnes erzählt, dass Mickey zweimal im Knast gesessen habe, weil er schnelle Autos liebte. Wenn er besoffen war, klaute er gerne welche, machte Spritztouren und stellte sie dann irgendwo wieder ab. Er wohnte nicht im Kiez. Mickey und Rico hatten sich bei Sozialstunden kennengelernt. Manchmal kam Mickey jeden Tag. Dann sah man ihn wieder wochenlang nicht. Keiner fragte ihn, was er in der Zwischenzeit machte. Und er sprach auch nicht darüber. Er war älter als die anderen. Wie viel älter, wusste keiner. Alle hatten ein bisschen Schiss vor ihm. Bei einem seiner Autodiebstähle hatte es einen Unfall gegeben, weswegen er ein paar Jahre ins Gefängnis musste. Es gab dieses Gerücht, dass entweder eine Omi oder ein Kind verletzt worden war. Das mit der Omi wäre nicht so schlimm gewesen. Nur das mit dem Kind. Aber keiner traute sich zu fragen.

Agnes erwiderte nichts. Sie schielte zu Rico. Konzentriert baute er an dem Joint. Bestimmt war er wütend auf sie. Vielleicht konnte sie später alleine mit ihm sprechen, aber dafür müssten die anderen erst mal abhauen. Er hielt das lange Blättchen in den Händen, beugte den Kopf, leckte am Papier. Stolz bestaunte er sein Werk. Das tat er immer. Keiner sagte was. Hätte er gefragt, hätten die anderen zugestimmt, er konnte wirklich die perfekten Joints bauen. Rico hatte großes Selbstvertrauen, er brauchte nie Zustimmung. Hatte niemals Selbstzweifel. Und war nicht einmal ein Angeber. All das brauchte er nicht. Als gäbe es in seinem Kopf nur eine Stimme, die ihm immerwährend jubelnd applaudierte.

Er riss die Spitze ab, schmiss sie in den kleinen Tischmülleimer und zündete den Joint an. Dann lehnte er sich zurück und atmete tief den Rauch ein.

»Also, ich finde die Aktion cool. Einfach in das Elektrogeschäft mit dem geklauten Wagen rein, dann die Sachen schnappen. Und bäng, wieder weg. Mann, das sollten wir auch versuchen«, sagte Bülent.

Mickey wandte seinen Blick nicht vom Fernseher, als er antwortete: »Schwachkopp, hat ja nicht mal einer von euch nen Führerschein.«

»Hat dich auch nie daran gehindert, Autos zu klauen«, erwiderte Bülent trotzig. »Du bist der Schwachmat. Feige bist du.«

Träge schüttelte Mickey den Kopf.

»Wie viel war denn das Zeugs wert?«, fragte Kat mit angestrengter, hoher Stimme. Agnes verstand nicht, wie die Typen auf so was reinfallen konnten. Kat legte ein Bein über Ricos Oberschenkel und kraulte ihm den Nacken.

»Woher soll ich denn das wissen?«, fragte Rico unfreundlich, schob dabei das Bein weg und schüttelte ihre Hand wie eine lästige Fliege von sich.

»Steht das nicht in der Zeitung, oder was?«, fragte Kat.

Bülent schmiss sie ihr zu. »Musste selber lesen.«

Kat warf den Kopf in den Nacken. »Könnt wohl nicht lesen?«

»Kannst gleich mal nen Abgang machen und zurück Haare schneiden gehen«, sagte Bülent.

»Wenigstens habe ich einen Job.«

»Davon kannst du dir aber auch nichts kaufen«, lachte Bülent vor sich hin.

Agnes versuchte, ein Grinsen zu unterdrücken. Sie stöhnte auf, als sich ihre Lippe spannte, und fuhr sich vorsichtig mit den Fingern über den Mund. Der Joint wurde in ihre Richtung gehalten, sie schüttelte den Kopf.

»Du bist so asozial, Bülent. Du wirst für immer Aushilfsjobs machen müssen.«

»Nicht heißrauchen. Gib die Tüte weiter«, rief Bülent Kat zu, bevor er sich wieder an die Jungs wandte. »Was wollen denn die Ollen hier eigentlich? Rico, mach die doch mal weg. Hast du nicht gesagt, die Agi darf eh nicht mehr her?«

Rico stand auf. »So, ihr müsst Leine ziehen. Ich will schlafen.«

»Schon?«, fragte Bülent.

Keiner rührte sich.

»Geht dich einen Scheißdreck an. Hast du kein Zuhause?«

Bülent lachte. »Du Penner.«

Kat tippte mit flinken Daumen auf dem Bildschirm ihres goldenen Handys, wahrscheinlich hatte sie sich dafür auf den Rücken legen müssen. Oder den Arsch hinhalten. Rico war um den Tisch herumgekommen, blieb vor Agnes stehen und hockte sich in die Knie, um auf Augenhöhe mit ihr zu sein. Seine Hände berührten sachte ihre Arme. Sie wollte die Augen schließen und sich an ihn lehnen, alles würde gut werden. Er sah sie stumm an. Sie wollte was sagen, doch Rico schüttelte kaum merklich den Kopf. Ihr wurde heiß, und sie verstand, sie blickte sich zu Kat um, die sich nicht gerührt hatte. Er forderte sie auf zu gehen. Er wollte, dass sie ging. Nicht Kat. Agnes wurde schlecht.

Sie schüttelte seine Hände weg und stand schnell auf. Mickey legte den Arm um ihre Schultern und schob sie aus der Wohnung. Im Treppenhaus löste sie sich aus Mickeys Umarmung. Druckste herum.

»Komm, Agnes.«

»Ich komme, wann es mir passt.«

»Lass sie doch da dämlich rumstehen, Alter«, sagte Bülent.

Mickey ignorierte ihn. Agnes lehnte sich an die Wand.

Mickey stand dicht vor ihr. Er versuchte, nach ihrer Hand zu greifen.

»Lass mich.«

»Rico ist mit Kat zusammen.«

»Fass mich nicht an. Was weißt du schon, du Penner?«

»Wir haben letzte Nacht alle abgehangen.«

»Das hat nichts zu bedeuten.«

»Doch, Agnes.«

Sie schlug nach ihm. »Du hast keine Ahnung. Er fickt sie höchstens. Kat hat einen Freund.«

»Nein, mit dem hat sie Schluss gemacht.«

»Aber er zahlt doch ihre Miete.«

Mickey zuckte mit den Achseln. »Dann zieht sie halt zu Rico.«

»Das würde seine Mutter nie erlauben.«

Agnes rannte die Treppen hinunter. Sie wollte auf keinen Fall, dass die Jungs sahen, dass sie begonnen hatte zu weinen. Sie war nicht traurig, ein Scheiß, sie war wütend. Auf diese billige Nutte.

Vor der Kellertür blieb sie stehen. Sie hörte die Jungs das Haus verlassen. Agnes ließ sich auf den Boden gleiten. Sie setzte die Kapuze des Parkas wieder auf. Und wartete. Wartete darauf, dass auch Kat verschwinden würde. Aber Kat kam nicht. Das Licht im Treppenhaus blieb aus. Der Boden war kalt, und es zog. Sie vergrub ihre Hände in den Taschen. Irgendwann stand sie auf, begriff, dass nichts passieren würde.

Der graue Himmel über ihr, es war zu kalt für Anfang Mai. Sie setzte sich auf eine Bank im Park. Agnes war müde und sank zur Seite, blieb auf der Schulter liegen. Sie schloss die Augen. Durch den Stoff der Hose kroch die Kälte. Sie stand wieder auf. Mit hochgezogenen Schultern stapfte sie davon.

Kramte nach ihrem Handy und wählte Ricos Nummer. »Der gewünschte Gesprächspartner antwortet nicht. Bitte versuchen Sie es später noch mal.« Wahrscheinlich vögelten die beiden. Ihre Brust schmerzte. Wie konnte es sein, dass er so schnell und so offen etwas mit Kat am Laufen hatte? Als hätte er nur auf die erstbeste Gelegenheit gewartet. Das konnte doch nicht sein. Hasste er sie? Oder hatte es sich für ihn längst erledigt? Sie steckte das Telefon zurück in die Jackentasche.

Von der Litfaßsäule starrten sie die hellen Augen eines Models an, das sich auf einem Sofa räkelte. Die Laterne beleuchtete gelb die Erde. Lange Schatten auf dunklem Stein. Sie kramte nach ihrem Schlüssel und kratzte die Augen aus. Tote, blinde Augen, die sie nicht mehr anglotzen konnten.

9

Hannah stand mit einer großen, leeren Kaffeetasse in der Küche. Laut tickend marschierten die Zeiger der Uhr auf die Neun zu. Sie spiegelte sich im Fenster, das Handtuch, mit dem sie sich locker einen Turban gewickelt hatte, ragte vor der Schwärze des Nachthimmels auf. Ihr Morgenmantel stand offen. Sie griff nach der Zigarettenschachtel und zündete sich eine Kippe an. Sie hatte ein schlechtes Gewissen, nicht wegen des Rauchens, obwohl sie wusste, dass es ein vermeidbares Laster war. Sie rauchte nur zu Hause, niemals in der Öffentlichkeit. Und sie war noch nicht bereit, sich davon zu lösen. Nein, es waren die vier unbeantworteten Anrufe ihres Vaters, die sie vorwurfsvoll vom Display ihres Telefons anstarrten. Der Espressokocher pfiff auf dem Herd, und sein Brabbeln kündigte den fertigen Kaffee an.

Mit der Tasse in der Hand setzte sie sich an den Küchentisch. Drei kleine Vasen mit pastellfarbenen Blumen standen ordentlich nebeneinander. Sie zog ein Nagellackfläschchen aus der Morgenmanteltasche und begann, sich die Fingernägel weiß zu lackieren. Rauchschwaden erfüllten den Raum. Mit der Zunge schabte sie am angerauten Backenzahn, wenn sie einmal mit dem Kratzen angefangen hatte, war es schwer, damit aufzuhören. Zwanghaft musste sie die Zunge über die Zähne gleiten lassen.

Sie stupste den Pinsel erneut in die Flasche, wechselte ihn in die linke Hand, um die Nägel der rechten zu lackieren. Das war der schwierigere Part und deshalb ihre Lieblingsseite. Das zarte Gefühl der Unbeholfenheit ließ sie die juckende Zunge vergessen. Konzentriert malte sie ihre Fingernägel an.

»Dein Vater hat mich angerufen.«

Erschrocken blickte Hannah auf. Fee stand im Türrahmen und sah sie vorwurfsvoll an.

»Ach ja?«, fragte sie unschuldig.

»Er macht sich Sorgen. Du gehst nicht an dein Telefon, sagt er.« Beide blickten gleichzeitig auf das Handy, das neben dem Nagellackfläschchen auf dem Tisch lag. »Mehr hat er nicht gesagt. Ist alles in Ordnung bei euch zu Hause? Alles okay mit Vera?«

Hannah konnte Mitgefühl in Fees Stimme hören. Beinahe sehnte sie sich danach, mit ihr über alles zu sprechen. Sie wusste, dass sie sich für den Zustand ihrer Mutter interessierte. Immerhin hatte sie lange bei ihnen gewohnt. Fee und ihre Mutter hatten sich immer gut verstanden. Hannah war eifersüchtig gewesen, weil ihre Mutter Fee mehr Aufmerksamkeit geschenkt hatte als ihr. Die beiden saßen tratschend auf der Couch, und sobald sie den Raum betreten hatte, verstummten sie. Sie vermutete nicht einmal Geheimnisse, vielleicht war es den beiden unangenehm, dass sie eine Vertrautheit erreichten, die Hannah nie mit ihrer Mutter gehabt hatte und nie haben würde, weil sie Fee lieber mochte. Als Mensch. Zu ihr war ihre Mutter hart, distanziert und reserviert. Mit Fee kicherte sie. Sie kochte Fees Lieblingsspeisen. Hannah hatte ihre Mutter anfangs darauf angesprochen, da behauptete sie, das stimme nicht, und dass man Fee unterstützen solle, immerhin hatte sie es nicht so gut wie sie gehabt. Ihre Kindheit sei nicht schön gewesen. Und sie sei nicht verwöhnt worden. Von welcher Verwöhnung ihre Mutter dabei sprach, wusste Hannah nicht. Meist endete es in Streit und Vorwürfen, sie sei undankbar.

Mit Fee sprach sie nie über ihre Eifersucht, das kam ihr dann doch zu schäbig und kleinlich vor.

Sie würde es Fee sagen müssen. Und dann? Fee würde denken, sie benutze es nur als Vorwand. Wollte sie die Freundschaft denn noch? Fee würde vielleicht aufhören zu nerven. Würde sie in Ruhe lassen. Aber vielleicht hatte Fee ein Recht darauf, es zu wissen? Wollte sie es denn überhaupt wissen? Würde sie es dann verstehen? Hannah zog an der Zigarette. Und beinahe hätte sie angefangen zu reden, als Fee ihre Augen verdrehte und übertrieben freundlich sagte: »Du hast die Miete nicht überwiesen.«

Hannah war von dem Themenwechsel überrascht, sie schwieg. Sie griff nach dem Nagellack. Was wären ihre Worte? Vera stirbt?

Mit dem Pinsel malte sie über den Nagel hinaus die Nagelhaut an. Sie konnte nicht stoppen.

»Du bist so psycho«, hörte sie Fee sagen.

Sie zog den Pinsel bis zum Handgelenk hoch. Sie sah auf. »Ich überweise die Miete gleich. Heute noch. Versprochen.«

Dann griff sie nach der Kippe und zog daran. Aber Fee war noch nicht fertig.

»Könntest du nicht einen scheiß Dauerauftrag einrichten? Kann ja nicht sein, dass ich dich jeden Monat wieder daran erinnern muss.«

Fee bekam von ihrer Mutter Unterhalt überwiesen, klar, da war ein scheiß Dauerauftrag kein Problem. Aber Hannah musste Rechnungen schreiben, die nie pünktlich bezahlt wurden. Und manchmal musste sie ihr Konto überziehen, wenn sie sich in einen Schuh verliebt hatte. Dieses Mal waren es aber die Bodenarbeiten, der geschliffene Estrich im Flur und ihrem Zimmer, die sie alleine bezahlt und damit ihren Dispo bis zum Limit ausgereizt hatte.

Aber das alles interessierte Fee nicht. Hannah steckte den Pinsel zurück in die Flasche.

»Gute Idee.«

Sie sah Fee mit einem liebenswerten Lächeln an und dachte, du verwöhnte, blöde Schlampe. Du weißt, dass ich mir den Unterhalt und alle Renovierungsarbeiten selber verdienen muss.

Zurück in ihrem Zimmer warf sich Hannah aufs Bett und versank in den vielen Kissen und kuschelte sich unter die weiße Bettwäsche mit dem grauen Muster. Der helle Überwurf hing halb auf dem Boden. Sie schnappte sich ihr Handy und öffnete ihre Seite. Das letzte Bild hatte vielen gefallen. Die Scheinwerfer der Straßenbahn strahlten drohend nah aus der Mitte des Bildes hervor, sie stand so dicht davor, dass man als Betrachter den Wunsch verspürte, sie wegzureißen oder ihr zurufen zu wollen, dass die Gefahr direkt hinter ihr lauere. Eine Ahnung des panischen Tramfahrers hinter der verspiegelten Frontscheibe. Sie hatte dem Bild nachträglich die Farbe genommen, sodass das Grau der Häuser in das Grau des Himmels überging. Der Kunde würde zufrieden sein über die Anzahl der Likes. Die Rechnung, die sie dafür stellen durfte, würde gerade für die Miete reichen. Aber damit war ihr Konto noch nicht ausgeglichen.

Hannah starrte auf das Paillettenkleid, das achtlos in der Zimmerecke lag. Von den wenigen Bildern, die sie in der Kneipe gemacht hatte, hatte sie keins verwenden können. Sie würde aber eins brauchen. Für die Zusammenarbeit mit dem Label waren tausendfünfhundert Euro vereinbart. Mit dem Kleid würde sie nicht wieder in die gleiche Kneipe gehen. Das war klar.

Im Internet suchte sie nach einer anderen heruntergekommenen Bar. Am besten mit Tanzstange. Vielleicht sogar mit nackten Frauen im Hintergrund.

Sie fand einen Tabledance-Club in Moabit. Und wollte Fabian anrufen, der sie noch immer nicht zurückgerufen hatte. Es klingelte lange, und als sie dachte, die Mailbox springe an, ging er ran.

»Hallo?«, kam es zögerlich-herablassend.

»Hey, Fabian. Warum gehst du nicht ans Telefon?«

»Ich bin doch dran.«

»Ich versuche es schon den ganzen Tag.«

»Was willst du?«

»Könntest du mit mir in eine Bar gehen, um Fotos zu machen?«

»Kann nicht.«

»Du kriegst auch Kohle. Und es wird lustig.«

»Du denkst echt, man springt, wenn du anrufst. Außerdem kriege ich noch Geld von dir«, sagte er gereizt.

»Bist du sauer?«

»Weil du mich mit offener Rechnung hast stehen lassen?«

Scheiße, daran hatte sie keine Erinnerung.

Sie lachte. »Ich mach es wieder gut«, sagte sie. »Und ich lad dich zum Essen ein.«

»Nee, lass mal.«

»Hey komm, lass mich bitte nicht alleine da hingehen. Das ist so eine Tittenbar.«

»Beim letzten Mal hat das doch auch ganz gut geklappt. Und ich saß ohne dich da.«

»Ich habe doch gesagt, dass es mir leidtut. Sorry.«

»Nein, hast du nicht.«

»Fabian, du nervst.«

Dann legte sie auf. Es hatte keinen Zweck. Sie musste alleine gehen. Scheiße. Es war nur ein Job. Kohle verdienen.

Sie schminkte sich sorgfältig. Dann schlüpfte sie wieder in das Kleid. Mantel drüber. Die Absätze hallten im Hausflur. Im Fahrstuhl blickte sie prüfend in den Spiegel. Gerahmt von metallenen Wänden. Kaltes Licht. Vorteilhaft. Nebenbei drückte sie auf den Erdgeschossknopf. Sie entdeckte ein paar ungezupfte Haare an den Augenbrauen, die ihr im Bad nicht aufgefallen waren. Langsam glitt der Fahrstuhl hinab. Sie verwischte das zu dick aufgetragene Make-up am Halsansatz. Zog den Lippenstift nach. Ungeschminkt geht man nicht aus dem Haus, hörte sie die Stimme ihrer Mutter. Bis Fee gekommen war, hatte Hannah sich hässlich gefühlt. Zu groß und zu dünn. Was hast du nur mit deinen Haaren gemacht? Mit dem Outfit willst du auf die Straße? Das Urteil ihrer Mutter. Der Abstand zu ihr hatte sie schön werden lassen. Nun versuchte sie, Hannah mit aller Macht wieder an sich zu ziehen. Die Krankheit versuchte es. Mit einem sanften Ruck hielt der Fahrstuhl an, die Türen öffneten sich. An den Briefkästen vorbei. Sie riss die Eingangstür auf, trat in die kühle Luft, die bereits nach dem kommenden Sommer roch. Die Nacht war still, bis auf das Flattern eines Zettels, der an einer Laterne mit Klebeband befestigt war. Das Bild einer schwarzen Katze, die mit wachen Augen in die dunkle Nacht starrte, darunter stand mit schwarzem Edding geschrieben: »Achtung. Rasierklingen-gespickte Fleischbällchen sind in der Nähe gefunden worden. Passt gut auf eure Vierbeiner auf!« Doch Hannah sah den Zettel nicht.

10

Kalter Wind zog über das offene Gelände vor dem S-Bahnhof. Agnes kauerte im Schatten des hell erleuchteten Kiosks. Noch wärmte sie der Parka, doch die feucht-kalte Colaflasche in ihrer Hand ließ ihre Finger bereits taub werden. Sie trank vorsichtig, um die kaputte Lippe zu schonen, und starrte auf die Straße. Das Licht der Laterne spiegelte sich auf der glänzenden Fahrbahn. Die Monotonie der vorbeirauschenden Fahrzeuge. Rote Farbschlieren, sobald die Autos an der Ampel abbremsen mussten. Sie war allein mit ihrem Hass, der ihr Herz schneller schlagen ließ. Sie hasste Rico. Sie hasste Kat. Sie hasste ihren Vater. Sie hasste die Welt.

Normalerweise hätte sie bei Rico übernachtet, doch der ging nicht an sein Telefon. Als sei er sich sicher, dass sie anrufen würde. Dass sie betteln würde. Sie sah das Handy neben ihm und Kat liegen, während sie fickten. Und Kat in irgendeiner Pornopose spitze, gefakte Schreie ausstieß.

Vereinzelt lief jemand an ihr vorbei, um schnell nach Hause zu kommen. Schirme wurden aufgeschlagen. Regentropfen ploppten vom Nylon ab. Sie eilten ins Warme. Ins Trockene. Agnes wollte nicht nach Hause, sollte sich ihr Vater ruhig Sorgen machen.

Sie spürte die lüsternen Blicke des Kioskbesitzers, als fühle er ihre missliche Lage. Bereit, zur Stelle zu sein, gebraucht zu werden, um seine Neigung zu stillen. Heiner, der alte Sack. Sie waren bei ihm zu Hause gewesen. Alle. Früher. Oft. Er lebte in einer kleinen Einzimmerwohnung.

Alles vermüllt. Überall lag irgendwas rum. Und in den Regalen standen diese großen runden Plastikschüsseln, in denen sonst die Gummitierchen angeboten wurden. Gefüllt mit Kronkorken. Warum sammelte man so einen unnützen Scheiß? Die Schilder hatte er nicht entfernt. Geknicktes Metall mit spitzen Kanten in der Haribo-Erdbeeren-Vorratsplastikbox. Und Frösche. Die Frösche liebte sie. Rico und sie. Sie waren Kinder, spielten in Unterwäsche Videospiele auf Heiners stinkender Couch. Sie erinnerte sich daran, dass es warm war. Dass es immer ein bisschen nach Zwiebeln und irgendwie nach Keller roch. Die Heizung bis zum Anschlag aufgedreht. Die Gardinen zugezogen. Angefasst hatte er sie nie. Er lief in Unterhosen rum, die labbrig an seinem dünnen Arsch runterhing. Die Plauze überm Schlüpper. Seitdem bekamen sie die Getränke in seinem Kiosk umsonst. Früher auch die Süßigkeiten. Rico hatte ihm gedroht, ihn auffliegen zu lassen. Manchmal ging Rico alleine rein, und wenn er wieder rauskam, schob er sich Scheine in die Hosentasche. War klar, wem das Geld gehörte. Bei Bülent soll er zudringlicher gewesen sein. So gestört wie der war, glaubte Agnes das. Der hat den Kiosk auch nie wieder betreten. Wenn er mit Bierholen dran war, lief er ewig lange Strecken. Man wusste vorher, dass es dauern würde, wenn Bülent an der Reihe war.

Agnes hatte früh gelernt, dass sie sich auf sich selbst verlassen musste. Sie würde ausharren, Minute um Minute, weil sie es konnte. Heiner würde ihr eine weitere Cola geben. Sie würde es sich verkneifen, pissen zu gehen. Auf seiner stinkenden Couch würde sie sich trotzdem nicht zusammenrollen. Auch wenn er darauf lauerte.

Ein Straßenköter stand plötzlich vor ihr. Sein schwarzes Fell nass und struppig. Er setzte sich vor sie, die schwarzen Augen auf sie gerichtet. Sie versuchte, ihn zu ignorieren. Er begann zu winseln. Agnes guckte sich nach dem Besitzer um. Doch der Hund schien allein zu sein, er trug kein Halsband. Tief aus seiner Kehle klang ein flehendes Jaulen. Sie streckte die Hand nach ihm aus und strich durch das dichte Fell.

»Na, du.«

Seine dunklen Augen schienen Verbundenheit auszudrücken. Als eine weitere S-Bahn krachend eingefahren kam, trollte er sich. Mit gesenktem Kopf und eingezogenem Schwanz lief er über die Hauptstraße davon in den Park. Agnes sah ihm hinterher.

Kurz darauf jagte ein neuer Strom Fremder die Treppen herauf.

Eine junge Frau kam die Stufen hoch. Sie stockte. Blieb ungläubig stehen, näherte sich dem Fahrrad, dessen Vorderrad zertreten und eingedellt neben Agnes an der Wand stand. Mit großen Augen glotzte sie Agnes an. Ängstlich, doch gleichzeitig vorwurfsvoll. Agnes hielt den Blick. Du Fotze, ich habe das Rad nicht mal angefasst. Aber sie war diejenige mit dem zerschlagenen Gesicht. Erschrocken wandte sich die junge Frau ab. Sie blieb einen Moment unschlüssig vor dem Rad stehen, dann lief sie davon. Bis der dunkle Mantel von der Dunkelheit verschluckt wurde.

Agnes hatte auch einmal ein Fahrrad besessen. Ein rotes. Ein schönes. Ihr Vater hatte es mitgebracht, nicht lange nachdem ihre Mutter verschwunden war. Und das mit dem Ohr passierte. Es war nagelneu. Der Lack glänzte. Ihr Vater war eines Tages nach Hause gekommen, heiter und fröhlich. Früher war er oft so, wenn er ein paar Bier getrunken hatte. Aber nur ein paar. Er rief: »Agnes, schau, die Sonne scheint. Ich habe eine Überraschung für dich.«

Sie war aufgeregt, schlüpfte in ihre Gummistiefel, die sie

von ihrer Mutter bekommen hatte. Und die sie einen Sommer lang zu jeder Gelegenheit trug. Bis sie zu klein wurden und ihre Zehen anfingen zu schmerzen. In den Gummistiefeln hatte sie sich schick gefühlt. Sie lief aus dem Haus, und dort stand das Fahrrad. Außer sich vor Freude warf sie sich in den Arm ihres Vaters. Bis er sie lachend von sich schob.

Er rief: »Viel Spaß.«

Und weg war er.

Das Fahrrad war schwer, daran konnte sie sich erinnern. Es war umgefallen. Sie hatte keine Ahnung, wie man darauf fahren sollte. Auf diesen dünnen Reifen. Sie wollte ihren Vater nicht enttäuschen, deswegen schaffte sie es mit Mühe, es bis um die Ecke zu schieben. Dann setzte sie sich daneben und wartete darauf, dass irgendetwas passierte, damit sie verstand, wie man auf dem Rad fahren lernen sollte. Als sie Frau Sommer, die meckernde Nachbarin, das dritte Mal an diesem Tag mit ihrem dreckigen weißen Pudel an sich vorbeiwatscheln sah, wusste sie, dass es Zeit für sie war, nach Hause zu gehen. Sie mühte sich ab, das Fahrrad hochzuheben, und schob es wieder zurück. Klingelte. Wartete. Klingelte Sturm. Doch ihr Vater öffnete die Tür nicht. Als es dämmerte, machte sie sich auf den Weg zu Helga. Es war heiß an diesem Tag. Die Tür stand offen. Sie erinnerte sich daran, durstig gewesen zu sein, weil sie den Tag über nichts getrunken hatte. Sie schob das Rad in die Kneipe. Sie hatte Angst, es draußen stehen zu lassen. Wollte es beschützen, keiner sollte es klauen. Drinnen war es dunkel, wie in einer Höhle. Selbst die Luft, die man einatmete, war warm und roch süßlich. Die Erwachsenen grölten, sobald sie die Kneipe betreten hatte, und fremde Hände wuschelten über ihren Kopf. Was sie nicht gerne mochte, aber sie sagte nichts.

Dann brüllte jemand: »Fahren.«

Und ein Chor setzte ein: »Fahren. Fahren.«

Dicke Zungen lallten laut. Ihr Vater lächelte, sodass sie sich gar nicht traute, etwas anderes zu tun, als es zu versuchen. Von ihrem Vater hatte sie gelernt, mutig zu sein, alles auszuprobieren. Keine Angst zu haben. Sie setzte sich auf das Rad. Im engen Gang zwischen Tresen und Tischen. Der Sattel war hoch. Aber sie schaffte es irgendwie. Und als sie die Füße hochgenommen und auf die Pedale gestellt hatte, da schaute sie zu ihrem Vater. Und sie war stolz. Sie saß das erste Mal auf einem Fahrrad, und sie kam sich groß vor. Auf einmal schien alles möglich. Erreichbar. Und sie meinte zu wissen, wie man Rad fährt. Doch bevor sie in die Pedale treten konnte, fiel sie um. Knallte mit dem Kopf gegen die Stuhlkante. Alles um sie herum versank in tiefes Dunkel. Friedvoll. Bis ein Brüllen die Stille durchriss. Köpfe über ihr. Lärm. Sie sah, wie ihr Vater das Rad unter ihr vorzerrte und über seinen Kopf auf die Straße schmiss. Sie spürte, wie er sie hochhob und trug. Sie auf die Stirn küsste. Immer und immer wieder. Und dann lief er mit ihr auf dem Arm los. Vorbei an dem Rad, das verlassen auf dem Bürgersteig lag. Sie hatte angefangen, laut zu heulen, konnte sich aber nicht erinnern, ob wegen der Schmerzen oder wegen des Verlusts des neuen Fahrrads. Die Straße runter. Den Weg bis zum Krankenhaus.

Dasselbe wie wenige Wochen zuvor mit dem Ohr. Die Schwestern tuschelten. Ein Arzt nahm ihren Vater beiseite und schob ihn aus der Tür. Ihr Vater brüllte und stieß Drohungen aus. Schwestern kamen angeeilt. Agnes lag alleine in dem Zimmer.

Später stellten sie ihr komische Fragen. Sie kannte ein paar der Schwestern vom letzten Mal. Sie waren lieb zu ihr gewesen, aber diesmal war alles anders.

Sie schrie: »Papa.«

Wollte zu ihm. Aber die Schwestern hielten sie fest und drückten sie unsanft aufs Bett. Aus dem Flur hörte sie ihren Vater. Er durfte nicht zu ihr kommen. Sie ließen ihn nicht. Damals hatte sie es nicht verstanden. Das mit dem Fahrrad haben sie auch nicht geglaubt. Und sie kreischte, dass sie nachsehen sollten, ob das Fahrrad noch daliegen würde. Dass sie es mitbringen müssten. Das schöne rote Fahrrad.

Sie musste eine Woche im Krankenhaus bleiben. Gehirnerschütterung. Eine Sozialarbeiterin, Frau Fröhlich, holte sie ab und brachte sie nach Hause. Auf dem Heimweg konnte sie die Frau auch nicht überreden, einen Umweg zu machen, um nachzuschauen, ob das Fahrrad noch da war.

Frau Fröhlich kam fortan regelmäßig. Doch der Name passte nicht. Sie und ihr Vater nannten sie Frau Ernst. Je häufiger sie kam, umso netter wurde sie. Sie kicherte, wenn ihr Vater mit ihr flirtete. Er sah gut aus, und sie glaubte, dass Frau Ernst sich in ihn verknallt hatte.

Am Morgen, nachdem sie nach Hause gebracht worden war, machte sie sich vor dem Frühstück auf den Weg. Sie rannte bis zur Straßenecke vor Helgas Kneipe. Aber das Rad war weg. Nirgends zu sehen. Und sie begann wieder zu heulen und rannte weiter in den Park. Dort stieg sie auf den Berg und versteckte sich, bis ihr Magen zu knurren anfing und sie zurücklaufen musste.

Wehmütig musste sie an das Rad denken. Sie hatte danach nie wieder eins besessen. Warum nur hatte sie sich an jenem Tag nicht getraut, Fahrradfahren zu lernen? Wahrscheinlich weil sie gut darin war, Zeit verstreichen zu lassen.

Die Cola war ausgetrunken. Agnes stellte die Flasche auf der Erde ab. Als sie überlegte reinzugehen, um von Heiner eine Zigarette zu schnorren, entdeckte sie das Püppchen kerzengerade die Treppen runterlaufen. Ohne lange nachzudenken, ging sie hinterher. Ihr Haar war zu einem Dutt auf dem Oberkopf verknotet. Ein glitzernder Rock blitzte unter dem langen Mantel hervor, die viel zu hohen Absätze klackerten auf den Stufen. Wo wollte sie nur in diesem Outfit hin?

Noch bevor sie den Bahnsteig erreicht hatte, hörte Agnes den Zug in den Bahnhof donnern. Das Püppchen verschwand aus ihrem Blickfeld. Agnes eilte die letzten Treppenstufen runter und sprang in die Bahn. Hinter ihr schlossen sich die Türen. Das grelle Licht entblößte die Verletzungen in ihrem Gesicht. Was glotzt ihr so? Ertappte Gesichter schnell zu Boden gerichtet. Agnes zog die Kapuze tiefer. Verbarg sich in der Ecke und sah sich vorsichtig um. Sie entdeckte das Püppchen am anderen Ende des Waggons. Die Abtrennung versperrte ihr die Sicht, nur der glitzernde Rock und die hohen Schuhe ragten in die Wagenmitte hinein. Agnes konnte an ihrem Platz stehen bleiben, ohne sie aus den Augen zu verlieren. Sie sah anders aus als die Menschen, die in ihrem Kiez wohnten. Sie strahlte irgendwie. Sah aus wie ein Model. Wie die in der Werbung. Selbst ungekämmt sah ihr langes Haar lässig aus. Und darunter hatte sie ein wirkliches Puppengesicht. Mit einer kleinen Nase, langen Wimpern und einem Schmollmund. Heute hatte sie ihn rot geschminkt, dass man fast meinte, ihr Gesicht bestehe nur aus Lippen. Sie war groß und dünn, sah aus, als könne man sie zerbrechen. Und trotzdem hatte sie Brüste, nicht in BHs gequetscht, das wusste sie, denn durch ihre Shirts sah man ihre Brustwarzen pieken. Agnes starrte oft auf die Brüste anderer Frauen. Und verglich sie mit ihren eigenen.

In der Hosentasche fand sie einen alten Streifen Kaugummi, eingewickelt in silbernes Papier, an manchen Stellen war es bereits kaputt, sie wischte darüber und steckte ihn sich in den Mund. Kurz vorm S-Bahnhof Westhafen stand das Püppchen auf. Erst als die Türen sich öffneten, die anderen Fahrgäste ausgestiegen waren und Agnes mit einem kurzem Blick festgestellt hatte, dass das Mädchen weg war, stieg auch sie aus. Sie beobachtete den Dutt die Treppen hinaufwippen. Agnes hinterher. Wenige Menschen auf dem Bürgersteig. Nur die Straße viel befahren. Hupen.

Das Püppchen blieb an der Ampel stehen, den Kopf geneigt. Als sie kurzerhand nach rechts ging, die Straße überquerte, konnte Agnes erkennen, dass sie ein Handy in der Hand hielt und auf den Bildschirm starrte. In einer Seitenstraße blieb sie vor einer Bar stehen. Zögerte, bevor sie an die Tür klopfte. Wartete und zappelte dabei von einem Bein auf das andere. Die schwere Tür öffnete sich, und ein dicker, muskulöser Mann musterte sie von oben bis unten, dann ließ er sie herein. Die schwere Tür fiel sanft ins Schloss.

Agnes wartete ein paar Minuten, bevor sie die Straße überquerte. Sie schlich zum Eingang. Neben der Tür hing ein Schild mit absurd hohen Getränkepreisen, und Agnes wandte sich angewidert ab. Eine Nuttenbar.

11

Wolf öffnete die Augen. Die Gardine wiegte sanft im Wind. Er war schweißnass. Und durstig. Sehr durstig. Die Zunge hing halb vertrocknet am Gaumen fest. Nur mit Mühe konnte er sie lösen. Die Halsschlagader pochte. Sein rechter Arm zuckte unkontrolliert. Mit der linken Hand versuchte er, das Zucken zu unterbinden. Ruhig, Arm! Er gab auf. Die Richtung hatte sich geändert. Der Arm wischte über die Couch. Hin und her. Fremd. Er lag angezogen auf dem Sofa. Sah sich um. Mit den Augen suchte er das Zimmer nach etwas Trinkbarem ab. Er spürte den feuchten Stoff zwischen seinen Beinen. Mühte sich, das Kinn zu senken. Ein dunkler Fleck auf seiner abgewetzten Jeans. Langsam versuchte er aufzustehen. Keine Kraft im Körper. Zusammenreißen. Er fiel zu Boden. Im selben Moment entdeckte er zu seiner Erleichterung die Wodkaflasche. Direkt vor seinen Augen. Haute erst einmal mit der ausgestreckten Hand daneben. Halb taub der Arm. Der andere zitterte stark. Hinter ihm, fehl am Platz, er sah das Zucken nicht. Nächster Versuch. Die Flasche endlich in der Hand. Aufschrauben. Das nächste Problem. Der zitternde Arm musste helfen. Scheiß Verschluss. Scheiß Verschluss. Er schwitzte aus jeder Pore. Der Schweiß rann in seine Augen. Es brannte. Mehr Alkohol. Scheiß Verschluss. Reiß dich zusammen. Mit beiden Händen umklammerte er die Flasche. Schluckte. Kraft atmen. Inhalieren. Jauchzend rann der Alkohol seine Kehle hinab. Sauer kam er wieder hoch. Er schluckte, würgte, schaffte es, den Alkohol im Magen zu behalten. Gut so.

Atmen. Ein weiterer Schluck. Langsam erholten sich die Nerven. Wolf rappelte sich mühsam auf. Versuchte, sich zu erinnern. Die Sonne schien durch das gekippte Fenster. Welcher Tag war heute? Und noch wichtiger, wie war er hierhergekommen? Statt der Erinnerung kam die Übelkeit. Er krümmte sich, wässrige Kotze spritzte hervor.

Es gab immer ein Vorher, und es gibt immer ein Nachher.

Du wirst wieder okay sein.

Er fiel auf die Knie. Krachte mit der Stirn auf den Boden. Wo war die Erinnerung?

Das war das Schlimmste nach den Blackouts, erst die Erhabenheit des Rauschs, um dann ohne Erinnerungen aufzuwachen. Dazwischen nichts. Geschluckt vom Alkohol. Er musste was trinken. Trinken, bis es wieder klick im Kopf machte. Und ein Morgen möglich war. Der Arm hing locker hinab, zuckte kaum sichtbar. Den Flaschenhals fest umklammert, der Arm hatte was zu tun. Wolf torkelte ins Badezimmer. Zog die Hose aus. Und das verschwitzte Hemd. Feuchte Socken. Nasses Unterhemd. Er schmiss alles in die Waschmaschine. Sein ausgezehrter Körper. Er musste sich an der Waschmaschine festhalten, um nicht das Gleichgewicht zu verlieren. Lieber was trinken. Trinken, bis es ihm wieder besser ging. Dieses Gefühl loswerden. Nicht zu ertragen, Mensch zu sein. Da zu sein.

Erneut bücken. Da unten stand das Waschpulver. Hatte das Mädchen gekauft. Die Waschmaschine anstellen, einmal zu viel gedreht, das Programm verpasst. Eine weitere Runde. Eine Runde geht immer. Das knarzende Geräusch des Zahnrads.

Den Schlauch hängte er über den Badewannenrand. Froh, sich daran zu erinnern. Er stieg hinterher. Dreckverkrustete Ränder. Die Maschine gluckste. Ächzte. Den

Duschkopf in der Hand, ließ er sich das heiße Wasser in sein Gesicht prasseln. Langsam kam er zu sich.

Eine Ahnung packte ihn im Nacken.

Der tote Vogel am Käfigrand.

Aufgerissene Augen.

Susann.

Ein böser Traum.

Sein Zorn, größer als die Hülle seines Körpers.

Er boxte mit der Faust gegen die Badezimmerwand. Blutige Spuren, verschmiertes Rot auf weißen Kacheln. Er schrie und spuckte. Tiefe, dumpfe Laute.

Das konnte nicht sein. Susann war fort.

Lange gegangen.

Sie war nie zurückgekehrt. Hatte ihn und das Mädchen verlassen.

Der Brief. Der Brief vom Jugendamt musste ihn verwirrt haben. Es ging um das Sorgerecht. Susanns Name stand in dem Brief.

War sie gekommen?

Erinnere dich.

Mit den Fäusten hämmerte er auf seinen Kopf ein.

Erinnere dich.

Der Duschkopf krachte in die Wanne und drehte sich. Und die Angst war wieder da. Der Atem kurz und flach. Das Wasser spritzte die Wände nass. Er bückte sich, griff den Duschkopf, richtete langsam seinen Körper auf. Wolf drehte das heiße Wasser zu. Den Arm in die Höhe gestreckt, brauste er sich mit eiskaltem Wasser ab. Bis die Kopfhaut und der Rest des Körpers taub waren.

Er stieg aus der Wanne, kein Handtuch griffbereit. Nackt und nass stand er vor dem Waschbecken. Eine Pfütze bildete sich zu seinen Füßen.

Die Nägel lang.

Sein Spiegelbild starrte ihn an. Er sah furchtbar aus. Das Haar musste geschnitten werden, lang hing es in sein Gesicht, zwei tiefe Furchen auf der Stirn. Eingefallene Wangen.

Er schlich ins Schlafzimmer. Lauschte, kein Geräusch. Laut spürte er die Abwesenheit des Mädchens in den Räumen. Da war nur dieses Gefühl. Eine Ahnung. Er hatte die Flasche im Bad stehen lassen, er musste sie holen. Trinken. Er musste seine Zigaretten finden, eine rauchen. Mehr Zigaretten rauchen.

Die Wodkaflasche leerte sich, und irgendwann wurde es wieder schwarz um ihn herum. Seine Erinnerung ließ ihn im Stich. An diesem Punkt wurde sein flacher Atem wieder tief und Leben möglich, der Brustkorb weitete sich. Ermattet schlief er ein. In seinem Bett unter seiner Decke. Sicher.

12

Hannah lag in der Badewanne, die Luft dampfte. Kleine Schweißperlen hatten sich auf ihrer Stirn gebildet. Nur das Rauschen des Lüftungsschachts war in dem kleinen Bad zu hören. Auch nach zwei Jahren, in denen Hannah in der Wohnung lebte, hatte sie sich nicht an das grelle Orange der Fliesen gewöhnen können. Sie hatte mit Fee geplant, das Bad zu renovieren. Rechteckige weiße Kacheln, wie in den New Yorker Apartments der Serien, die sie schauten. Vorbei die gemeinsamen Pläne.

Der Schaum war längst verschwunden, so oft hatte sie das kühler werdende Wasser abfließen lassen, um neuem heißem Platz zu machen. Ihre Hände glitten über ihre kalten Brüste, die spitz aus dem Wasser stachen. Mit den Fingern wischte sie über die hässlichen Kacheln. Das Foto mit dem Paillettenkleid hätte sie auch hier schießen können, dachte sie. Sie war nach wenigen Minuten aus der Tabledance-Bar rausgeschmissen worden. Sie hatte den Türsteher überreden können, die Toilette benutzen zu dürfen, dort hatte sie eingezwängt in der Kabine ein Bild gemacht. Die dreckige Klobürste im Hintergrund. Die Hässlichkeit ließ das Kleid strahlen. Das Ergebnis war okay. Und eigentlich war es ihr egal. Sie hatte schon zu viel Zeit für dieses Kleid verschwendet. Sie brauchte das Geld.

Hannah hörte ein Klingeln an der Tür. Der Gedanke daran, dicht gefolgt von dem Gefühl, gestört zu werden, ließ einen Herzschlag aussetzen. Sie tauchte unter. Wasser lief in ihre Ohren, es kitzelte. Stille.

Bis das gedämpfte Klingeln unter die Wasseroberfläche drang. Und es sollte nicht abreißen. Mit einem Schwappen saß sie aufrecht in der Badewanne. Sie sprang auf, zerrte den Bademantel vom Haken und stapfte zur Tür. Die Pfützen bildeten dunkle Flecken auf dem Estrich.

Hannah riss die Tür auf. Ein kleines, wild aussehendes Mädchen stand vor ihr. Braunes, lockig-krauses Haar und wache Augen. Das Kleid, das sie trug, war mehrere Nummern zu groß und reichte bis zum Boden, der Saum dreckig schwarz.

Sie hatte den Finger auf die Klingel gedrückt und sah Hannah finster an.

»Hör auf«, brüllte Hannah. »Hat dir niemand beigebracht, dass man bei Fremden nicht Sturm klingeln darf?«

Das Mädchen nahm den Finger von der Klingel und blickte zu Boden. »Entschuldigung«, murmelte sie. »Man darf Kinder aber auch nicht anschreien.«

Jaja, dachte Hannah. Aber der Einwurf stimmte sie milder.

»Was möchtest du denn?«

Das Mädchen schaute auf.

»Es ist ein Notfall«, sagte sie angespannt und fluchtbereit.

»Musst du nicht in der Schule sein?«

»Nein, ich habe Läuse. Ich darf nicht.«

Hannah trat einen Schritt zurück und fasste sich unwillkürlich in die eigenen Haare, die Kopfhaut hatte plötzlich zu jucken angefangen. Sie wusste, dass sie sich das nur einbildete, also ließ sie die Hand wieder fallen.

»Wo sind denn deine Eltern?«

»Ich wohne da.« Die Kleine hatte sich umgedreht und zeigte in den Flur.

Auf der gegenüberliegenden Seite die offen stehende

Tür. Obwohl sie seit einem Jahr hier wohnte, kannte sie ihre Nachbarn nicht, fiel ihr auf.

»Meine Mutter ist bei der Arbeit. Sie darf nicht so oft zu Hause bleiben wegen mir, sonst verliert sie ihren Job. Aber sie geht nicht ans Handy. Sie hat gesagt, wenn was ist, dann soll ich hier klingeln. Hier wohnt eine nette Frau.« Neugierig versuchte sie, an Hannah vorbei in die Wohnung zu schauen.

»Was denn für ein Notfall?« Hannah zwang sich, geduldig zu klingen, sie wollte zurück in die Badewanne.

»Pippa, mein Kaninchen«, begann das Mädchen.

»Ja und? Was ist mit deinem Kaninchen?«

»Kannst du gucken kommen?«

»Ich bin nass. Das passt nicht. Tut mir wirklich leid.«

Die Hand an der Tür, bereit sie zu schließen, sobald das Mädchen aus dem Rahmen verschwand.

»Du hast doch einen Bademantel an«, sagte die Kleine verständnislos. »Bitte, bitte.« Sie verzog ihr Gesicht, Tränen kullerten hervor. Hannah sah sich im Hausflur um, ob sie jemand beobachtete. Unschlüssig schaute sie auf das Mädchen, das nicht aufhören wollte zu heulen.

»Na gut, aber nur kurz.«

Genervt griff sie nach dem Schlüsselbund und zog die Tür hinter sich zu.

An den kirschroten Wänden hingen Dutzende Bilderrahmen in unterschiedlichen Größen. Auf den meisten Bildern strahlte das kleine Mädchen direkt in die Kamera. Daneben Zeichnungen langhaariger Nackter, die auf bunten Pferden saßen und aus unschuldigen Gesichtern mit großen Augen starrten.

»Die sind toll«, rief Hannah überrascht aus und zeigte auf eines der Bilder.

»Die macht meine Mama. Komm. Hier lang. Pippa hat sich in meinem Zimmer versteckt.«

»Oh, deine Mama ist eine Künstlerin?«

»Nein, meine Mama arbeitet im Hotel.«

»Ist sie das?«, fragte Hannah, während sie ein Foto betrachtete, das eine junge Frau zeigte, die nicht älter als sie selber schien.

Doch das Mädchen war bereits vorgelaufen. Die Wohnung hatte denselben Schnitt wie ihre, das Kinderzimmer befand sich dort, wo bei ihnen das Ankleidezimmer lag. Ein Etagenbett versperrte zur Hälfte das Fenster, es würde schwer sein, es überhaupt zu öffnen. Vielleicht war das sogar gewollt, dachte sie, als sie das kleine Mädchen musterte, das auf dem Boden zwischen Unmengen von Legosteinen, Barbiepuppen und anderem bunten Plastikspielzeug kniete und unter das Bett schielte.

»Pippa? Pippa?«, rief sie, dann krabbelte sie zu einem alten Polstersessel, der in die Ecke gequetscht stand und auf dem sich Puppen und Anziehsachen türmten, obenauf eine goldene Königskrone.

»Pippa. Komm da raus«, sagte das Mädchen ungeduldig und griff unter den Sessel, um das Tier aus seinem Versteck zu zerren. Mit der Hand drückte sie den Rücken nieder, flach lag es auf dem Boden. Es gelang ihm zu entwischen, leicht zur Seite geneigt, merkwürdig schief, und es versuchte, unter das Bett zu hüpfen. Doch das Mädchen war geübt. Sie griff erneut in das Fell und hielt es im Nacken fest.

»Was ist denn passiert?«, fragte Hannah voller Mitleid mit dem Kaninchen.

»Mama hat's verboten, aber ich habe Pippa mit aufs obere Bett genommen, und dann ist sie runtergesprungen.«

»Gesprungen?«, fragte Hannah.

»Gefallen, sie ist gefallen. Ich wollte es nicht.« Wieder fing das Mädchen an zu schluchzen.

Hannah hatte keine Lust, das Kaninchen anzufassen, trotz der schwarzen Knopfaugen und den herunterhängenden Ohren. Aber sie sah, dass die rechte Pfote angeschwollen war. Außerdem fiepte das Kaninchen besorgniserregend.

»Die muss zum Arzt«, stellte Hannah fest.

»Wird sie wieder gesund?«, weinte das Mädchen, während sie Hannah das Kaninchen entgegenstreckte.

»Bestimmt.« Nur langsam löste sie die verschränkten Arme vor der Brust und nahm das verängstigte Tier. Sie spürte den rasenden Herzschlag und streichelte das flauschige Fell. Ihr kam der Gedanke, das Kaninchen mit zu sich zu nehmen und ein Foto von ihm zu machen. Vielleicht in ihrem Zimmer, liegend, auf dem Estrich. Fell auf nackter Haut. Dem Bild einen leichten Weichzeichner drüberlegen. Aber erst musste dem Kaninchen geholfen werden.

»Du musst sie zum Tierarzt bringen.«

Das Mädchen stürmte aus dem Kinderzimmer und kam mit einem dunklen Weidenkorb zurück. Als Deckel dienten zwei Klappen, die mit roten Bändern zugebunden wurden.

Vorsichtig legte Hannah das Kaninchen hinein.

»Wo ist denn euer Tierarzt?«

»Bei der Zoohandlung.«

»Und wo ist die Zoohandlung?«

»Die große Straße lang, dann rechts, dann links. Glaube ich.«

»Weißt du denn den Straßennamen nicht? Oder den Namen des Arztes?«

Das Mädchen schüttelte den Kopf.

»Und wie heißt du?«

Sie kicherte: »Luca.«

»Luca und Pippa, ja? Wir werden sie wohl zum Tierarzt bringen müssen«, sagte sie nachdenklich. Aber warum sollte sie ein fremdes Kaninchen zum Arzt bringen?

Das Mädchen lief den Flur entlang. Hannah folgte ihr. Vor der Wohnungstür blieb sie stehen.

»Kommst du kurz mit und passt auf das Kaninchen auf, während ich mich anziehe?«

»Nein, lieber nicht«, sagte Luca, dann drehte sie sich um und knallte die Tür vor Hannahs Nase zu.

Fassungslos starrte Hannah auf die geschlossene Wohnungstür, das Gewicht des Kaninchens schwer in der Hand. Sie stellte den Korb mit dem Tier ab. Und klopfte einmal mit der flachen Hand an die Tür. Aber Luca öffnete nicht mehr.

Verarschen lassen wollte sie sich von dieser kleinen Mistgöre nicht. Sie wickelte den Bademantel enger um den Körper und lief zurück in ihre Wohnung.

Sie wollte die Geschichte vergessen.

Im Badezimmer stieg sie in die Wanne, das Wasser war kalt geworden. Sie griff zum Hahn, wollte heißes nachlaufen lassen, aber dieses blöde Kaninchen ging ihr nicht aus dem Kopf. Sie schnaufte, schnappte sich das Handtuch, tupfte sich grob ab. Schnell zog sie sich Jeans und T-Shirt über. Schlüpfte in die Jacke und schlich in den Hausflur. Der Korb stand noch an derselben Stelle. Sie öffnete ihn, das Kaninchen hatte sich in eine Ecke verkrochen, machte sich klein.

»Wenn das Licht ausgeht« stand quer über den Spiegel geschrieben. Hannah starrte auf die krakelige Schrift und betrat vorsichtig den Fahrstuhl, als wären es nicht nur Worte, sondern eine Drohung. Das Neonlicht flackerte über ihr. Sie betrachtete sich im Spiegel. Damit würde sie natürlich etwas Zeit gewinnen können, um ihre Mutter nicht besuchen zu müssen. Machte sie es deswegen? Sie starrte auf den Korb.

Dann las sie den Satz erneut. »Wenn das Licht ausgeht.« Wer schrieb so etwas? Wer dachte sich so etwas aus? Sie suchte in der Jackentasche nach dem Lippenstift und malte ihre Lippen rot an, während der Fahrstuhl geräuschlos nach unten glitt.

Sie trat aus dem Haus. Der Uringestank verschlug ihr den Atem. Neben dem Hauseingang lag ein Penner wie ein Haufen aussortierter Klamotten, dem die Farben entzogen waren. Schnell verbarg sie die Nase im Kragen. Sie umrundete ihn und blickte nach oben. Der Himmel über ihr war grau gespachtelt, nur eine Ahnung von dem Blau dahinter. Sie fror. Plötzlich dachte sie an David. Vielleicht sollte sie ihn anrufen.

Bei ihrer Rückkehr ärgerte sie sich über die Arztrechnung, die sie hatte zahlen müssen. Das Kaninchen war geröntgt worden, es war nichts gebrochen, nur eine Prellung. Der Tierarzt hatte ihm eine Spritze gegeben. Es sollte von alleine heilen. Die Arzthelferin hatte nicht mit sich reden lassen. Sie hatte ihr Konto jetzt bis zum Limit ausgereizt. Und Fee würde nicht aufhören, sie zu nerven. Sie klingelte bei Luca. Durch die geschlossene Wohnungstür hörte sie das Tapsen von nackten Füßen auf Laminat. Dann klang es wie das Rücken eines Stuhls. Ein Schatten glitt über das Guckloch. Ungeduldig klopfte Hannah gegen die Tür.

»Luca. Ich bin es, Hannah. Ich will dir Pippa zurückbringen.«

Aber hinter der Tür bewegte sich nichts. Hannah klopfte erneut.

»Luca. Ich weiß, dass du durch den Spion guckst. Ich seh dein Auge.«

»Das geht nicht«, hörte sie das Mädchen hinter der Tür brüllen. »Hat meine Mama gesagt.«

»Mach auf.«

»Ich darf die Tür nicht öffnen.«

»Ich will dir nur Pippa zurückbringen.«

»Geht es ihr wieder gut?«

»Ja. Sie schläft, wenn sie aufwacht, wird sie wieder die Alte sein. Und sich freuen, dich zu sehen«, sagte Hannah, obwohl sie es bezweifelte. Haustiere und kleine Kinder waren keine gute Kombination, zumindest nicht für das Haustier, dachte sie.

Ein Rascheln hinter der Tür, aber sie blieb geschlossen. Hannah trat genervt einen Schritt zurück, damit Luca sie gut erkennen konnte, und sagte: »Ich stell Pippa hier vor der Wohnungstür ab, und wenn ich weg bin, kannst du sie reinholen. Okay?«

»Das könnte auch eine Falle sein.«

»Du kannst ja ein paar Minuten warten.« Hannah musste sich beherrschen, nicht loszubrüllen.

»Was, wenn jemand Pippa klaut?«

»Ich stell den Korb dicht an die Tür, dann weiß jeder, der hier vorbeikommt, dass das Kaninchen zu euch gehört. Okay?«

Sie stellte den Korb ab und trat wieder einen Schritt zurück.

»Grüß deine Mutter von mir. Die Rechnung liegt bei.«

»Sie darf es doch nicht erfahren«, rief Luca mit aufgebrachter Stimme. »Du darfst es niemandem sagen. Du hast es versprochen.«

Hannah schüttelte genervt den Kopf. Sie hatte nichts versprochen. Was für ein freches Ding. Und Hannah wusste, dass sie die hundertzwanzig Euro für die Behandlung nicht zurückbekommen würde. Sie drehte sich um, schwor sich, der Kleinen die Tür nicht mehr zu öffnen.

13

Stille, die nie still war. Das Rauschen des Bluts in dem kaputten Ohr. Agnes lag im Halbdunkel. Mit Mühe schaffte sie es, ihr noch immer geschwollenes Auge zu öffnen. Durch die Ritzen der heruntergelassenen Jalousien drang kaum Tageslicht.

Dann erst bemerkte sie das Vibrieren des Handys, das neben den lehmverschmierten Schuhen lag und ungeduldig brummte. »Jan Sozialarbeiter« stand auf dem Display. Scheiße, den hatte sie vergessen. 17:11 Uhr. Sie hatte den Tag verschlafen. Als sie nach Hause zurückgekommen war, hatte sie ihren Vater auf dem Boden vorgefunden. Sie war über ihn gestiegen. Erleichtert, dass er nicht bei Bewusstsein war. Scheiß drauf.

»Hallo?«, fragte sie, während sie die schwere Außenjalousie hochzog. Sie fuhr zusammen, als sie Jan mit dem Handy am Ohr vor ihrem Fenster entdeckte. Er winkte. Schnell sprang sie zur Seite. Ihr Herz pochte. Er durfte ihr blaues Auge nicht sehen. Aber wie sollte sie es vor ihm verstecken? Es würde nur Probleme geben, wenn er rausfand, dass ihr Vater besoffen zugeschlagen hatte.

»Hast du unseren Termin vergessen?«

Sie hasste Jans nasale, viel zu hohe Stimme. Weil er ständig in Aufruhr war, hatte er eine rote Gesichtsfarbe. Geplatzte Äderchen auf den Wangen. Manchmal erstreckten sich die roten Flecken bis hinunter zu seinem Ausschnitt, aus dem lange schwarze Brusthaare hervorkrabbelten. Sie ekelte sich vor ihm. Von Kopf bis Fuß. Zudem schwitzte er viel. Dunkle Kreise zeichneten sich in den Armbeugen seiner T-Shirts ab.

Sie quetschte sich dicht in die Ecke. Verborgen vor seinen bohrenden Blicken.

»Nein, wie kommst du darauf?«

Niemals einen Fehler zugeben. Ihr könnt mich alle mal.

»Du hast die Tür nicht aufgemacht, als ich geläutet habe.«

»Nicht gehört.«

»Soll ich in einer halben Stunde noch mal vorbeikommen?«

»Ja«, antwortete sie knapp. Ohne sich zu verabschieden, legte sie auf.

Das würde ihr Zeit schenken. Sie griff nach der Colaflasche, die sie mit Leitungswasser gefüllt hatte, und trank gierig. Das Wasser lief ihr das Kinn runter, weil sie die Öffnung nicht berühren mochte. Ihr Hals kratzte, sie hoffte, sich nicht erkältet zu haben. Vielleicht gab es da aber auch eine Verletzung. Sie wusste nicht, was sie im Moment schlimmer finden würde.

Sie schlich ins Badezimmer und betrachtete sich im Spiegel. Ihre Hände umklammerten den schmutzigen Waschbeckenrand. Das Auge lilablau. Verfickte Scheiße. Sie riss die verspiegelten Türen des Badezimmerschränkchens auf. Die Plastikschublade jaulte beim Öffnen, sie wühlte zwischen Sonnenschutzmittel, Kopfschmerztabletten und losen Wattestäbchen. Endlich fand sie eine alte Tube Make-up, wahrscheinlich von einem Besuch ihres Vaters vergessen worden, und schmierte sich die ockerfarbene Creme großzügig aufs Gesicht. Kein Pickel mehr zu sehen, auch die Spuren ihres Vaters nur zu ahnen, stattdessen sah sie wie das Indianermädchen aus, als das sie zum Fasching in der Grundschule gehen musste. Verrückt angemalt, mit weißen Aussparungen an Hals- und Haaransatz. Der Ton mehrere

Nuancen zu dunkel. Wie ihre Mutter war sie hellhäutig, nur die Arme dunkel, voller Sommersprossen.

Als ihre Mutter noch da war, musste Agnes im Sommer einen großen Schlapphut tragen. Sie hatte ihn verloren. An einem dieser wahnsinnig heißen Tage im August, an denen der Asphalt weich war, zu schmelzen schien und es nach gekochter Hundescheiße stank. Zu heiß, um auf der Straße zu spielen. In ihrem Kinderzimmer hatte sie sich eine Höhle gebaut. Mit allen Decken, die sie in der Wohnung finden konnte, und zerschnittenen, bunten Plastiktüten. Sie hatte mit geklauten Süßigkeiten in der knisternden, dunklen Höhle gehockt, als ihr Vater trampelnd ins Zimmer geschossen kam und brüllte, sie solle die Schuhe anziehen. Sie stieg in die Gummistiefel und setzte sich den großen Hut auf. Sie war ängstlich, weil ihr Vater so aufgebracht war. Er zog sie an der Hand hinter sich her. Ihre Hand in seiner Hand. Groß, die Haut schwielig. Sie war nicht so schnell wie er und stolperte. Sie fiel auf die Knie, und ihr Vater hatte nicht sofort losgelassen, sondern sie noch ein Stückchen mitgeschleift. Aufgeschlagene Knie, das weiße Fleisch färbte sich rot. In die Haut gedrückte schwarze Kieselsteine, die in der Sonne glitzerten. Er half ihr hoch, ignorierte ihr Heulen. Nahm sie auf den Arm und trug sie ein Stück, obwohl sie dafür schon zu groß war. Er schubste Agnes in eine offen stehende Eingangstür. Im Treppenhaus war es kühl, und sie fror in ihrem Sommerkleid. Im zweiten Stock hämmerte ihr Vater gegen das dunkel lackierte Holz.

Ein großer Mann mit behaarter Brust öffnete, um sie kurz darauf wieder zuzudonnern. Ihr Vater hatte den Fuß in den Türrahmen gestellt, er versuchte, Agnes in die Wohnung zu schieben, aber der fremde Mann ließ das nicht zu. Die beiden brüllten sich an, und dann hörte sie die Stimme ihrer Mutter im Hintergrund. Fäuste boxten durch den Türspalt. Im Gerangel hatte Agnes ihren Hut verloren. Die Tür schlug zu. Der Hut hing eingeklemmt dazwischen. Ihre Mutter kreischte im Innern der Wohnung. Auch Agnes schrie: »Mama. Mama.« Doch die Tür blieb geschlossen. Sie zerrte am Hut, aber als ihr Vater sich umdrehte und die Treppen hinunterstürzte, folgte sie ihm.

Später war sie wieder hin, nie hatte jemand aufgemacht. Der Hut hing auch nicht mehr in der Tür. Irgendwann war dann auch das Namensschild weg. Das Haus wurde leuchtend rot angemalt und das Treppenhaus mit kratzigem und ebenfalls rotem Teppich ausgelegt. Das Grau verschwand und die alten Leute mit ihm. Neue Bewohner kamen, ein neues Café öffnete. Stühle verstopften den Bürgersteig vor dem roten Haus. Es wurde greller, heller, nur die Erinnerung an den Tag verblasste.

Ihre Mutter hatte sie seitdem nicht mehr gesehen.

Agnes drehte das Wasser an. Die braune Make-up-Farbe rann durch ihre Finger in den Abfluss und hinterließ Spuren im Waschbecken. Das Wasser kühlte die Haut. Sie hörte das Klingeln an der Tür.

Die Augen zusammengekniffen, tastete sie nach dem letzten sauberen Handtuch, verbarg das Gesicht im Duft wilder Blumen, Schmetterlinge flatterten auf, ehe sie das Handtuch sinken ließ und in ihr zerschlagenes Gesicht schaute. Sie hatte keinen Plan.

Das Klopfen an der Wohnungstür wurde stärker, sie öffnete einen Spalt, blieb halb verborgen hinter der Tür.

»Kann ich reinkommen?«

Jans treue braune Augen suchten Blickkontakt, versuchten, Vertrauen, Verständnis zu vermitteln. Sie las in seiner gerunzelten Stirn Gedanken, wie er an sie rankommen konnte.

»Nein. Mir ist heute nicht nach reden. Ich habe meine Tage. Ich will den Termin verschieben.«

Skeptisch blickte Jan sie an. »Das geht aber nicht.« Sachte in die Luft geworfene Empörung. Der kann mich mal.

»Warum soll das nicht gehen? Ich kann meine Menstruation nicht selbst bestimmen.«

»Was ist los, Agnes?«, fragte er misstrauisch, Zweifel wurden laut.

»Muss man sich immer an diese beknackten Termine halten?«

Jan erwiderte nichts. Schien abzuwägen. Sich ihr anzupassen. Kompromisse zu finden.

»Gut, dann suchen wir halt nach einem zeitnahen neuen Termin.« Die Silben verzerrt, norddeutsch, er kam aus Hamburg. Du zugezogener Scheißer.

»Schick mir eine SMS.«

Agnes wollte die Tür zuschieben, doch Jan, der seine Tasche auf dem Knie abgestellt hatte, um nach seinem Kalender zu wühlen, drückte kraftvoll dagegen.

»Hey«, rief Agnes, damit hatte sie nicht gerechnet.

Die Tür flog auf.

Jan schnappte nach Luft. »Was ist denn mit dir passiert?«

»Ich bin hingefallen. Ein Unfall«, erwiderte sie, in der Dunkelheit des Flurs Schutz vor seinem Blick suchend.

Jan griff nach ihr.

Sie wich ihm aus.

»Bist du okay?«

Sie hasste ihn, wollte sein Mitleid nicht.

»Es sieht schlimmer aus, als es ist.«

Jan atmete übertrieben laut aus, wie ein Tantchen. Er nervte. Drama, Drama.

»Wie ist das denn passiert?«

Nun fingen seine Fragen an. Nie die richtigen Fragen. Immer um das Thema herum. Als wolle er sie einkreisen.

»Ich bin gestolpert.« Wie sie sich hasste, sie klang wie eine von diesen geprügelten Ehefrauen. Wie ein Opfer. Aber das war sie nicht. Würde sie nie sein.

»Gibt es etwas, das ich für dich tun kann?«

Er würde nicht aufhören zu bohren. Bis er etwas gefunden hatte, an dem er sich festbeißen konnte. Manchmal warf sie ihm Informationen hin, die er benutzen konnte. Harmlose Informationen. Aber heute wollte ihr nichts einfallen. Sie begann, die trockene Haut an ihren Lippen abzuzupfen.

»Wollen wir das für uns behalten? Wir müssen das nicht in den Bericht schreiben, wenn es dir dann leichter fällt, mir die Wahrheit zu erzählen.«

Sie durfte ihm nicht trauen, alles, was er tat, war zu seinem Vorteil. Als er die ersten Male unangekündigt aufgetaucht war, hatte sie sich gewundert. Sie fragte sich, was er vorhatte. Diese scheiß Drecksau.

»Ich muss mit deinem Vater reden.«

»Mein Vater hat nichts damit zu tun.«

Jan hatte es geschafft, ihre Hand zu greifen, er drückte sie. Seine Hand war schweißig, aber sie ekelte sich fast noch mehr vor der Sanftheit. Wie ein weicher Babypo, als hätte er in seinem Leben niemals wirklich angepackt. Wahrscheinlich schmierte er sie in jeder freien Minute mit Handcreme ein.

Er starrte sie kühl an, sehr professionell. Sie wusste, dass es sinnlos war zu protestieren und dass es die Situation verschlimmern würde.

Also hielt Agnes still, so, wie sie es etliche Male zuvor getan hatte. Zu Zeiten, als es diesen bekloppten Jan noch nicht in ihrem Leben gegeben hatte. Sie blickte zu Boden, wartete darauf, dass er sie loslassen würde. Widerstand nützte nichts, das befeuerte sie nur in ihren Absichten. Er stand so nah, dass sie seinen kratzigen Wollpullover riechen konnte. Altes, totes Schaf. Und das im Mai.

»Das bleibt unter uns, reden müssen wir dennoch. Ich kümmere mich um dich«, flüsterte er.

Und seine Hand lag plötzlich auf ihrer Wange.

Gleich ist es vorbei, dachte sie. Gleich trete ich der perversen Sau in die Eier.

Doch da hatte er sich bereits umgewandt und klopfte an die Wohnzimmertür.

14

Die Schiebetüren öffneten sich mit einem Wusch. Hannah sah sich um. Die Wände waren in einem flatterigen Gelb gestrichen, und dieser eigentümliche Krankenhausgeruch lag in der Luft. Desinfektionszeug, das den anderen, säuerlichen Gestank von offenen Wunden überdecken soll, dachte sie. Ihre Mutter war am Morgen hierher in den Wedding verlegt worden. Wenigstens musste Hannah nicht weit fahren. Sie blickte auf ihr Handy, um anhand der letzten Nachricht ihres Vaters herauszufinden, auf welcher Station und in welchem Zimmer sie lag.

Eine selbst gemachte Collage mit Fotos begrüßte sie, als sie den Stationsflur betrat. Oben Chefarzt, darunter Ärzte und unten das Pflegepersonal. Hannah hasste dieses Krankenhaus. Ein Arzt im weißen Kittel kam an ihr vorbeigerauscht, drehte sich mehrmals nach ihr um. Wollte er etwa was von ihr? Sein Ernst? Hier? Sie suchte ihn vergebens auf dem Plakat. Wahrscheinlich gehörte er zu einer anderen Station. Sie befand sich im Lungenzentrum. Ein Zentrum, das sich größer machte, als es dieser kleine Bereich im vierten Stock des Krankenhauses erlaubte.

Sachte klopfte sie an die Zimmertür. Die Hand auf der Klinke versuchte sie, den Besuch hinauszuzögern, aber es half nichts. Einen Moment später sah sie sich in dem Zimmer nach ihrer Mutter um. Ein Vierbettzimmer. Das bedeutete Ärger. Vorne rechts klaffte eine Lücke, wahrscheinlich war das Bett mitsamt der Patientin bei einer

Untersuchung. Dahinter spiegelte sich im Fenster eine Frau mit Schlauch unter der Nase, die laut hustete. Das gegenüberliegende Bett war ungemacht, wahrscheinlich das Bett der Frau, die im Bademantel am kleinen Tisch saß und ein Kreuzworträtsel löste. Ein Hügel aus weißen Laken auf dem vorderen Bett links. Hannah umrundete es. Ihre Mutter lag auf der Seite. Auch sie hatte einen Schlauch unter der Nase, der hinter dem Bett aus der Wand kam. Das Flimmern des Fernsehers, der über ihrem Bett hing, schien auf die gestärkte Bettdecke.

»Den ganzen Tag werde ich von der Strahlung malträtiert.«

»Hallo, Mama.« Sie beugte sich zu ihrer Mutter hinunter und wollte sie umarmen. Doch ihre Mutter schob sie mit der Hand zurück.

»Lass mal, ich bin verkabelt.« Sie hustete.

Hannah folgte dem anderen Schlauch, der unter dem Nachthemd ihrer Mutter herausragte und in einem Beutel endete, der wie ein schlaffes Spielzeug an der Hundeleine auf dem Boden neben dem Bett lag und nur darauf zu warten schien, geweckt zu werden, voll mit tiefgelber Flüssigkeit, die wie Urin nach einer wild durchzechten Nacht aussah. Hannah konnte den Blick nicht lösen. Wasser hatte sie sich als klare Flüssigkeit vorgestellt. Ihr Vater hatte ihr am Telefon erzählt, dass die Ärzte in der Nacht mehr als zwei Liter aus der Lunge gesaugt hatten. Sie war hier, um die Lunge verkleben zu lassen. Das Wasser hatte sich durch Tumorzellen gebildet. Der Brustkrebs hatte gestreut.

»Die machen einen hier mit Absicht mürbe.«

»Soll ich eine Fernbedienung besorgen? Guckt doch eh keiner.«

»Die Fernbedienung befindet sich im Besitz meiner furchtbaren Bettnachbarin. Sie ist unfreundlich und hat schrecklich lauten Besuch. Schlecht erzogene Kinder, die schreien und toben. Du weißt, wie mir das auf die Nerven geht.«

Mit dem Kinn deutete sie auf die Frau, die schräg gegenüber lag, dabei hustete sie erneut. Hannah hoffte, dass die Frau nichts gehört hatte. Ihre Mutter sprach laut genug, dass die Frau am Fenster von ihrem Kreuzworträtsel aufschaute und die Stirn runzelte. Auch sie hatte einen Beutel neben sich auf dem Boden liegen. Die Flüssigkeit darin war rötlich. Vielleicht hatte ihre Mutter Glück gehabt.

»Aber die Frau schläft doch. Kriegt sie doch nicht mit, wenn wir den Fernseher ausschalten.«

»Die kriegt alles mit.«

»Dann kann sie dich auch hören«, flüsterte Hannah.

»Sie soll mich hören.«

»Wann ist denn deine Operation?«, versuchte sie, von dem Thema abzulenken.

»Das sagen sie mir nicht.«

»Warum sollten sie es dir nicht sagen?«

»Das Personal ist schwierig hier. Höchst unfreundlich. Das Essen ist auch schlecht.«

»Kommst du nach der OP wieder in das andere Krankenhaus?«

»Sie sagen, ich sei zu schwach für die Operation.«

»Aber warum haben sie dich dann verlegt?«

»Weil sie alle keine Ahnung haben. Warum ich im Westend-Krankenhaus auf der Onkologie liege, ist mir auch ein Rätsel. Ich bekomme keine Luft. Sollen sie doch das Wasser aus der Lunge entfernen und mich nach Hause entlassen. Und was gegen den Husten machen.«

»Papa sagt, dass das Wasser vom Tumor kommt«, sagte Hannah vorsichtig.

»Dieser Schwätzer. Bist du auf seiner Seite? Wenn du

mich nicht unterstützen willst, kannst du auch gleich verschwinden. Das hätte ich mir auch denken können. Jetzt habt ihr euch verschworen gegen mich.«

»Aber du bist doch wegen dem Krebs hier«, sagte sie und wusste, dass es Zeit war, die Klappe zu halten. Das Wort Krebs durfte nicht ausgesprochen werden.

»Ach, das sind Vermutungen. Alles nur Vermutungen. Den Krebs habe ich doch längst im Griff. In einem Jahr bin ich wieder die Alte. Arjun sagt das auch. Ich glaube nicht an Statistiken. Auf alles muss ich selber aufpassen. Wenn die was finden, dann wird es behandelt werden können. Ich muss nur erst mal wieder ordentlich atmen können«, sagte ihre Mutter. »Geh mal ins Schwesternzimmer und sage, dass ich das Mittagsmedikament noch nicht bekommen habe.«

»Aber hier stehen doch viele Medikamente auf dem Nachttisch.«

»Das ist Morphium. Die wollen mich ausschalten, damit ich keinen Stress mache und meine Klappe halte. Das nehme ich nicht. Ich muss meinen Körper spüren, wie soll er denn gesund werden können, wenn ich mit Medikamenten vollgepumpt bin. Das ist doch der reine Wahnsinn. Arjun sagt, dass der Körper dann keine Chance mehr hat. Er hat mir meine Medizin gebracht.« Sie runzelte die Stirn. »Hast du dich heute Morgen nicht gebürstet?«

Hannah strich sich durchs Haar.

»Doch.«

»Du siehst ungepflegt aus. Von mir hast du das nicht.«

Hannah deutete auf den Nachttisch: »Was ist da in der Flasche?«

»Urin einer heiligen Kuh.«

Hannah fing an zu lachen. Die Mutter sah sie streng an.

»Du brauchst nicht zu lachen, Hannah. Das ist mein Ernst.«

»Du trinkst Kuhpisse?«

»Das würdest du auch trinken, wenn es dich gesund machen würde.«

»Aber macht es dich denn gesund?«

»Hannah, ich kann dich hier echt nicht gebrauchen. Was willst du?«

»Entschuldige.«

»Geh zu den Schwestern. Ich brauche das Medikament, damit das Wasser in der Lunge abgebaut wird.« Sie hustete.

»Wie heißt es denn?«

»Was stellst du doch für dämliche Fragen. Das weiß ich doch nicht. Das wissen die Schwestern.«

Im Flur atmete sie tief durch. Seitdem ihre Mutter die Brustkrebsdiagnose bekommen hatte, versteckte sie die Abneigung ihr gegenüber nicht mehr. Langsam schlenderte Hannah durch den Gang auf der Suche nach den Schwestern, die sich auf der Collage am unteren Bildrand befunden hatten. Hinter einer Glasscheibe sah sie zwei Krankenschwestern, die sich unterhielten und kicherten. Schön, dass wenigstens sie was zu lachen hatten. Hannah klopfte gegen die gläserne Tür und öffnete sie einen Spalt. Die Schwestern hatten ihre freundlichen Gesichter gegen harte Masken getauscht.

»Entschuldigung. Meine Mutter sagt, sie hätte ihr Mittagsmedikament noch nicht bekommen.« Hannah sah entschuldigend auf die Uhr. »Und es ist nach fünf.«

»Wer ist denn Ihre Mutter?«

»Frau Hoch. Aus Zimmer 4.«

Die beiden tauschten einen geringschätzigen Blick aus. Sie wusste, dass ihre Mutter nicht immer nett zu anderen Menschen war, aber dennoch war sie loyal genug, sich auf die Seite ihrer Mutter zu schlagen.

»Ihre Medikamente hat Frau Hoch alle bekommen«, sagte die ältere Schwester in einem Ton, als müsse sie ein Grundschulkind davon überzeugen, dass Mathe-Lernen für alle Kinder galt.

Und Hannah wusste, wer sich auf dem Plakat unter den Schwestern befinden würde.

»Okay, danke«, sagte sie nur und traute sich nicht, weiter nachzufragen. Sie ging zurück. Vor dem Poster blieb sie stehen. Die ältere Krankenschwester erkannte sie sofort, trotz des freundlichen Lächelns, das sie auf dem Foto trug. Auch die jüngere war auf dem Bild. Schwester Dorothea und Schwester Carola. Das Pflegepersonal hatte nicht mal Nachnamen. Sie blickte sich um, wollte, dass die beiden mitbekamen, dass sie wusste, wer sie waren. Und kam sich dabei klein und lächerlich vor. Doch sie sahen sie nicht, sie waren wieder in ihr Gespräch vertieft und lachten.

Vor Zimmer 4 zählte Hannah bis sechzig. Aber es half alles nichts. Sie musste wieder rein.

Sie sah den breiten Rücken von Dascha, der Putzfrau aus Kasachstan, die in ihrem Elternhaus sauber machte. Die auch lange nach Feierabend bei ihrer Mutter auf der Couch saß und sich die Probleme anhörte. Dascha drehte sich um und sah sie vorwurfsvoll an. Der Blick traf. Hannah starrte auf die geröteten, angeschwollenen Hände, die die schwarze Handtasche vor dem großen Busen umklammerten. Das schlechte Gewissen nagte an ihr, dabei war sie doch hier. Sie wollte sich rechtfertigen, als würde ihre Präsenz nicht zählen. Sie zwang ein heiteres Lächeln in ihr Gesicht. Das alles fühlte sich falsch an. Ich bin falsch. Mein Leben ist falsch.

»Dascha, wie schön, dich zu sehen.« Sie ging zu ihr und umarmte sie. »Wie geht es deiner Tochter?«

»Gut, aber unwichtig. Deiner Mutter nicht gut gehen.«

»Deswegen bin ich hier.«

»Heute, jaja. Sonst dich nicht sehen bei deiner Mutter.«

Dascha hatte recht, aber ihre Mutter war auch viel netter zu ihr. Ihre Mutter war zu jedem netter. Aber sie stirbt, zwang sie sich zu denken. Nur wann? Und sofort schämte sie sich für den Gedanken.

»Wo sind meine Tabletten?«, bellte ihre Mutter.

»Sie haben sie dir bereits gegeben.«

»Das behaupten sie. Ich habe mittags keine Medikamente genommen. Wirklich unprofessionell, dieses Krankenhaus.« Ihre Mutter hatte nach Daschas Hand gegriffen, und Dascha hielt das Händchen, streichelte es. Hannah stand abseits und hatte das Gefühl, fehl am Platz zu sein. Sie hatte versagt. Beschwichtigend leise sprach Dascha auf ihre Mutter ein, bevor sie sich zu ihr umdrehte und sagte: »Du hast deine Mutter gehört. Besorge ihr Medikamente.«

»Welches Medikament, Mama? Wenn ich den Namen wüsste, könnte ich vielleicht mehr ausrichten.«

»Aber das müssen doch die Schwestern wissen.«

Hannah gab sich geschlagen.

Schon vom anderen Ende des Krankenhausflurs konnte sie das Lachen dieser bescheuerten Schwestern hören. Als sie vor dem Stationszimmer stand, sprachen sie weiter und ignorierten sie.

»Entschuldigen Sie bitte, dürfte ich Sie noch mal kurz stören?«, hörte sie sich fragen und hasste sich dafür, nicht cooler zu sein. Diese blöden Schlampen sagten nichts, nickten nicht einmal.

»Meine Mutter sagt, sie hat am Mittag keine Medikamente erhalten.«

»Wie bereits vorhin erklärt, hat Ihre Mutter all ihre Medikamente bereits bekommen.«

»Sie sagt, nein.«

»Doch. Frau Hoch hat ihre Medikamente alle bekommen.«

Hier war nichts zu machen.

»Könnten Sie das meiner Mutter auch persönlich sagen?«

»Aber natürlich.«

»Und wann?«, traute sie sich noch zu fragen.

»Meine Schicht ist soeben beendet, aber ich werde der Kollegin Bescheid geben.«

»Und wann kommt die?«

»Die hat schon angefangen.«

Hannah drehte sich um und ging zurück.

Sie griff nach ihrem Mantel, den sie über dem Stuhl, auf dem Dascha saß, abgelegt hatte.

»Wo sind die Medikamente?«

»Sie kommen, Mama. Die Schwester bringt sie. Du hast recht gehabt.«

Sie glaubte, Triumph in den Augen ihrer Mutter aufblitzen zu sehen, aber nur einen kurzen Moment später war sämtliches Leuchten wieder aus dem aschgrauen Gesicht verschwunden.

»Um alles muss man sich selber kümmern.«

Dascha gab ihr kopfschüttelnd recht und schaute genauso grimmig wie ihre Mutter drein.

Die Wolkendecke war aufgebrochen, und die Sonne sandte warme Strahlen. Sie sog die frische Luft ein. Versuchte, ihre Mutter zu vergessen. Setzte einen Fuß vor den anderen. Sie ignorierte den Mann mit der gekrümmten Haltung an der Imbissbude, der rasch den Arm ausstreckte, um ihr mit seiner dreckigen Handfläche den Weg abzuschneiden. Sie wich gekonnt aus.

Am U-Bahnhof Osloerstraße rannte sie die Treppen hinunter. Sie drängte sich in die volle Bahn. Es roch nach Scheiße, und Hannah vergrub die Nase im Pullover. Eine Violine erklang. In der Jackentasche kramte sie nach Kleingeld, doch als sie hochsah, erschrak sie, als sie eine schick gekleidete Musikstudentin erblickte. Wahrscheinlich trug sie sogar ihr Studententicket in der ledernen Handtasche bei sich. Bereit, es im Fall einer Kontrolle vorzuzeigen. Sie steckte das Geld zurück in ihre Jackentasche.

Ihr Handy klingelte. »Fee« stand auf dem Display.

»Hallo.«

»Fee hier. Was ist mit der Miete? Ich sehe keine Überweisung.«

»Das Geld müsste eigentlich schon längst auf deinem Konto sein«, log sie, weil es ihr einfacher erschien.

»Was ist falsch mit dir?«, fragte Fee in kaltem Ton.

Hannah konnte es ihr nicht sagen.

15

Flüsternde Stimmen hinter der geschlossenen Zimmertür. Wolf lehnte im Sessel, und seine Finger tappten dumpfe Sprünge auf dem abgewetzten Leder. Staubpartikel flimmerten durch die Luft. Leise Worte, hin und her geschmissen. Dann verstummte das Gespräch. Ein Klopfen an der Tür.

»Was?«, hallte Wolfs Stimme durch den zigarettenverqualmten Raum.

»Herr Hermann, hätten Sie vielleicht kurz Zeit für ein Gespräch? Hier ist Jan Siebert, Agnes' Betreuer.«

Wolf starrte die Tür an. Er strich sich das Haar zurück, er würde zum Friseur gehen müssen. Vielleicht rasierte er sich das Haar komplett ab. Der Sommer kam, und sein Haar wuchs schnell. »Komme.«

Er nahm einige tiefe Züge an seiner Zigarette, drückte sie im überquellenden Aschenbecher aus, eine feine Wolke Asche plusterte sich auf, um sich anmutig wieder zu senken. Er quälte sich aus dem Sessel. Sein Schädel brummte. Schwankend lief er zur Tür. Er war betrunken.

Jan stand vor ihm. Ein junger Mann im Schafspelz. Wolf konnte ihn nicht leiden. Wie ein ewig schlechtes Gewissen schlich er sich in seine Gedanken. Seine unausgesprochenen Sätze wurden zu hörbaren Vorwürfen. Dialoge ohne Worte. Und später konnte Wolf nicht bestimmen, was wirklich gesagt worden war oder was er sich nur eingebildet hatte. Die Fragen und Gespräche hatten vor langer Zeit aufgehört. Es war das Ungesagte, das zwischen ihnen stand.

Jans dunkle Augen unter den zusammengewachsenen, tiefen Brauen sahen ihn durchdringend an. Wolf wusste, was er ihm sagen wollte. Er solle sein Leben auf die Reihe kriegen. Er würde aufgeben. Kapitulieren. Ja, Sie haben recht. Mit allem, was Sie sagen. Ich denke genauso. Die Arme nach oben geschmissen. Jan hätte gewonnen. Er wollte Stillstand.

Schon lange hatte er keinen Job mehr gehabt. Das Trinken kam ihm immer dazwischen. Er würde sich wieder einen suchen. Feste Arbeitszeiten, ein regelmäßiges Einkommen. Das täte ihm gut. Auch dem Mädchen. Das wusste er, auch ohne Jan.

Er würde versuchen, weniger zu trinken. Doch da war diese Ahnung. Er steckte bereits zu tief drinnen. Alkohol war zu seinem Alltag geworden.

Wolf war Tischler, hatte es nicht gelernt, sondern sich alles selbst beigebracht. Hatte in den Jahren nach der Wende Clubs mit aufgebaut. Es gab immer was zu tun. Den ganzen Ostteil neu zu entdecken. Er hatte sich einen Namen gemacht, war der Mann für alles. Immer ausgebucht. Mit dem Trinken stand seine Arbeit lange im Einklang. Alle tranken. Nahmen Drogen. Feierten die Nächte durch. Er konnte nicht genau sagen, wann er die unsichtbare Linie überschritten hatte. Doch mit seinen Exzessen waren die Aufträge weniger geworden. Man warf ihm Unzuverlässigkeit vor. Wie konnte es nur so weit kommen, fragte er sich.

Wolf hatte Bildhauerei studiert, aber das Studium abgebrochen. Es ging alles so einfach, als er jung war. Wann hatte er aufgehört, jung zu sein? Es war immer genug Geld zum Leben da gewesen. Er war nicht anspruchsvoll. Sein Leben mit dem Mädchen, sie war die Nummer eins. Statt teurer Restaurants kam der Lieferservice. Nicht viele Frauen kamen damit klar. Das scherte ihn nicht. Hatte es nie.

Irgendeine seiner Freundinnen hatte immer auf das Mädchen aufgepasst, wenn er nachts aus war. Doch schon früh fing er an, sie alleine zu Hause zu lassen. Sie mochte seine Freundinnen nicht. Deswegen hatte er nach Susann nie wieder eine feste Beziehung gehabt. Das Mädchen war eifersüchtig. Wollte seine Aufmerksamkeit nicht teilen. Keiner Babysitterin machte sie es leicht. Sie hatte keine Angst. Also zeigte er ihr, wie man ein Handy bedient. Das erste eigene bekam sie von ihm geschenkt, da war sie sechs. Erste Klasse, ohne Vorderzähne. Die wichtigsten Nummern eingespeichert. Und dann noch mal abgeschrieben, direkt auf die Schlafzimmerwand. Zettel konnten verschwinden. Namen waren das Erste, was sie lesen konnte.

Wenn er nach dem Feiern nach Hause kam, kuschelten sie sich zusammen ins Bett. Den Laptop mit dabei, und Agnes schaute Filme, während er schlief. Nur wenn er außerhalb Berlins einen Job hatte, musste Sandy einspringen. Auch wenn das Mädchen sie nicht leiden konnte. Sandy war das egal. Sie glotzte ihre romantischen Filme, das Mädchen hockte maulig daneben.

»Können wir vielleicht einen Moment in Ruhe miteinander reden?«

»Der Termin ist doch erst im Juni.«

Er versuchte, sich zu erinnern, welcher Tag heute war, wann der Termin sein würde. Ganz falsch schien er nicht zu liegen, denn Jan korrigierte ihn nicht, stattdessen hob er entschuldigend die Hände, mied den Blickkontakt. Er war es, der kapitulierte. Das machte ihn noch misstrauischer.

»Es geht nicht um den Termin. Ich möchte nur kurz mit Ihnen sprechen. Es geht um Agnes.«

Jan räusperte sich. Ungeduldig wartete Wolf darauf, dass Jan den Satz beendete. Er ahnte Schlimmes, aber nicht das, was kommen sollte.

»Das blaue Auge.«

Das blaue Auge.

Das blaue Auge.

Ein Echo hallte in seinen Gedanken.

Wolf blickte an ihm vorbei in den leeren Flur. Er schluckte. Versuchte, sich den Schock nicht anmerken zu lassen. Nicht die Fassung zu verlieren.

Er hatte Agnes ein blaues Auge geschlagen.

Hatte er Agnes ein blaues Auge geschlagen?

Doch da war keine Erinnerung, die sich plötzlich meldete und schrie, das hast du getan. Da war nur Schwärze. Weiter gingen seine Gedanken nicht. Weigerten sich. Bis ihn die Erinnerung ereilte, die weit entfernt lag und sich doch wie gestern anfühlte. Damals. Als sie noch klein war. Kurz nachdem Susann ihn endgültig verlassen hatte.

Als ihm die Hand ausgerutscht war – konnte man das sagen, ausgerutscht? –, das stimmte nicht, er hatte ihr eine runtergehauen, weil er nicht anders konnte. Es nicht hatte aushalten können. Er dem Gekreische, ihrem Wutanfall, ein Ende bereiten musste, um nicht wahnsinnig zu werden. Erst später begriff er, dass er bereits wahnsinnig war. Er hatte sie geschlagen, damit sie still war. Und sie war still. Sie hatte ihn angesehen, stumm, mit großen Augen, voller Erstaunen. Dieser Blick des Verratenen. Gebrochenes Vertrauen.

Dann fing sie noch lauter an zu kreischen. Hielt ihr Ohr. Blut quoll zwischen den Fingern hervor. Vielleicht spielte ihm die Erinnerung an dieser Stelle einen Streich. Er wusste es nicht. Das Bild änderte sich mit den Jahren. Aber es hatte geblutet, denn er fuhr mit ihr ins Krankenhaus, weil er den

Kinderarzt nicht ausstehen konnte. Damals hatte er sich geschworen, dem Mädchen nie wieder wehzutun. Er hätte alles dafür gegeben, diesen Augenblick rückgängig zu machen. Den Moment zu ändern. Und er hatte sich im Vergessen geübt.

Hatte er ihr ein blaues Auge geschlagen?

Er musste Agnes sehen, mit ihr reden. Sich vergewissern, dass Jan sich täuschte. Ein Missverständnis. Warum hatte das Mädchen ein blaues Auge?

Aber dafür musste er erst mal diesen Bekloppten loswerden. Was sehnte er sich nach einem Bier. Er musste etwas trinken, um wieder klar denken zu können.

»Agnes behauptet, dass das mit dem blauen Auge bei einem Sturz passiert sei, aber es sieht nach einem Schlag ins Gesicht aus. Können Sie mir sagen, was geschehen ist?«

Was war geschehen? Er erinnerte sich nicht.

»Agnes?« Wolf trat an Jan vorbei. Er sah das Mädchen in ihr Zimmer huschen.

Sie hatten nicht mehr miteinander gesprochen, seitdem sie ihm die tote Katze gezeigt hatte. Auch er hatte mehr Zeit im Wohnzimmer als in der Küche verbracht.

Die Küche, der Ort, an dem sie aufeinandertrafen. Hatte er sie gemieden? Als sie klein war, malte sie hier ihre Bilder, die Kinderzeichnungen hingen noch immer an den Wänden. Gekritzelte Figuren. Große Männchen mit kleinen langhaarigen Figuren, die Kleider trugen. Übereinandergekrakelte Striche. Hand in Hand. Im Hintergrund die Sonne, manchmal ein Haus. Hart und steif war das Papier geworden, und er hatte Angst, sie abzunehmen, weil sie dann zu Staub zerfallen würden. Später machte sie hier ihre Hausaufgaben. Er hatte vieles falsch gemacht, er war von niemandem darauf vorbereitet worden, ein Kind, ein Mädchen, sein Mädchen alleine großzuziehen.

Einmal hatte er einem der Sozialarbeiter gesagt, dass es vorkam, dass er wütend wurde, wenn Agnes rumschrie, ihre langen Wutanfälle hatte, aus denen er sie schlecht rauszuholen wusste, wenn sie nach ihm trat und ihn bespuckte. Das einzige Wort aus ihrem Mund ein riesengroßes, geschrienes Nein war. Der Sozialarbeiter, er hatte vergessen, welcher es war, guckte ihn merkwürdig an, um dann etwas in die Akten zu kritzeln. Ohne Erklärung, ohne Antwort auf seine dringliche Frage. Wie ging man mit seiner eigenen Wut um?

Fortan war er vorsichtiger damit, was er sagte. Diese furchtbare Schreiphase ging vorüber. Ohne dass er rückblickend sagen konnte, wann. Ob er etwas geändert hatte oder sie schlicht rausgewachsen war. Er hatte nie geahnt, dass Erziehung eine dermaßen harte Aufgabe darstellen würde. Mit dreizehn beanspruchte sie ihr eigenes Leben für sich. Besprach Probleme nicht mehr mit ihm. Er wusste nicht, ob das normal war, aber es fühlte sich richtig an. Sie war kein Kind mehr. Beschämt hatte er bemerkt, dass sich ihr Kinderkörper wandelte. Sie wurde zu einer Frau. Das war schmerzhaft, aber irgendwann fing er an, seine wiedergewonnene Freiheit zu genießen. Zunächst kochte er weiterhin abends für sie. Seitdem sie vierzehn war, aß er oft alleine. Jetzt war sie fünfzehn, und er hatte begonnen, seine Abende bei Helga zu verbringen.

Ihm dämmerte, dass er sich in die falsche Richtung bewegte. Sein Alkoholkonsum war gestiegen. Obwohl er schon immer täglich getrunken hatte, spürte er es nun, wenn er nicht trank. Schon morgens, direkt nach dem Aufwachen, verspürte er das Verlangen danach. Das war nicht immer so gewesen.

Er hatte sich gehen lassen. Wie damals, als der Schmerz zu groß wurde. Als Susann gegangen war.

Er trat an den Kühlschrank und griff nach einem Bier. Das blaue Auge. Er öffnete die Flasche, bitter lief das Bier seine Kehle hinab. Mit jedem Schluck versuchte er auch, das Gefühl mit runterzuschlucken. Es gelang ihm nicht.

»Ich frage Sie, Herr Hermann. Ich möchte die Wahrheit wissen.«

Jan funkelte ihn an. Die Wahrheit, was war die Wahrheit? Konnte es sein, dass er dem Mädchen ein blaues Auge geschlagen hatte? Seinem Mädchen? Für das er nichts als Liebe empfand. Aber er wusste auch um seinen Zorn. Mächtig. Wie viele Male hatte er sich zusammenreißen müssen, und es war ihm gelungen. Der Tag, als er den toten Vogel gefunden hatte, lag im Dunkeln. Susann. Bevor die Erinnerung zurückkommen konnte, hatte er die Flasche ausgetrunken. Er musste das in Ordnung bringen. Musste wieder Ordnung in sein Leben bringen. Zweifelnd sah er Jan an. Konnte er ihm sagen, dass er einen Blackout hatte? War das die Wahrheit? Er musste Zeit gewinnen. Zeit, um nachzudenken.

Der Brief vom Jugendamt. Das Sorgerecht.

Seitdem schien sein Leben aus dem Ruder zu laufen. Susann. Wie damals, als sie gegangen war. Susann wollte sich in ihr Leben drängen. Nach all den Jahren. Sie hätte sich auch direkt bei ihm melden können. Er wohnte noch immer in derselben Wohnung.

Zehn Jahre war es her, dass sie verschwunden war. Er hatte gewartet, hatte gedacht, das wäre nur eine ihrer Phasen. Sie war öfter mit irgendeinem Typen abgezischt, aber sie war auch immer wiedergekommen. Agnes blieb hier. Ihre Tochter. Aber auch das Mädchen schien irgendwann nicht mehr wichtig in ihrem Leben zu sein. Sie war nicht da, als sie eingeschult worden war. Sie war nicht da, als sie mit zwölf ihre Periode bekommen hatte. Und er mit ihr geweint hatte, weil er wusste, dass sie nun kein Kind mehr war. Sie hatte nicht einmal eine saudämliche Postkarte zum Geburtstag geschickt. Nichts. Nada. Und jetzt kam diese Anhörung beim Jugendamt.

Wolf hatte sich auf den Küchenstuhl gesetzt, er merkte, wie seine Hände zitterten. Er nahm sie vom Tisch und legte sie auf seine Oberschenkel, krallte sie in seiner Jeans fest. Er dachte an das Bier im Kühlschrank.

Er würde sie verlieren. Es musste doch einen anderen Weg geben, es wiedergutzumachen. War das überhaupt möglich? Oder hätte sie ein besseres Leben, wenn sie bei einer Pflegefamilie groß geworden wäre?

»Mein Vorgänger, Karl-Ole Pfeifer, hat eine Notiz in die Akten geschrieben, dass Sie Alkoholiker sind.«

»Alkoholiker?«

Wolf zuckte mit den Schultern und stand auf, ging zum Kühlschrank, wo er sich das nächste Bier herausnahm. »Das stimmt vielleicht.«

Mit einem Plopp öffnete er die Flasche.

Jan sah ihn abschätzig an.

»Sie haben das zweite Bier aufgemacht. Und wir reden seit nicht einmal fünfzehn Minuten.«

»Sie zählen mit? Gut, dann muss ich es nicht machen.« Er setzte die Flasche an. Trank. »Karl-Ole wollte Agnes damals ins Kinderheim schicken. Nach Lychen. Weil sie Probleme in der Schule hatte und ich, als alleinerziehender Vater, in seinen Augen der Lage nicht gewachsen war.«

»Ins Kinderheim will ich sie nicht schicken«, murmelte Jan und bückte sich nach seiner abgegriffenen Ledertasche. Er nahm einen Kalender heraus, der mit den vielen eingelegten Zetteln deutlich in die Breite ging und nicht mehr zu schließen war. Nach einigem Blättern zog er ein fleckiges Faltblatt heraus und schob es über den Tisch. Wolf nahm den Zettel, kniff die Augen zusammen und warf einen Blick darauf.

Jan stand auf.

»Es ist tragisch mitzuerleben, wenn der Alkohol eine immer größere Rolle einnimmt und beginnt, Familien zu zerstören. Agnes wird nichts verraten. Sie werden nichts sagen. Und ich kann das System nicht ändern. Aber ich mache Ihnen einen Vorschlag.« Er deutete auf den Zettel. »Sie gehen hier hin und versuchen, Ihr Leben wieder in den Griff zu kriegen.«

Wolf betrachtete den Flyer.

»Und wenn ich nicht hingehe?«

»Dann werde ich Ihnen Probleme bereiten. Überlegen Sie es sich. Lassen Sie es als Option offen, Herr Hermann.« Er streckte Wolf die Hand entgegen. »Auf Wiedersehen.«

Wolf hörte die Wohnungstür leise ins Schloss fallen. Vielleicht hatte er sich in Jan getäuscht. Vielleicht sah er trotz allem doch noch Hoffnung. Er setzte die Flasche an und trank sie in einem Zug leer. Er starrte auf den Zettel. »Anonyme Alkoholiker«. In fetten Lettern.

Mahnend stand der Vogelkäfig über ihm im Regal. Das Wort Schuld dröhnte in seinem Kopf. Er musste etwas tun.

16

Hannah wachte aus ihren Träumen auf. Sie hatte von dem Kaninchen geträumt, wie es flink durch das Treppenhaus gehoppelt war. Als sie es endlich gefangen hatte, stand sie neben dem weit geöffneten Fenster – normalerweise fest verschlossen –, das Kaninchen kämpfte, es rutschte aus ihren Armen und stürzte in die Tiefe.

Ihr Herz hämmerte. Sie rollte sich auf die andere Seite. Erst da bemerkte sie das laute Brummen des Staubsaugers und die stumpfen Schläge der Düse gegen Wand und Tür. Sie zog die Decke über den Kopf, doch es lärmte weiter. Sie tastete nach ihrem Handy. 8:33 Uhr. Es war Samstagfrüh.

Nur mit einem knappen Höschen bekleidet, stürmte sie durch die Wohnung und riss die Tür zu Fees Zimmer auf, die erschrocken innehielt, aber sofort kampflustig die Hände in die Taille stützte und sie herausfordernd ansah.

»Könntest du später staubsaugen, Fee?«, fragte Hannah ruhig. »Ich möchte noch etwas schlafen.«

Sie hatte die halbe Nacht wach gelegen, ihre Gedanken waren immer wieder zu ihrer Mutter gewandert. Sie hatte nach ihrem Computer gegriffen und im Internet versucht herauszufinden, wie lange es mit Tumorzellen in der Lunge noch dauern würde, bis der Tod kam. Nicht weil sie wollte, dass ihre Mutter starb, sondern damit das Warten, dieser Zustand ein Ende hätte. Normalität einkehren würde. Und dafür schämte sie sich.

Um sich abzulenken, hatte sie bis zum Morgengrauen

Bilder bearbeitet. Erst als die Sonne aufging, beruhigte sie sich und fand in den Schlaf.

»Ehrlich, Hannah? Musst du uns wirklich deine Titten zeigen?«, schrie Fee über den Staubsaugerlärm hinweg.

»Mach bitte den scheiß Sauger aus.«

»Dass der Staubsauger nicht dein bester Freund ist, wissen wir. Bin gleich fertig.« Um Zustimmung buhlend, wandte sie sich an Moritz, der auf Hannahs Brüste starrte.

»Moritz!«

Fee saugte weiter, voller Schwung schob sie die Düse bis dicht vor Hannahs Füße, sodass sie zurückspringen musste. Fees Blick war verschlossen, leise Verachtung lag darin. Hannah versuchte, ihr das Staubsaugerrohr aus der Hand zu reißen, bekam die Düse schmerzhaft gegen ihre Zehen gestoßen, vor Schmerz außer sich trat sie gegen den Sauger, der wie ein fetter Käfer auf dem Rücken weiterbrummte. Dann riss sie am Kabel. Seufzend gab der Sauger auf. Moritz hatte sein Buch aus der Hand gelegt und beobachtete die beiden gebannt, während Fee sich auf Hannah stürzte, um ihr das Kabel wieder wegzunehmen. Doch Hannah schubste Fee beiseite und stürmte mit dem Sauger aus dem Zimmer. Hinter sich hörte sie Fee brüllen, die Stimme zittrig, als würde sie gleich anfangen zu heulen: »Hau bloß ab, du billige Kuh. Zeig doch deine Titten jemand anderem.«

Hannah schmiss den Sauger in die Flurecke, bevor sie ihre Zimmertür zuknallte und sich rückwärts aufs Bett fallen ließ. Durch die dünnen Wände konnte sie hören, wie Fee auf Moritz einschrie. Sonnenstrahlen brachen durch die Scheibe, zeichneten ein Bild von Hell und Dunkel und wärmten ihre blassen Oberschenkel.

Das Handy vibrierte neben ihr auf dem Boden. Schuldbewusst nahm sie ab.

»Hallo, Hannah.«

»Hallo, Papa.«

»Kommst du heute ins Krankenhaus?«

»Ich war doch erst gestern dort.«

»Sie ist wieder zurückverlegt worden, ins Westend. Sie fragt nach dir. Sie vermisst dich.«

»Das kann ich mir kaum vorstellen.«

»Sie liebt dich, auch wenn sie es dir nicht zeigen kann.«

Ihr Vater sprach normalerweise nicht über Gefühle, sie sprachen auch sonst nicht oft miteinander. Das Reden hatte immer ihre Mutter übernommen. Deswegen fühlte sich das Telefonat unnatürlich an.

»Der Arzt meinte, sie ist zu schwach für die Operation.«

»So schwach sah sie nicht aus«, versuchte sie es.

»Das täuscht.«

»Ich schaffe es zeitlich nicht. So viel Stress mit der Uni. Und ich habe mich mit Fee zerstritten.«

»Es ist Wochenende. Denkst du dir das wieder aus?«

»Warum sollte ich mir den Unistress ausdenken?«

»Weil du dir auch andere Dinge ausgedacht hast, damit du bestimmte Sachen nicht tun musst. Ich hätte gerne, dass du mit der Psychologin auf der Station sprichst.«

»Sollte Mama nicht lieber mit der Psycho-Tante sprechen? Immerhin glaubt sie, dass sie in einem Jahr geheilt ist.«

»Das ist die Art deiner Mutter, mit der Situation umzugehen.«

»Mit der Situation oder mit dem Sterben?«

Schweigen am anderen Ende.

»Vielleicht hat der indische Arzt recht. Woher wissen wir, dass sie stirbt, wenn die beiden auch nicht daran glauben?«

Ihr Vater seufzte. Er war alt geworden in den letzten Monaten.

»Ich möchte nicht darüber diskutieren, es ist schwierig genug. Ich möchte, dass du sie besuchen gehst.«

Sie erinnerte sich an das Telefonat mit ihrer Mutter vor einem halben Jahr, als sie ihr beiläufig mitgeteilt hatte, dass der Krebs zurückgekehrt war. Er war nie verschwunden. Hatte sich lediglich gewandelt, während all die gesunden Zellen von der Chemotherapie ausgerottet worden waren. Die Haare ausgefallen und die Schleimhäute so sehr ausgetrocknet, dass sie starkes Nasenbluten bekommen hatte und nachts in Panik den Notarzt rufen musste. Der Sieg über den Krebs war nur ein scheinbarer. Eine große Narbe lief über den Brustkorb ihrer Mutter, die Haut rötlich, immer mehr ins Bräunliche gehend. Tote Haut. Entzündlicher Brustkrebs, eine seltene und hoch aggressive Form. Hannah hatte auf einen Schlag alle Hoffnung verloren. Nicht ihre Mutter. Ob der Körper voller Metastasen war, hatte ihre Mutter nicht untersuchen lassen, sie brach die zweite Chemotherapie ab. Und verschrieb sich alternativen Heilmethoden. Brustkrebs im Endstadium. Dennoch bildete sich ihre Mutter ein, wieder gesund werden zu können, eine andere Möglichkeit existierte für sie nicht.

»Ja, Papa, ich werde sie besuchen.«

Als sie aufgelegt hatte, kam Fee nach kurzem Klopfen in ihr Zimmer gestürmt. »Du bist mit Küche und Bad dran.«

Klapperdürr stand sie im Türrahmen. Über dem Dekolleté zeichnete sich hart das Schlüsselbein ab. Mager wie ihre Mutter, vom Krebs zerfressen. Aber Fee hatte sich den Körper hart erkotzt. Auch wenn sie ausgemergelt aussah, sie keine Brüste hatte, sah sie überraschend sexy aus.

»Seit wann sind wir keine Freundinnen mehr?«, flüsterte sie.

Aber Fee hörte sie nicht, laut knallte die Tür zu.

Hannah saß alleine in ihrem Zimmer. Und die plötzliche Stille wurde zu einem Dröhnen. Sie fing an zu zittern. Hatte Angst vor ihren Gedanken. Sie würde nicht gehen. Sie wollte nicht gehen. Sie konnte nicht gehen. Sie wollte ihre Mutter nicht sehen. Sie konnten sie doch nicht zwingen. Nicht mal mit dem Tod.

Sie kroch unter die schwere Daunendecke, biss ins Laken und schrie lautlos hinein. Sie wollte Fees Mitleid nicht. Vielleicht läge auch nur noch Verachtung in ihrem Blick, weil sie sich nicht zusammenriss. Der Hass half ihr, ihre sterbende Mutter zu vergessen. Hannah legte den Kopf aufs Kissen. Atmete. Sie ließ ihren Blick im Zimmer umherschweifen. Staubmäuse versteckten sich unter der Heizung. Sie rollte vom Bett. Krabbelte auf allen vieren, wischte mit der Hand über den Boden, fing sie und löste sie in ihrer Hand auf. Weicher Staub, krümelig. Sie streckte sich, noch immer nackt. Im Mülleimer entdeckte sie das U-Bahn-Ticket. »David« stand in geschwungener Handschrift darauf. Warum hatte sie seine Nummer weggeschmissen? Weil eine Beziehung nie im Bett beginnt? Weisheiten ihrer Mutter, wie der Lippenstift anstelle des Pflegestifts, um die Lippen auch im Winter weich zu halten. Weil sie sich in ihn verlieben könnte? Weil sie Angst hatte, die Kontrolle zu verlieren? Und was dann? Was, wenn er genauso gehen würde wie alles andere in ihrem Leben? Wie ihre Mutter. Sie war doch noch nicht tot. Wie die Freundschaft zu Fee. Sie hatte immer gedacht, sie würden gemeinsam alt werden. Fee klein und fett, weil sie dann endlich nicht mehr auf ihr Gewicht achten müsste. Die Gedanken mussten stoppen, sie suchte nach ihrem Handy und tippte die Nummer. Nur kurz seine Stimme hören, ihn überraschen.

Freizeichen.

17

Agnes schlurfte durch den Gang. Sie schob den leeren Einkaufswagen vor sich her. Klirrendes Metall. Die kleinen Räder quietschten in der Kurve. Vorbei an Plastikflaschen, Tuben, Dosen, Zahnbürsten im fein abgestimmten Licht. Putzmittel, billig, teuer. Strumpfhosen. Kerzen. Biolebensmittel. Babynahrung. Kleine Gläser mit Schraubverschluss. Ein riesiges Angebot. Das Linoleum spiegelblank. Mit den Fingern strich sie über bunte Etiketten. Blieb stehen. Ließ den Wagen nur los, um eine Flasche in die Hand zu nehmen. Begutachtete das Produkt. Nicht weil sie daran interessiert war, sondern weil sie es konnte. Keiner schrie: Nicht anfassen.

Niemand sprach sie an, auch nicht wenn sie den Wagen nach ihrem Rundgang ohne etwas zu kaufen wieder zu den anderen schob. Heute aber hatte sie ein festes Ziel. Sie musste in den hintersten Gang zu den Tampons, Binden, Slipeinlagen, Intimwaschlotionen. Dort befanden sich auch die Schwangerschaftstests. Es war der Anfang des Monats, und ihr Vater hatte zweihundertfünfzig Euro auf den Tisch gelegt, davon musste sie den Kühlschrank gefüllt halten, bis der Monat um war und neues Geld kam. Ihr Vater wollte keine Quittungen sehen, und sie musste das Geld sofort nehmen und am besten versteckt halten. Wenn es einfach rumlag und er betrunken war, gab es kein Geld für Essen. Das war schlecht. Und das war auch schon vorgekommen. Meistens legte einer von seinen Kumpels oder Sandy das Geld dann aus. Manchmal konnte sie ein paar

Euro sparen und dann ihre Extraausgaben damit decken. Tabak für Zigaretten kaufte sie sich auch immer zu Beginn des Monats.

Als sie um die Ecke bog, stand das Püppchen aus ihrem Haus vor ihr im Gang. Agnes hielt die Luft an. Leise atmete sie aus und wich vorsichtig zurück, um sich bei dem Klopapier zu verschanzen. Über das Regal hinweg konnte sie das wild zerzauste zusammengebundene Haar erkennen. Die Schlampe bewegte sich nicht. Sie hatte sie nicht bemerkt. Dann hörte Agnes das Rappeln eines Kartons, der in den Metallkorb geschmissen wurde. Sie zog weiter. Agnes schlich hinterher. Als sie stehen blieb, machte auch Agnes halt und beobachtete, wie sie eine Packung Wattepads aus dem Regal zog. Eine weitere Packung fiel ihr dabei heraus. Sie sah sich um. Ihre Blicke begegneten sich. Und Agnes sah Schrecken in ihrem Gesicht aufblitzen, bevor sie hastig aufsprang und sich davonmachte. Mit Genugtuung lief Agnes zurück zu ihrem Einkaufswagen und suchte nach den Schwangerschaftstests. Ohne lange Überlegung griff sie nach dem billigsten. Als sie in dem breiten Gang zur Kasse ging, sah sie die blöde Kuh wieder. Einsam wartete sie auf eine Kassiererin. Agnes lief schneller, um ihr ungebremst mit dem Wagen in die Hacken zu fahren.

»Pass doch auf, Mann.«

Wütend wirbelte sie herum, doch als sie Agnes erblickte, änderte sich der Ausdruck in ihrem Gesicht. Zorn wich Angst. Agnes zuckte mit den Achseln und grinste sie an. Den Wagen dicht an ihre Oberschenkel gepresst. Das Püppchen versuchte, ihn von sich wegzuschieben, doch Agnes drückte weiter dagegen. Bis sie am Ende der Kasse angelangt waren. Aufgelöst sah sie sich nach der Kassiererin um. Auch Agnes drehte sich um, aber es kam niemand.

»Du bist ja irre.«

Agnes hörte das Zittern in der Stimme. Jetzt war sie nicht mehr arrogant. Sie schubste den Wagen zur Seite und rannte aus dem Laden.

Agnes nahm den Warentrenner und legte ihn ordentlich hinter die zurückgelassenen Kosmetikartikel auf das Laufband. Platzierte den Schwangerschaftstest dahinter. Endlich kam die Kassiererin, entschuldigte sich und ließ sich auf den Drehstuhl plumpsen. Hektisch fing sie an, die Sachen einzuscannen. Sie sah jung aus, hatte schwarz gefärbte Haare. Sicher kriegten die Mitarbeiter hier Rabatt auf die Waren. Agnes wartete geduldig.

»Vierzehn Euro achtzig, bitte.« Die Kassiererin hob den Warentrenner und knallte ihn zurück zu den anderen. Erwartungsvoll sah sie Agnes an.

»Nicht meine Sachen.«

Die Kassiererin schüttelte den Kopf.

Agnes zahlte den Test und stopfte ihn in die vordere Tasche ihres Kapuzensweatshirts.

Sie trat aus dem Laden, mischte sich unter die Besucher des Einkaufszentrums und ließ sich zu den öffentlichen Toiletten treiben.

Angegraute Plastikwände. Der beißende Geruch von Reinigungsmittel konnte den Gestank des überheizten Kloraums nicht überdecken. Agnes betrat eine Kabine. Mit dem Fuß trat sie den Klodeckel runter und setzte sich darauf. Legte sich alles ordentlich auf den Schoß. Sie holte die Gebrauchsanweisung aus der Pappschachtel, das dünne Papier knisterte beim Auseinanderfalten. Sie starrte auf die kleinen Buchstaben. So viel zu lesen. Sie sah die Zeichnungen an. Nahm das Testgerät, das in einer weiteren Plastikverpackung steckte, und betrachtete den Stab, der wie ein Stift aussah, mit einem kleinen Monitor an der Seite. Etwas größer als ein Fieberthermometer. Plötzlich überkam sie

Angst, etwas falsch zu machen. Sie drehte die Gebrauchsanleitung wieder um und begann, langsam zu lesen.

Krachend wurde die Toilettenraumtür aufgerissen. Laute Schritte begleitet von abgehackten Gesprächsfetzen. Dann stieß jemand gegen die Tür ihrer Kabine. Poltern. Lachen. Fresse halten. Sie versuchte, das zu viel gewordene Papier zurück in die Packung zu stopfen. Stand wütend auf, drückte die Spülung und trat hinaus.

Agnes wollte die beiden Mädchen ignorieren, als sie zu den Waschbecken ging. Hinter sich hörte sie Kichern. Im Spiegel beobachtete sie die Mädchen, die hinter vorgehaltener Hand tuschelten und dabei zu ihr schielten.

Blitzschnell drehte sie sich um: »Is was? Geht's noch?«

»Du hast da einen Fleck auf der Hose«, lachte das Mädchen und sah dabei kichernd ihre Freundin an.

»Und was ist daran so witzig?«

Agnes trat näher. Das andere Mädchen hatte sich abgewendet und malte sich die Lippen mit rotem Lippenstift an.

»Nichts. Ich mein ja nur.«

»Ich mein ja nur?«, äffte Agnes das Mädchen nach, bevor sie ihr die flache Hand ins Gesicht knallte. »Und was soll das dämliche Grinsen?«

Die Hand an der Wange, starrte sie das junge Mädchen mit offenem Mund an. Die Freundin zog sie mit sich. »Lass uns abhauen.«

Agnes stierte in den Spiegel, bis sie die Tür hörte, dann schielte sie über die Schulter, entdeckte den blutigen Fleck auf ihrer hellen Jeans. Sie nahm den Test aus der Tasche und warf ihn in den Mülleimer. Zog den Pullover aus und band ihn sich um die Hüften.

18

Hannah strich mit den Fingern über die Wände des weiß gestrichenen Krankenhausflurs. Putz fing sich unter den lackierten Nägeln. Ihre Mutter war wieder zurückverlegt worden. Sie zwang sich vorwärts, Schritt für Schritt. Eine unsichtbare Kraft. Sie war eine Stunde zu spät. Mahnend die große Uhr mit den metallenen Zeigern über ihr. Sechs Uhr. Die Besuchszeit bald zu Ende.

Sie zögerte. Setzte sich auf einen Stuhl im Gang. Sie blickte aus dem Fenster. Das hängende Gelb des erblühten Goldregens hinter der Scheibe. Während sich draußen das Leben entfaltete, wütete im Körper ihrer Mutter der Tod. Eine Rippe war gebrochen. Die neuen Tumorzellen in den Knochen hatten sie mürbe gemacht. Hannah hatte Angst, das Zimmer zu betreten. Sie holte ihr Handy hervor.

Keine neuen Nachrichten. Sie scrollte zu den bereits gelesenen. David hatte sie zu einem Konzert eingeladen, sie auf die Gästeliste geschrieben. Aber erst musste sie den Besuch hinter sich bringen. Sie schloss die Augen und atmete tief durch. Als sich die Zimmertür plötzlich öffnete, sprang sie auf.

»Hannah?«

Ihr Vater blickte sie vorwurfsvoll an.

»Hallo«, sagte sie.

Er runzelte die Stirn.

»Was machst du neben der Tür?« Er sah auf den Stuhl. »Sitzt du schon lange hier?«

»Nein, ich komme gerade. Die S-Bahn ist wegen einem Polizeieinsatz nicht gefahren.«

Er nickte stumm. Sie sah, dass er ihr nicht glaubte. Es war ihr egal.

»Na ja, schön, dass du da bist«, sagte er, und dann nahm er sie steif in den Arm. Sie hauchte einen Kuss auf seine Wange. Spürte die faltige Haut, die kräftigen Barthaare. Roch das Rasierwasser. Warm und vertraut, fast als wolle es sagen, alles wird gut. Sie wollte sich an ihn klammern. Doch er schob sie sanft von sich, schien froh, als sie wieder Abstand zwischen sich hatten.

»Ich hole mir einen Kaffee. Möchtest du auch einen?«

Sie schüttelte den Kopf.

»Geh rein. Sie erwartet dich.«

Sie versuchte, sich den Schreck nicht ansehen zu lassen, als sie das Zimmer betrat. Das Bett stand unter der hellen Neonröhre in der Mitte des Raums, aus den weißen Laken ragte der blanke Schädel, mit braunen Flecken übersät. Vereinzelte Haare standen vom Kopf ab. Babyflaum. Ein Sauerstoffschlauch verband sie mit der Wand. Die Strickjacke klaffte auf und offenbarte die tote, dunkle Haut des Dekolletés. Ihre Mutter bemerkte den Blick, schloss die Jacke, nahm die Wollmütze vom Nachttisch.

»Nimm dir den Stuhl dort und setz dich.«

Hannah schob ihn polternd über den Boden.

»Nun sei doch nicht immer so laut.«

»Es tut mir leid. Wie geht es dir?«

»Immer dieselben Fragen.«

»Deine Rippe.«

»Ach das. Das geht schon wieder.«

»Mama, ich habe Angst, dass du stirbst.«

Ihre Mutter drehte ruckartig den Kopf.

»Wer redet denn vom Sterben?«

»Die Ärzte.«

»Welche Ärzte? Was wissen die denn?«

»Ich habe Angst.«

»Mir wäre es lieber, du gehst. Du raubst mir die Kraft. Geh.«

Die Frau, die nicht jammerte. Die sich darauf konzentrierte, den Unmut an den anderen auszulassen. Die Wut hielt sie am Leben. Gegen den Krebs hatte sie keine Chance, nur bei den Menschen spürte sie eine Reaktion, welche, schien ihr egal. Niemand hatte Hannah gewarnt, wie erbarmungslos die Krankheit zuschlagen würde. Nicht nur körperlich. Nicht die Ärzte und kein beschissener Zeitungsartikel. Kein Film. Immer starben alle friedlich. Liebevoll umsorgt. Händchenhaltend. Nur ihre Mutter kämpfte wie ein Monster. Der Arzt hatte ihrem Vater gesagt, dass er nie eine Patientin erlebt hätte, die derart verschlossen gegenüber der Wahrscheinlichkeit des nahen Todes war.

»Aber ich sollte doch kommen?«

»Du solltest nicht kommen. Bei dir hört es sich an, als würdest du gezwungen. Es wäre wünschenswert, wenn du deine Mutter besuchen wolltest. Was verdammt noch mal habe ich bei dir falsch gemacht?«

»Ich wollte dich ja sehen.«

Sie griff nach der Hand. Doch ihre Mutter schüttelte sie weg.

»Du lügst. So, wie du immer gelogen hast.«

Dann stand sie wieder draußen. Die Tür im Rücken. Sie zog ihren Lippenstift hervor, malte die Lippen vor der spiegelnden Scheibe an. Presste sie aufeinander. Winzige Farbpigmente zerplatzten. Sie würde David sehen.

Und vergessen.

19

Schriftrollen hingen schief an der Wand. In blauer Schrift auf vergilbtem Grund standen zwölf Schritte auf der einen und zwölf Traditionen auf der anderen Rolle. Das Wort »Gott« stach ihm ins Auge. Er wandte sich ab. Es roch nach muffigem Schrank. Der braune Teppich war an vielen Stellen grau und kahl. Wolf ging zu dem Tisch mit den Kaffeekannen und Tassen direkt neben der Eingangstür. Hagebuttentee, schwarzer Tee und eine leere Schachtel Yogitee.

Gemurmel. Gelächter. Er sah sich um. Irgendwie hatte er sich die Menschen hier trostloser vorgestellt. Jeder hielt eine Tasse in der Hand. Alles sah unschuldig und übertrieben heiter aus. Wolf wollte nicht hier sein.

Gerade als er sich umdrehen wollte, kam eine junge Frau auf ihn zu, griff nach seiner Hand, aber nicht, um sie zu drücken, sondern um ihn an sich zu ziehen und ihn zu umarmen.

»Ich bin Nicole«, sagte sie mit rauchiger Stimme, die nach zu vielen Zigaretten klang. Sie trug ein Kleid aus feinem Stoff, das bis zu den Knien reichte, dazu grobe Stiefel.

»Möchtest du Kaffee?« Auf den Lidern hatte sie leuchtend violetten Lidschatten verteilt, der ihre farblosen Wimpern betonte. Mit dem Arm machte sie eine wellenartige Bewegung, als wollte sie ihn zum Tanz auffordern. Wolf nickte. Trotzdem machte sie keine Anstalten, ihm einen Kaffee einzuschenken. Vielleicht wollte sie nur die üppige Getränkewahl anpreisen.

»Ist das dein erstes Meeting, oder bist du zu Besuch?«

»War schon mal da.«

Ein leichtes Runzeln auf ihrer Stirn, doch sie lächelte weiter. »Ich hab dich hier noch nie gesehen. Aber ich bin auch erst seit drei Monaten wieder dabei.«

Sie hob die Hand und winkte einer Frau mit kirschroten Lippen zu, die sie allerdings nicht beachtete, sondern vertieft darin war, einen Kuchen anzuschneiden, und sich währenddessen mit einer jungen Frau unterhielt.

»Was machen die dort?«

»Wahrscheinlich wird heute ein Nüchternheitsgeburtstag gefeiert.«

»Was wird gefeiert?«

Nicole lachte. »Wir feiern die Zeit, die jemand nicht mehr trinken musste. Die Jüngere scheint neu. Die kenne ich nicht. Die andere, die Hübsche, ist meine Sponsorin. Sie heißt Tessa. Sie leitet das Meeting. Sie ist seit fünf Jahren nüchtern.«

Wolf nickte, obwohl er überhaupt nichts verstand.

Sie zwinkerte ihm zu: »Schön, dass du da bist.«

Wolf goss sich Kaffee aus der großen Pumpkanne ein. Das Gerede und Gelächter wurde zu Getuschel. Die meisten saßen an zusammengeschobenen Tischen in der Mitte des Raums. Auch Nicole hatte sich an den Tisch gesetzt, neben die Frau mit den knallroten Lippen. Sie winkte Wolf zu, deutete dabei wild gestikulierend auf den leeren Platz neben sich. Wolf tat, als hätte er sie nicht gesehen, und neigte den Kopf. Er starrte in den Kaffeepott, seine zitternden Hände verkrampften sich. Heißer Kaffee tropfte von seinen Fingern. Der Stuhl, auf den er sich fallen ließ, krachte gegen die holzvertäfelte Wand hinter ihm. Er erwartete einen bösen Blick, doch auch die Frau vor ihm lächelte ihn strahlend an.

Die junge Frau neben Nicole hatte ihre Stimme gehoben: »Hallo, mein Name ist Tessa, und ich bin Alkoholikerin.«

Stille folgte, nur das Knacken der Heizung war zu hören. Sie begann von einem Zettel abzulesen, danach stellte sich reihum jeder mit seinem Vornamen vor, stolz verkündend, Alkoholiker zu sein. Er glaubte ihnen nicht. Als er an die Reihe kam, sagte er: »Wolf, Alkoholproblematik.«

Begleitet von Kichern warf er zweifelnde Blicke in die Runde. Dann sprachen sie ein Gebet.

»Gott, gebe mir die Gelassenheit, Dinge hinzunehmen, die ich nicht ändern kann, den Mut, Dinge zu ändern, die ich ändern kann, und die Weisheit, das eine vom anderen zu unterscheiden.«

Er trank den Kaffee aus und starrte in die leere Tasse. Sie lasen aus einem Buch. Um ihn herum erfüllte die gesprochene Melodie den Raum. Er hatte keins, konnte sich nicht auf die Lesenden konzentrieren, denn nicht alle lasen deutlich. Doch die Stimmen beruhigten ihn. Erst als er dran war, die Blicke auf sich zog, er auf seine leeren Hände starrte und von links und rechts Bücher gereicht wurden, kam er zu sich. Er schüttelte den Kopf. Nicole las für ihn.

Im Anschluss begann ein Mann zu sprechen. Die Haare weiß. Er trug einen Anzug. Seine Stimme leise, brüchig, er weinte. Er redete von Angst. Mit der Hand schlug er auf sein Herz. Draußen färbte sich der Himmel rot. Er hatte seine Firma verloren und erzählte, wie er sich wehrte, in die Isolation zu gehen. Weil der nächste Drink dann nicht mehr weit war. Wie er sich am Morgen zwang aufzustehen, um sich jeden Tag ins Meeting zu schleppen. Sich zu verbinden. Denn hier spürte er so etwas wie Hoffnung. Und dieses Gefühl nannte er »Höhere Macht«. Wolf wand sich auf seinem Stuhl, ehe er sich erhob, um zu dem Kaffeetisch zu gehen, er nahm die Thermoskanne und schenkte sich nach. Blicke im Nacken. Ein Bier würde ihn entspannen. Das Koffein ließ ihn nur noch mehr zittern. Besser eine rauchen gehen. Er ließ die Tasse stehen und verließ den Raum.

Die Hände in den Taschen vergraben, die Kippe zwischen die Lippen geklemmt, starrte er die dreckige Wand im Hof an. Graffiti schrie ihm entgegen. Es roch nach feuchtem Lehm. Zögerliche Schritte näherten sich, ein Schatten löste sich von der dunklen Häuserwand. Im Licht der untergehenden Abendsonne schaute Nicole zu ihm auf.

»Wolf, richtig? Das erste Mal ist etwas ungewöhnlich. Aber alle sind nett. Meine neue Familie. Ich bin seit drei Monaten nüchtern. Hier sagt man nüchtern, nicht trocken, auch nicht abstinent. Nicht wie in der Klinik. Hier reden alle von Genesung. Was immer das heißen mag. Aber, Mann, ich komm mir verdammt trocken vor.« Und dann lachte sie schallend auf. »Ich war im Jüdischen Krankenhaus. Kennst du das? Ich musste dort Entzug machen. Hart. Wirklich hart. Aber liebe Leute dort. Sie haben gesagt, die Klinik ist nur der Anfang, ich muss an meiner Genesung arbeiten. Ansonsten würde ich wiederkommen. Und wieder und wieder. Es gibt einen Namen dafür. Drehtürpatient.«

Ihr Dekolleté war tief ausgeschnitten, es fiel ihm schwer, nicht hinzustarren. Sie störte sich nicht daran. Als bemerke sie den Blick nicht einmal. Wahrscheinlich war sie es gewohnt. Und vielleicht war es auch gewollt. Jedes Detail an ihr schrie nach Aufmerksamkeit. Er schätzte sie auf Anfang dreißig. Nicht sein Alter. Zu jung. Das war ihm fremd.

»Ich komme seit Jahren. Schaffe es aber nie, länger nüchtern zu bleiben. Aber diesmal mach ich es richtig. Du hast doch gelogen, als du gesagt hast, das wäre nicht dein erstes Mal? Stimmt's? Alkoholproblematik? Der war gut. Ich habe auch immer gedacht, ich hätte nur ein Trinkproblem. Alle anderen wären eigentlich schuld. Vor allem mein Exmann. Aber auch meine Eltern. Eigentlich alle. Ich rutsche immer schnell ins Selbstmitleid.«

Seine Zigarette war zu Ende geraucht. Er schmiss sie gegen die Wand. Er war nicht hier, um zu flirten. Er drehte sich um. Ging davon.

»Ach, gehen wir wieder hoch?« Sie folgte ihm.

»Kann anstrengend sein, so ein Meeting.« Und dann lachte sie wieder laut. »Schlimm getrunken habe ich. Konnte nicht aufhören.« Sie fuhr fort und brüllte über seine Schulter. »Ich kann nicht arbeiten gehen. Ich weiß nicht, was ich arbeiten soll. Habe nie etwas gelernt. Meine Therapeutin rät mir, mich berenten zu lassen.«

Irritiert blieb er stehen und drehte sich um. »Wie alt bist du denn?«

»Dreiunddreißig.«

»Du willst dich mit dreiunddreißig berenten lassen? Geht das denn überhaupt?«

»Anscheinend schon, sagen sie zumindest.«

Wolf schüttelte den Kopf.

»Dann bist du Rentnerin.«

»Stimmt, das klingt wahnsinnig alt. So habe ich das noch nicht gesehen.«

Er stieg die letzten Stufen hinauf.

Im ersten Stock angekommen, öffnete er die Tür, das gleiche Bild, nur die Luft im Raum war dünner geworden. Nicole zischelte ihm etwas ins Ohr, aber er war abgelenkt, hörte ihre Worte nicht. Unzählige Augen auf sie gerichtet. Nicole hielt endlich die Klappe.

Wolf schlurfte an seinen Platz, griff im Vorbeigehen nach seiner Tasse. Auch Nicole hatte sich wieder an den Tisch gesetzt. Der Kaffee war kalt und verschlimmerte den pelzigen Belag auf seiner Zunge. Gepolter. Als er aufblickte, standen die anderen bereits. Ein warmes Lächeln von Nicole flatterte durch den Raum, bevor es ihn traf, hatte ihn jemand hochgezerrt, eine feuchtkalte Handfläche presste sich gegen seine. Er blickte sich um, der Mann neben ihm, eine Glatze rasiert, der Hals tätowiert, im engen Poloshirt, grinste ihn an und flüsterte: »Händchenhalten.«

Münder bewegten sich, geschlossene Augen. Ehe die einzelnen Stimmen sich im Gelassenheitsgebet zu einer einzigen Stimme verbanden.

Anschließend raunte ihm der Mann an seiner Seite ins Ohr: »Vor Nicole musst du dich in Acht nehmen. Die bleibt nicht lange nüchtern. Außerdem klebt sie wie 'ne Klette.«

Wolf wich zurück, dabei stieß er mit Nicole zusammen. Sie sah ihn erwartungsvoll an. Er packte sie am Ellenbogen und führte sie aus dem stickigen Raum.

Jemand tippte ihm von hinten auf die Schulter, er drehte sich um. Der Mann stand wieder vor ihm.

»Nur für heute, mein Freund.«

Wolf sah ihn fragend an.

»Du brauchst nur für heute das Glas stehen zu lassen.«

Nicole zuppelte an seinem Ärmel.

»Wollen wir einen Tee trinken gehen?«, fragte sie.

Wolf wollte nur raus. Weg. Raus aus dem Gemeindesaal.

Nicole lachte. »Gehen wir ein Stück?«

»Wo musst du hin?«

»Zum S-Bahnhof Gesundbrunnen.«

»Okay. In die Richtung muss ich auch.«

Er lief los. Wollte nicht reden. Obwohl er mitbekam, dass sie Schwierigkeiten hatte, mit ihm Schritt zu halten. Vielleicht hielt sie deswegen ihre Klappe. Die frische Luft und die Bewegung taten ihm gut. Er spürte seinen Körper. Beine, die schmerzten. Er zündete sich im Laufen eine Zigarette an. Sein Kopf hatte aufgehört zu denken. Und ein schwaches Gefühl von Hoffnung erfüllte ihn. Als hätte er getrunken.

Schweigend liefen sie durch schwach beleuchtete Seitengassen. Altbauten säumten die kopfsteingepflasterte, dicht beparkte Straße. Vereinzelte Motorengeräusche, die lauter wurden, je näher sie der Brunnenstraße kamen.

Sie liefen an seinem Haus vorbei. Er sagte nichts. Blickte nur zu dem hell erleuchteten Fenster seiner Tochter. Sie hatten noch immer nicht miteinander gesprochen, das Schweigen hielt an. Es war seine Aufgabe, auf sie zuzugehen. Das wusste er. Er musste wiedergutmachen, was nicht wiedergutzumachen war. Und da war er wieder, der Schmerz in seiner Brust. Die Scham, die ihn zusammenkrümmen ließ. Wie sollte er mit dieser Schuld leben? Er wollte ein Bier.

Hastige Schritte hinter ihnen. Das Knallen von Absätzen mischte sich mit dem Klacken der Schuhe von Nicole, ein nicht verabredetes Rennen. Er sah sich um. Es war das Mädchen, das sich zu Helga in die Bar verirrt hatte, das auf dem Boden lag. Wie ein gestürzter Engel, im glitzernden Gewand.

Der blumige Duft des Parfums hing noch in der Luft, als sie im Eingang des U-Bahnhofs Gesundbrunnen verschwand. Und auch ihre Schritte waren noch zu hören, als sie längst nicht mehr zu sehen war.

Sie passierten den U-Bahn-Eingang, das S-Bahn-Schild leuchtete grün.

Das Glimmen von Zigaretten begrüßte sie unter dem Vordach. Dunkle Schatten schlichen davon. Wolf blieb im Eingang stehen, mit einem Kopfnicken deutete er zu den Treppen, die hinunter zu den Bahngleisen führten.

»Ich dachte, wir wollten noch einen Tee trinken gehen?«, fragte Nicole.

»Mir ist nicht nach Tee.«

»Ich verstehe.« Unsicher sah sich Nicole um. »Sehen wir uns morgen im Meeting?«

»Kann nicht.«

»Übermorgen?«

»Weiß nicht.«

»Gibst du mir deine Nummer?«

Wolf nannte sie ihr.

Sie lächelte. »Ich rufe dich an, dann hast du meine Nummer auch.«

Er nickte. Hob die Hand zum Gruß, drehte sich um und ging. In seiner Hosentasche spürte er das Vibrieren seines Telefons. Er ignorierte es.

Vor dem Haus blieb er stehen. Das hohe Unkraut zwängte sich durch die Betonplatten. Die Öffnung einer leeren Flasche Beck's deutete auf ihn. Grün schimmernd. Er blickte zu den Fenstern, das Licht war erloschen. Auch an diesem Abend würde er keine Chance haben, mit Agnes zu sprechen, er fühlte sich erleichtert. Das »Nur für heute. Nur für heute trinke ich nichts« spukte in seinem Kopf.

Und er schaffte es ins Bett. Es war zu früh, um schlafen zu können, aber das störte ihn nicht. Das Gesicht seiner Tochter vor Augen, das sich in das Gesicht von Nicole verwandelte. Er rührte sich nicht. Und irgendwann fielen ihm die Augen zu. Nur für heute.

20

Agnes lief den Pfad zur Baracke. Sie hatte sich aus dem Haus geschlichen, bevor ihr Vater heimkam. Sie wollte nicht mit ihm reden.

Die Baracke war früher ein Jugendclub gewesen. Nun stand sie leer. Man konnte sie für ein paar Euros mieten. Seitdem wurde jedes Wochenende irgendwas gefeiert.

Sie hoffte, Rico zu treffen. Er ging nicht an sein Handy. Und trotz ihrer Anrufe und Nachrichten auf seinem Anrufbeantworter hatte sich der Arsch nicht zurückgemeldet. Sie musste ihm sagen, dass sie nicht schwanger war, dass sie es nur blöd dahergesagt hatte. Dass es ein Fehler war.

Das gelbe Licht der Gaslaternen beleuchtete schwach den Weg. Sie hatte keine Angst. Richtig Schiss hatte sie nur davor, in Hundescheiße zu treten. Nach Hundescheiße zu stinken, war schlimm. Dicht gefolgt von Vogelkacke im Haar, das war ihr auch schon passiert. Bei einem Klassenausflug, die anderen hatten nicht aufgehört, sie deswegen aufzuziehen. Oder wenn die anderen Kinder mitbekamen, dass sie immer dieselbe Hose und dasselbe T-Shirt anhatte. Wenn sie die Entdeckung lauthals jedem mitteilen mussten. Sie hatte sich geschämt. Vielleicht hatte sie deswegen mit den Jungs abgehangen, und wenn ihr dann eins der Mädchen dumm gekommen war, hatte sie Schellen verteilt. Seitdem wurde sie nicht mehr ausgelacht. Aber sie hatte mitbekommen, wie sie hinter vorgehaltener Hand »Freak« geflüstert hatten. Wenigstens war sie keine saublöde Tussi geworden.

Sie erkannte Mickey, die Schultern hochgezogen mit Kippe in der Hand. Kapuzenpulli, Bomberjacke, die Jeans auf den Hüften. Bülent zappelte vor ihm herum und erzählte wild gestikulierend. Ein Kasten Bier zu ihren Füßen. Mickey fing sie mit seinem Blick und ließ sie nicht mehr los. Sie hielt ihn, während sie sich im Vorbeigehen bückte, um ein Bier aus dem Kasten zu nehmen. Bülent packte sie am Arm.

Agnes schubste ihn weg. »Fass mich nicht an.«

»Pack das Bier zurück«, sagte Bülent und trippelte auf seinen Füßen. Er war immer nervös, das lag an den Pillen und an dem Speed, das er sich reinzog. Seine dunkle Haut grau.

Mickey lachte laut, zog Agnes zu sich heran, nahm die Flasche aus ihrer Hand. Sie ließ ihn gewähren. Er schlug den Kronkorken an der Steinmauer ab. Das Ploppen auf dem Pflasterstein war zu hören, dann rollte er ins Gebüsch.

Er reichte Agnes die Flasche.

»Spinnst du, Mickey? Die kann nicht einfach unser Bier aussaufen.«

Mickey ignorierte ihn. »Prost.«

Und dabei funkelten seine dunklen Augen beinahe schwarz. Ein bisschen gefährlich. Und Agnes war nicht sofort unendlich genervt.

»Hat jemand Rico gesehen?«

Bülent verdrehte die Augen. »Rico, Rico«, äffte er in piepsiger Stimme nach. Dann verschwand er in der Baracke.

Für einen kurzen Augenblick drang der Sound nach draußen, die Tür fiel schwer ins Schloss, das Flimmern der Bässe verlor sich im Dunkeln.

Agnes war alleine mit Mickey. Er hatte sich wieder nach hinten an die Mauer gelehnt. Schatten verdunkelten sein

Gesicht, aber sie spürte seinen Blick auf ihrem Körper. Sie wunderte sich, dass ihr das nicht egal war, wischte den Gedanken weg und prostete ihm übertrieben zu. Obwohl sie den Geschmack nicht ausstehen konnte, mochte sie die Wirkung, es nahm die Ecken und Kanten. Sie fühlte sich leichter. Trank, bis ein Würgereiz sie zum Aufhören zwang.

Sie wandte sich zur Tür, Mickey hielt sie am Arm fest.

»Hey, du Arsch. Lass mich.«

Sie lachte, weil sie seine Aufmerksamkeit irgendwie auch mochte.

»Schmeißt du dich Rico wieder an den Hals?«

Agnes hörte auf zu grinsen. Jedes Mal schaffte er es, dass sie ihn am Ende scheiße fand.

»Ach, leck mich.«

Sie drehte sich um, öffnete die Holztür. Laute Musik dröhnte aus den Boxen. Die Luft war feucht. Sie tauchte in das hämmernde gelbe Licht. Eine satte Anlage, die sicherlich geklaut war. Sie gehörte nicht zur Baracke.

Sie entdeckte Rico sofort. Er stand hinter dem Mischpult. Die Hand am Kopfhörer, nach vorne gebeugt, im Takt wippend. Auch Kat konnte sie nicht ignorieren, die hatte sich selbst ins Bild gemalt. Dicht hinter ihm klebte sie an der Wand. In der einen Hand hielt sie einen großen weißen Plastikbecher. Mit spitzen Lippen nuckelte sie an einem Strohhalm, während sie auf ihr Handy eintippte.

Agnes drängte sich zu den Tischen. Nicht ihre Leute, sie kannte die Jugendlichen nur flüchtig. Sie stellte sich neben die Tanzfläche. Froh, das Bier in der Hand zu halten, als wäre es ihr Freund.

Sie beobachtete Rico, der sich bückte, um nach der nächsten Platte zu greifen. Pustete über das schwarze Vinyl. Der nächste Song. Auf der Tanzfläche zuckten die Körper zu Techno-Beats. Handflächen schlugen auf die Luft ein, und Füße traten den Boden.

Alles einigermaßen erträglich, und sie entspannte sich, bis sich Rico umdrehte und Kat umschlang. Der Schmerz traf ihre Körpermitte, sie zuckte zusammen. Sie sah, wie Rico ihren Arsch betatschte. Kat schmiss den Kopf in den Nacken, und ihr schrilles Kreischen drang bis zu ihr. Agnes verschluckte sich am Bier. Sie hustete lange, versteckt im Schatten der Lichtanlage.

Als sie wieder genug Luft zum Atmen bekam, schlängelte sie sich an den verschwitzten Tanzenden vorbei. Sie musste hier raus.

Draußen stand Mickey, als hätte er auf sie gewartet. Sie ging einfach an ihm vorbei. Und er hielt die Klappe.

Höhnisches Gelächter hinter ihr. Sie drehte sich um. Kat mit ihren Mädchen. Eine sah bescheuerter aus als die andere.

Agnes holte aus und schmiss die Bierflasche in ihre Richtung.

»Psychopathin«, brüllten sie hinter ihr her.

»Fickt euch doch.« Wütend stapfte sie durch den dunklen Park. Spürte die kalte Luft an den Armen, sie fror. Die Brunnenstraße, nur wenige Meter, und sie hatte es nach Hause geschafft. Sie blickte in den Himmel, keine Sterne zu sehen. Sie stolperte über etwas. Im Schein der Straßenlaterne sah sie einen umgekippten Farbeimer, der vor ihr auf dem Bürgersteig lag. Eine dicke Lache blutroter Farbe hatte sich über den Gehweg verteilt. Jemand hatte einen Pimmel an die Häuserwand gemalt. Agnes vergaß die Kälte, vergaß Rico. Sie bückte sich, hob den Eimer auf, griff nach dem Pinsel. Und rannte los.

21

Der Fahrstuhl glitt in den zehnten Stock. Hannahs Füße schmerzten, die Ballen brannten, als wäre sie auf heißen Kohlen gelaufen. Sie stützte sich an der metallenen Wand ab und schlüpfte aus den Stilettos. Sie war auf Davids Konzert gewesen. Erst hatte sie Angst, dass er sie enttäuschen könnte, dass das Bild, das sie sich ausgemalt hatte, zersprang. Auf der Bühne fand sie ihn überraschenderweise sexy. Im Anzug mit Brille, wie ein Intellektueller. Die Musik eine Mischung aus Indie und Psychedelic.

Sie stand auf der Gästeliste. Vor dem Club reihte sie sich brav in die Schlange, richtete sich auf und versenkte ihren Blick ins Leere, damit sie niemand ansprach.

Sie verschwand in der Dunkelheit und verschmolz mit der Masse. David stand in der Mitte der Bühne vor dem Mikrofon. Die Bässe wummerten, nah an der Box übertrug sich der Sound direkt auf ihren Körper. Nach ein paar Liedern zog er sich das Jackett aus, die Brille war verschwunden und später das Hemd, die letzten Songs tanzte er nur im Unterhemd. Sie schaute sich um, die Mädchen kreischten, und plötzlich war sie stolz, weil es ihr Date war. Sie hatte kein Foto gemacht, der Moment zu kostbar, sie wollte ihn für sich behalten.

Nach dem Konzert waren sie neben der Bühne verabredet. Ihr war schlecht vor Aufregung. Sie wartete. Die Menschen um sie herum wurden weniger. Dann stand er vor ihr. Und lächelte sie an.

Sein Körper nass geschwitzt und warm. Er roch nach frischem Schweiß. Seine Lippen schmeckten salzig. Er hatte die Arme um ihre Taille gelegt, und sie musste den Kopf in den Nacken legen, weil er trotz der hohen Absätze größer war. Wahrscheinlich hatte sie ihn nur deshalb auf die Toilette gelockt, um ihn in seiner Selbstsicherheit zu erschrecken. Er war irritiert und hatte kurze Anlaufschwierigkeiten. In den engen, dreckigen Kloräumen, die Wände mit dummen Sprüchen beschmiert, kniete sie sich hin, starrte ihn mit großen Augen an, wie eine Puppe. Seine Hände strichen durch das Gewirr ihrer Haare. Dann hob er sie hoch, sie fühlte sich leicht. Er presste sie an die Wand. Sie spürte seine gierigen Küsse am Hals. Sie war zu sehr damit beschäftigt, gut auszusehen, um zum Höhepunkt zu kommen.

In der Nacht musste er weiterfahren. Das nächste Konzert. Er hatte sie vor die Tür gebracht, draußen winkte Hannah das erste vorbeifahrende Taxi heran, hauchte ihm einen Kuss auf die Wange und sprang in den Wagen. Der perfekte Abgang. Dem Fahrer gab sie nur die Anweisung loszufahren. Zwei Straßenecken weiter stieg sie aus, legte ihre letzten fünf Euro auf die Mittelkonsole, um die nächste U-Bahn-Station zu suchen. Sie war zufrieden. Er würde sich wieder melden, vielleicht sollte sie die erste Nachricht ignorieren, während er in ihrer Erinnerung verblasste, würde sie sich in seinen Gedanken entfalten. Andenken erschaffen. Sie wollte sich nicht verlieben. Das konnte sie im Moment nicht ertragen.

Hannah betrachtete sich im zerkratzten Spiegel, wischte sich den verschmierten Lippenstift mit dem Handrücken ab, während sich die Fahrstuhltüren mit einem sanften

Ruck aufschoben. Als sie den Hausflur betrat, spürte sie durch die dünnen Perlonstrumpfhosen den Staub unter ihren Füßen. Sie haute auf den Lichtschalter, der Flur wurde nur schwach beleuchtet. Irritiert sah sie, dass die Lampe neben dem Fahrstuhl zerschlagen worden war. Es roch nach Plakafarbe. Kindheitserinnerungen wurden wach. Malkittel und lange Holzpinsel im Kindergarten. Riesengroße Plakate, die sie wild bemalen durften. Schon von Weitem entdeckte sie die rote Farbe an ihrer Wohnungstür.

Entsetzt las sie das Wort »NUTTE« quer über ihre Tür geschmiert. Die Farbe lief runter. Sie schloss mit zittrigen Händen auf. Ihr Herz raste. Sie konnte keinen klaren Gedanken fassen. Dann rannte sie zu Fees Zimmer. Hämmerte mit der Faust dagegen, ehe sie die Tür aufriss. Der Raum war leer. Das Bett gemacht, es sah seltsam verlassen aus. Sie kramte nach ihrem Handy und rief Fee an.

»Der Teilnehmer ist im Moment nicht erreichbar.«

Ihr Blick schweifte über die Garderobe. Fees Jacken hingen nicht mehr dort. Eine Vorahnung. Hannah rannte zum Ankleidezimmer. Eine Lücke klaffte zwischen ihren Klamotten auf der Kleiderstange. Sie musste mit mindestens einem Koffer abgehauen sein. Hatte Fee Nutte an die Tür geschrieben? Hannah umkrallte das Telefon und sackte in die Knie. Sie stand mit im Mietvertrag, so bescheuert konnte diese scheiß Kuh nicht sein. Sie fing an zu schluchzen. Warum war Fee verschwunden? Sie riss den Mund auf und kreischte schrill ins Leere. Wollte die Realität abwenden. Wollte ein anderes Leben. Wollte ihr altes Leben. Ihre Mutter. Wollte die nölende Fee zurück.

»Nein, nein, nein.«

Das durfte nicht sein. Als sie ein Geräusch hörte, zuckte sie zusammen, hielt inne, presste die Faust vor den Mund, robbte auf den Knien über den Flur, legte ihr Ohr an die

Tür und lauschte angestrengt. Sie griff nach dem Schlüssel, den sie fallen gelassen haben musste, hob ihn auf und steckte ihn ins Schloss, um abzuschließen.

Scheiße, scheiße, scheiße.

Die Schmiererei musste verschwinden. Schnell. Niemand durfte sie sehen. Hannah rannte in die Küche, griff nach dem Eimer unter der Spüle und drückte Spülmittel hinein. Das Wasser schäumte. Sie fand keinen Schwamm, griff nach dem Handtuch, das an der Backofentür hing, und rannte zurück. Sie hielt inne, stellte den Eimer ab. Ein Blick durch den Spion. Das Treppenhaus in Scharlachrot getaucht. Sie öffnete die Tür, ein rascher Blick in den Flur. Hastig tauchte sie das Handtuch ins warme Wasser. Wischte verzweifelt über die glatte Oberfläche. Die Farbe lief in Bächen hinab, bildete Pfützen und färbte den Estrich rosarot. Die Buchstaben verliefen. Das Wort kaum mehr lesbar. Das Handtuch rot, ebenso das Wasser im Eimer. Blutig. Lebendig.

Scheiße, scheiße.

Sie brauchte frisches Wasser. Rennen. Hahn aufdrehen. Spülmittel. Quetschen. Zitrusduft. Seifenbläschen schwebten in der Luft. Den Schwamm drückte sie unter fließendem Wasser aus, knallrote Hände. Verbrühtes Fleisch. Scheiße. Kaltes Wasser hinzu. Du kriegst mich nicht. Fee, du dummes Miststück. Zurück zur Wohnungstür. Keine Zeit zum Denken. Den Schwamm an die Wand geklatscht. Was, wenn Luca und ihre Mutter das sehen? Sie will die nette Frau sein. Keine Fee mehr. Nicht hysterisch lachen. Sie verzog den Mund. Wischte sich mit dem Jackenärmel über das Gesicht, verschmierte das Make-up.

Warum Nutte? Ich bin keine Nutte. Schreie im Kopf. Der Gedanke war wieder da. Ich bin schlecht. Ich will das nicht. Ich bin das nicht. Nein, Mama, ich bin nicht schlecht. Aber das war nicht ihre Stimme. Wie hatte sie als Kind geklungen, wie war ihre Stimme gewesen? Die Zeit hatte die Erinnerung daran gelöscht. Es war Lucas Stimme. Die Stimme des kleinen Mädchens. Das Schrubben übertönte ihre Gedanken. Rosa Wasser. Rosa Türrahmen. Nichts mehr zu lesen. Mit Rosa konnte sie leben. Wenn nur alles rosa wäre. Sie schmiss die Tür ins Schloss. Sie musste unauffällig werden. Wenn man sie nicht sah, dann konnte ihr nichts passieren. Sie schleppte sich ins Bad, zog die Lederjacke aus, kalte Luft umwehte ihr nasses Oberteil. Ins Zimmer. Die Klamotten ließ sie auf den Boden fallen. Kroch unter die Bettdecke. Die Kühle der Laken. Enger umschlungen. Augen zu. Einschlafen. Sie spürte, wie das Sperma sich nass in ihrer Unterhose ausbreitete. Sie brauchte einen Moment, um sich an David zu erinnern. Das war in einem anderen Leben gewesen. Entsetzt starrte sie an die Zimmerdecke und wartete auf den erlösenden Schlaf.

22

Wolfs Hände zitterten, als er an Agnes' Zimmertür klopfte. Entzugserscheinungen. Aber die gingen vorüber. Eine weitere Nacht war vergangen, die sich anfühlte, als hätte er nicht geschlafen. Dass er sich von einer Seite auf die andere warf und im Morgengrauen auf schweißnassen Laken lag, ging ihm nicht so nahe wie die Tatsache, dass er immer wieder aufschreckte, in Gedanken, sie geschlagen zu haben.

Wolf hatte sich eingebildet, sie gehört zu haben, obwohl es bereits nach zehn war und sie eigentlich in der Schule sein musste. Wahrscheinlich schämte sie sich, mit einem blauen Auge vor die Lehrer und ihre Mitschüler zu treten. Er öffnete die Tür vorsichtig, ließ ihr Zeit, zu brüllen, aber es blieb lautlos.

Das Zimmer war leer. Es sah unaufgeräumt und dreckig aus. Im Regal stand eine halb volle Flasche Ketchup, auf dem Brett darunter ein Kochtopf. Benutzte Teller, Tassen und Gläser stapelten sich. Ein bunter Teppich aus Klamotten bedeckte den Boden. Was ihn aber aus seinem elenden Zustand riss, waren die roten Kleckse auf dem Teppich. Er hatte nicht vorgehabt, ihr Zimmer zu betreten. Das tat er nie ohne ihre Erlaubnis. Ein stilles Abkommen. Doch er konnte nicht so tun, als hätte er nichts gesehen, er wollte wissen, was das war. So betrat er das Zimmer, missbrauchte ihr Vertrauen und fühlte sich nicht gut dabei.

Die rote Farbspur führte von der Matratze zum Kleiderschrank. Beim Öffnen der Tür fiel sie ihm entgegen. Sie war aus den Angeln gesprungen, das Scharnier war verbogen.

Zwei Schrauben fehlten. Er könnte sie reparieren, dachte er, während er in die Tüte guckte, die zwischen den achtlos hineingestopften Klamotten auf dem Boden des Schranks lag. Ein Farbeimer stand darin, und auf der angedickten roten Farbe schwamm ein Pinsel.

Wolf sah sich im Zimmer um. Was zum Teufel hatte sie mit der Farbe angestellt?

Er griff nach der Schachtel Zigaretten in seiner hinteren Hosentasche, zündete sich eine Kippe an. Dann ging er in den Flur und holte seinen Werkzeugkasten. Er entfernte die kaputte Tür, schraubte das verbogene Scharnier ab und setzte sich an den Schreibtisch. Vorsichtig schob er die Papiere zur Seite, um sich Platz zu verschaffen. Dabei fiel sein Blick auf ein Schreiben, das an ihn gerichtet war. Der Absender war Agnes' Schule. Er überflog den Brief.

Agnes war suspendiert worden, las er. Und er hatte einen Termin mit der Rektorin. Er starrte das Datum an. Der Termin war vorgestern gewesen. Er schloss die Augen.

Wenn sie nicht in der Schule war, wo war sie dann? Vergessen das Scharnier. Er legte seinen Kopf auf die Tischplatte. Wie gerne hätte er getrunken. Der Schmerz im Nacken war wieder da. Aber irgendwo richtete sich ein Gedanke auf, er musste ein paar Tage nüchtern bleiben. Sein Leben auf die Reihe kriegen. Er war fünfundvierzig. Er hatte es verkackt. Und wie. Das Leben lief ihm aus dem Ruder. Er musste etwas tun. Für sie.

Wolf zog sein Handy aus der Tasche. Das Display zersprungen. Er scrollte durch die Nummern.

23

Agnes schaukelte sachte vor und zurück, ohne die Füße aus dem Sand zu nehmen. Die Ketten in den Armbeugen. Der leuchtend blaue Himmel über ihr, die Sonne verbarg sich hinter den Häusern, der verwaiste Spielplatz lag im Schatten. Die Zigarette locker im Mundwinkel, stierte sie auf Ricos Haustür. Sie hatte bereits geklingelt und wartete auf seine Rückkehr, als sich die Tür öffnete und Mickey heraustrat. Agnes schmiss die Zigarette in den Sand und lief auf ihn zu.

»Mickey.«

Überrascht drehte er sich um. Ein Lächeln erschien auf seinem Gesicht.

»Kommst du von Rico?«

»Ja.«

»Er hat mir nicht aufgemacht.«

»Kat ist da.«

Sie lief an ihm vorbei zu Ricos Haustür. Sie wollte nicht, dass Mickey ihr enttäuschtes Gesicht sah.

»Agnes.«

Mickey hielt sie am Arm fest.

»Lass mich.« Sie griff ihm an die Gurgel.

»Hey, hey.«

Er ließ sie los, hob wehrlos seine Hände. Dann sagte er in versöhnlichem Tonfall:

»Agnes. Er wird nicht aufmachen. Er möchte mit Kat zusammen sein.«

Nein. Wieso sollte er sie aus seinem Leben schmeißen,

nach all dem, was sie gemeinsam durchgemacht hatten? Sie wusste, dass er nachts Albträume hatte. Dass er immer noch von Zombies und Horrorfilmgestalten träumte und dann im Schlaf anfing zu heulen. Sie wusste, dass man ihn dann in den Arm nehmen musste, bis er aufhörte, um wieder an die Oberfläche der Realität zu tauchen. Sie sprachen nie darüber, aber das verband. Sie konnte sich nicht vorstellen, dass Kat diejenige sein sollte, die Rico im Arm hielt. Nur nachts war er verwundbar. Kat war nicht wie sie.

Mickey sah sie an.

»Lass uns eine Spritztour machen.«

»Du hast doch kein Auto.«

»Komm einfach.«

Die Hand an ihrem unteren Rücken, schob er sie an. Agnes musste lachen.

Sie bogen in die ruhigere Seitenstraße. Altbauten mit großen Fenstern und Giebeln, säulenverzierten Balkonen, mit halb nackten Figuren behauen, glotzten gnadenlos auf sie herunter.

Ein SUV rumpelte neben ihnen über die Pflastersteine. Eine Mutter mit gelecktem Haar, auf erhöhtem Sitz mit angestrengtem Blick nach einer riesigen Parklücke Ausschau haltend. Gaffende Gören im Kindersitz, festgegurtet, sodass sie nur noch ihre Handgelenke bewegen konnten.

Mickey lief den Weg zum Tunnel. Schlecht beleuchtet, als wäre es Nacht. Plötzlich riss er sie nach vorn. Zog sie neben sich und schob sie als Sichtschutz vor die Wagentür. Aus der Innentasche seiner Bomberjacke zog er einen langen Draht. Er sah anders aus. Die Augen dunkler. Konzentriert. Rasche Blicke nach links und rechts, bevor er den Draht unter die Scheibe schob, ein Klicken, und er öffnete die Fahrertür. Er schubste Agnes hinein. Sie rutschte auf den Beifahrersitz. Duckte sich, das Herz klopfte. Angst und Aufregung. Kein Gedanke mehr an Rico. Da saß Mickey auch schon neben ihr, hatte die Plastikarmatur unterm Lenkrad neben ihre Füße geschmissen. Er fummelte an Kabeln, bis ein sattes Brummen ertönte, das bis in den Magen spürbar war. Er gab Gas, riss das Lenkrad herum und bretterte über das Kopfsteinpflaster. Die Hand auf dem Steuerknüppel. Und als der Tunnel endete, wurde es wieder Tag.

Erst als sie die Hauptstraße erreicht hatten, entspannte sie sich, beugte sich vor und öffnete das Fach in der Konsole. Ein zerfledderter Stadtplan, eine rote Dose Hustenbonbons und ein Brillenetui. Sie setzte die große Sonnenbrille auf, klappte die Sonnenblende runter, betrachtete sich im Spiegel und zog Grimassen.

Mickey fuhr schnell und schnittig die Hauptstraße entlang zur Autobahn. Weißer Beton ragte kurz vor der Stadtgrenze auf. Die Hochhäuser an der Auffahrt salutierten. Sobald die Leitplanken sich neben ihnen erstreckten, beschleunigte er in den nächsten Gang. Gaspedal niederdrücken. In den Sitz gepresst. Schallschutzwände. Verwischte Bäume. Grüne Wiesen. Schneller, schneller. Wenn sie gemeinsam sterben würden, wäre es ein willkommener Tod. Sie krallte ihre Fingernägel in das rissige Leder, streckte den Kopf aus dem Fenster. Und schrie. Ein Tosen im gesunden Ohr. Ihre Haare wirbelten durch die Luft, und Strähnen bedeckten das Gesicht.

»Fickt euch!«

Als sie durchgepustet wieder im Wagen saß, die toten Insekten an der Windschutzscheibe kleben sah, lächelte sie.

Sie fuhren ins Unbekannte davon.

24

Wolf trat aus dem S-Bahnhof Friedrichstraße. Dunkle Wände wie in einer Höhle. Schlafsäcke quetschten sich an das finster-feuchte Gestein. Der Bürgersteig übersät mit ausgetretenen Kippen. Kotze, in der unverdaute Nudeln schwammen. Eine Tram rumpelte unter dem Gewölbe hindurch. Dönerspieße hinter schmierigem Glas. Touristen schlenderten gemächlich, die übrigen Fußgänger drängten hastig an ihnen vorbei.

Er war auf dem Weg zu einem Treffen mit Markus, der in der Nähe sein Büro hatte. Sie waren zum Lunch verabredet. Lunch. Ein Wort, das Markus früher nicht benutzt hatte. Sie hatten sich kennengelernt, da war Markus gerade aus einem kleinen Kaff im Süden Deutschlands hergezogen, hatte wie er in den Tag hineingelebt. Irgendwann überkam ihn der Reiz des Geldes. Jetzt beutete er die Mitarbeiter aus, um seine Kinder auf teure Privatschulen zu schicken und in einem Townhaus zu leben.

Ein weiterer Tag nüchtern. Wolf musste sich einen Job suchen. Er würde alles tun, um das Sorgerecht zu behalten. Erst einmal seine alten Kontakte abgrasen.

Er kam geradewegs von Agnes' Schule. Dinge abarbeiten. Dem Verstand keine Zeit zum Kämpfen lassen. Denn diesen Kampf konnte niemand gewinnen. Weil es keinen Gewinner gab. Es gab nur ihn. Und die Schuld. Die Scham trieb ihn in die Gesellschaft zurück. Sein Mädchen. Die Dinge, die er tun konnte, um Ordnung ins Chaos zu bringen.

Er hatte am Morgen ein frisches Hemd angezogen, doch durch das extreme Schwitzen sah es bereits wenig später verlebt aus. Lange hatte er in dem verwinkelten Siebzigerjahrebau nach dem Sekretariat suchen müssen, und als er endlich die Aufmerksamkeit der Sekretärin gewinnen konnte, schaute sie ihn von oben herab an. Nachdem er um ein Gespräch mit der Rektorin gebeten hatte, verschwand sie und tauchte erst fünfzehn Minuten später wieder auf. Sie schickte ihn ins Nebenzimmer. Es roch nach feuchtem, altem Papier. Eine vertrocknete Topfpflanze stand in der Ecke, und an der Wand hing ein großes Schwarz-Weiß-Bild vom Mauerbau direkt neben der Schule. Darunter saß mit hochgezogenen Augenbrauen die Rektorin. Die Haare streng zu einem Pferdeschwanz gebunden. Der oberste Knopf der gepunkteten marineblauen Bluse geöffnet.

»Wie geht es Ihnen, Herr Hermann?« Sie blätterte in der Mappe, die vor ihr lag.

»Danke. Gut. Es tut mir leid, dass ich den letzten Termin versäumt habe. Und nun unangemeldet erscheine.« Er wollte schnell zur Sache kommen. »Agnes ist suspendiert worden, wie können wir die Sache lösen?«

»Also, Herr Hermann. Die Sache ist die, Agnes hat Schwierigkeiten, wie soll ich sagen«, sie starrte ihm direkt in die Augen. Doch Wolf wich dem Blick nicht aus. Er ließ sich nicht bezwingen. Er wollte hier auch keine Spiele spielen. Er wartete ab.

Sie schien die richtigen Worte zu suchen. »Agnes hat Probleme mit ihren Mitschülern.«

»Was meinen Sie damit?«

»Sie gerät immer wieder in Streitereien. Sie lässt sich provozieren und wird dann gewalttätig.«

Wolf wurde hellhörig.

»Was meinen Sie mit provozieren lassen? Das hört sich eher an, als hätte sie einen Anlass.«

»Herr Hermann, bitte verstehen Sie.«

Sie ging ihm auf die Nerven.

»Agnes muss lernen, in Konfliktsituationen nicht sofort körperlich zu reagieren. Sie hat einem Jungen das Nasenbein gebrochen. Er musste im Krankenhaus behandelt werden. Wir haben eine Anzeige der Eltern vorliegen. So etwas können wir hier an unserer Schule nicht dulden. Das erfordert eine Disziplinarmaßnahme.«

»Was hat der Junge getan?«

»Der Junge hat sie wohl geärgert. Rein verbal, wie ich betonen muss.« Sie zupfte an ihrem Knopf herum, öffnete und schloss ihn wieder. Versuchte, die Sache herunterzuspielen.

»Was hat er zu ihr gesagt?«

»Der Schüler war bisher nicht auffällig, er ist ein guter Schüler. Gute Noten. Es war eine harmlose Bemerkung. Es ging wohl um ihr Aussehen.«

Wolf hatte verstanden. Unter dem Tisch versteckt, ballte er die Fäuste. Er schwitzte. Er wollte das hier richtig machen. Er konnte ausrasten, er wollte ausrasten. Diese beschissene Rektorin anschreien. Doch das durfte er nicht.

»Was hat der Schüler für eine Strafe bekommen? Für wie lange wurde er suspendiert?«

»Herr Hermann, es war nur eine dumme Bemerkung und steht in keinem Vergleich mit dem körperlichen Ausbruch Ihrer Tochter.«

»Eine harmlose Bemerkung über ihr Aussehen? Gibt es in diesem Zusammenhang überhaupt harmlose Bemerkungen bei Teenagern? Wem wollen Sie hier etwas verkaufen?« Wolf spürte seinen hochroten Kopf. Er musste ruhig bleiben. »Wann darf Agnes wieder zum Unterricht kommen?«

»Der Ruf der Schule steht auf dem Spiel.«

Er sah sie scharf an, ließ nicht locker. »Die Prüfungen für den mittleren Schulabschluss stehen an. Richtig? Wann kann sie wieder kommen?«

Sie senkte den Blick, ordnete die Papiere. Schien abzuwägen. Zeit verstrich. Er spürte seinen Mund trockener werden. Hielt es kaum aus. Doch sie schien eingeknickt zu sein.

»Ich werde das mit dem Schulkomitee besprechen müssen.«

»Tun Sie das. Ich warte auf Ihren Bescheid.«

Er stand auf, ohne ein weiteres Wort verließ er den Raum. Die Tür ließ er offen stehen.

Er lief über die Brücke. Unter ihm schwappte geräuschlos die schwarze Spree. Ein Mann im Körper eines Kindes streckte ihm die knochigen Finger entgegen. Ein Haufen nachtfarbener Stoffe, aus denen ein seltsam verdrehtes Bein lugte. Er kramte in seiner Hosentasche und schmiss ihm Kupfermünzen in die Hand, gekrümmte Finger umschlossen sie.

Wolf hatte es nicht eilig, war zehn Minuten zu früh. Er verlangsamte seine Schritte. Gleichgültig wirken, als sei ihm die Verabredung nicht wichtig.

Nur wenige hundert Meter. Wolf spürte sein Herz nervös schlagen. Vor dem Restaurant blieb er stehen, blickte nach oben zum Schild über der Tür und versicherte sich, dass es die richtige Adresse war.

Drinnen war es dunkler als draußen. Und es war leer. Entweder war das Restaurant zu teuer oder aber es war schlecht, doch dann hätten sich zumindest ein paar unerschrockene Touristen dorthin verlaufen. Er sah sich um, Markus war noch nicht da. Seine schäbige Kleidung wurde ihm bewusst. Wolf fühlte sich fremd in seiner Stadt. Er wollte sich an einen Tisch am Fenster setzen. Ein Kellner kam aus dem dunklen Nichts gesprungen.

»Sind Sie zu zweit?«

Wolf blieb regungslos stehen und nickte.

Der Kellner machte eine ausladende Bewegung, stürzte zwei Schritte vor und bot ihm den Tisch an, den er sich selbst gewählt hatte.

»Nehmen Sie bitte Platz. Ich bringe Ihnen die Karte.«

Einen kurzen Moment später legte der Kellner eine große, in Leder gebundene Karte vor ihn auf den Tisch.

»Darf ich Ihnen etwas zum Trinken bringen?«

»Eine Cola, bitte.«

Der Schweiß lief ihm die Schläfen runter. Er wollte keinen Alkohol trinken. Das war nicht wahr. Am liebsten hätte er sich was Hartes bestellt. Aber er wollte es ohne den Alkohol schaffen. Er musste. Wolf nahm die Serviette vom Tisch und wischte sich das Gesicht trocken. Dann zog er das Portemonnaie aus seiner Gesäßtasche. Unter dem Tisch checkte er den Inhalt. Zwei Fünfeuroscheine. Damit kam er hier nicht weit. Er öffnete die Karte. Kein Mittagsmenü, selbst die Suppe kostete zwölf Euro. Die Luft begann zu schwingen, noch bevor Markus den Tisch erreicht hatte. Er sah ihn einen Moment verwirrt an. Und Wolf beschlich das Gefühl, dass er einen anderen Wolf erwartet hatte. Der Kellner stand wieder neben dem Tisch.

»Ich nehme das Steak. Rare. Wie immer.«

Er wandte sich an Wolf.

»Bestellst du nichts?«

»Magen verdorben.«

»Mann, siehst du scheiße aus«, entfuhr es Markus. »War nur ein Scherz«, winkte er schnell ab. »Wir werden alle nicht jünger.«

»Lustig«, erwiderte Wolf. »Sonst alles klar?«

»Ewig nicht gesehen. Und bei dir und …« Er zögerte, überlegte. Wolf ließ ihn einen Augenblick zappeln.

»Mit Agnes läuft alles bestens, so gut es halt mit einem Teenager laufen kann.« Diesmal zwang er sich zu einem Lachen, das man von ihm in solch einer Situation wohl erwartete.

Das Steak war aufgegessen. Genug Small Talk, und selbst der hakte. Markus war anzusehen, dass er schnell wieder abhauen wollte. Also schluckte Wolf seinen Stolz runter.

»Ich dachte, vielleicht hast du etwas Arbeit für mich oder weißt von jemandem, der gerade Handwerker braucht.«

An Markus' Gesichtsausdruck sah er, dass er die falsche Frage gestellt hatte.

»Nein, nichts zu tun.«

»Habt ihr vielleicht einen anderen Job? An der Tür oder so?« Mittlerweile war ihm egal, wo er eingesetzt wurde. Er brauchte eine Lohnabrechnung. Regelmäßige Arbeit. Er hatte viel zu lange nichts getan.

»Da haben wir unsere Security-Jungs. Festes Team. Verstehst du. Wir bräuchten einen Runner. Aber hey, das geht nicht. Tische abräumen und so.« Dabei schlug sich Markus auf die Knie, als hätte er einen Scherz gemacht.

»Nein, ist schon okay, ich mache alles.«

Markus sah auf die Uhr. »War toll, dich zu sehen.« Dann stand er auf, klopfte Wolf auf die Schulter. »Das war großartig mit dir. Sollten wir öfter machen.«

»Klar«, sagte Wolf. »Auf bald.«

Er sah, wie Markus mit dem Handy am Ohr in den hinteren Teil des Restaurants verschwand. Wolf blieb sitzen und starrte auf das Geld in seiner Hand, bis der Kellner wieder neben seinem Tisch stand und ihm einen Grappa hinstellte.

»Den habe ich nicht bestellt.«

»Der wurde bezahlt. Möchten Sie einen Kaffee dazu?«

Wolf schüttelte den Kopf.

»Nein, danke. Nur zahlen bitte.«

»Die Cola ist ebenfalls bereits gezahlt worden.«

»Dann danke.«

Der Kellner entfernte sich. Wolf starrte den Grappa an.

25

Sie bogen in einen Waldweg ab. Schotter und Steine prasselten an den Unterboden. Der Porsche röhrte. Setzte kurz auf. Mickey schaltete in einen niedrigeren Gang, der Wagen bremste ab, und sie fuhren durchs Geäst. Blätter streiften die Fensterscheiben, sie wurden langsamer.

Mickey würgte den Motor ab. Sie standen mitten im Wald. Mücken schwirrten vor der Scheibe und tanzten lauernd ein Ballett. Er sah zu ihr herüber.

»Kommst du?«

Seine Augen haselnussbraun.

Die Vögel trällerten ihnen entgegen. Mickey nahm Agnes bei der Hand, Zweige knackten, als sie durch den Wald liefen. Die regelmäßig angeordneten Bäume ragten wie Söldner in die Höhe. Hoch und höher. Sie bildeten ein schützendes Dach über ihnen.

Agnes erinnerte sich an einen Wandertag mit der Schule. Es hatten sich Grüppchen gebildet, sie war wie immer ins Abseits geraten. Herr Fischer, ein junger Lehrer, war zu ihr gekommen und hatte krampfhaft versucht, ein Gespräch anzufangen. Sie hatte sein Mitleid sofort durchschaut, deswegen ließ sie ihn abblitzen, drohte, wenn er sich nicht verpissen würde, dann müsste sie laut »Vergewaltigung« schreien. Er sprach nie wieder mit ihr. Und als der Vorfall mit dem Messer geschah, setzte er sich nicht mehr für sie ein.

Sie erreichten einen Pfad. Getrocknete Blätter huschten wie Mäuse über den Waldboden. Ein Pärchen kam ihnen entgegen. Die junge Frau hatte geflochtenes braunes Haar, eine Strickjacke über dem langen Sommerkleid, Hand in Hand, mit dem blonden Mann, der sie hielt, als würde sie sonst fallen. Das Lachen stand in ihren Gesichtern, bevor es zerbrach, als sie Agnes und Mickey erblickten. Der Mann zog die Frau enger zu sich. Ihre Augen senkten sich, starrten auf den Boden, als gäbe es dort was zu entdecken. Und Agnes machte sich ein Stück größer, besetzte mehr Raum. Stolz lief sie neben Mickey her. Das Paar verließ den vorgetrampelten Weg, wich ins Unterholz. Angst war zu spüren. Es war, als würden selbst die Vögel verstummen. Nur das Stiefeln durch Laub war zu hören. Der Wald lauschte. Und als sie einander passiert hatten, drehte sich Agnes um. Traf auf den entsetzten Blick der Frau. Agnes fasste sich ins Gesicht. Die Schwellungen waren verschwunden, nur noch Schatten, wo vorher dunkle Flecken ihr Gesicht zeichneten. Sekunden verrannen. Mickey griff nach ihrer Hand und drückte sie. Agnes musste an Rico denken, spürte Mickeys Hand in ihrer. Durfte sie das, wenn sie Rico wiederhaben wollte? Wenn sie das hier zuließ mit ihm? Was immer das war. Missbrauchte sie Ricos Vertrauen? Dachte er noch an sie?

In der Ferne blitzte das Blau des Sees zwischen den Ästen hervor. Friedliches Schimmern. Sie stießen auf einen Pfad. Fahrradfahrer kamen ihnen entgegen, auch sie wichen großzügig aus.

An einer kleinen Lichtung blieb Mickey stehen.

»Los, gehen wir ins Wasser. Lass uns zur Insel rüberschwimmen.«

Dabei zeigte Mickey auf das weit entfernte Ufer. Und Agnes fragte sich, ob das eine Frage gewesen war. Dennoch nickte sie. Sie wusste, dass sie nicht die ganze Strecke schaffen würde. Sie konnte schwimmen, aber nicht besonders gut. Aber was brachte es, das vorher schon zu sagen. Sie war zu müde und wich einer Diskussion, die ins Nichts führen würde, aus. Und schwieg. Das hatte immer geholfen.

Mickey zog sich aus. Seine Haut weiß, als hätte sie lange kein Sonnenlicht gesehen. Muskulöser Arsch. Auch der Bauch und Rücken tätowiert. Verlaufen. Verblichenes Blau und Schwarz. Grob. Flächig. Er watete in den See und schmiss sich in das spiegelglatte Wasser. Dann drehte er sich um, haute mit der flachen Hand auf die Oberfläche und bespritzte Agnes. Stolz und nackt stand er da.

»Komm.«

»Nicht zu kalt?«

»Erfrischend.«

»So warm ist es doch nicht. Ich brauche keine Erfrischung.«

»Hab dich nicht so.«

»Und wenn die hier klauen?«

»Was hast du denn Wertvolles dabei?«, fragte Mickey, bevor er untertauchte. Dann kam er wieder hoch, prustend. »Jetzt mach hinne.«

»Okay, okay. Ruhig. Ich komm schon. Aber du musst dich umdrehen.«

»Zierst du dich?«

»Stell nicht so saudämliche Fragen. Mach einfach, was ich sage.«

Sie zog sich aus, behielt nur die Unterhose an.

Es war überraschend kalt. Sie watete ins Tiefe, tauchte unter und kam erst wieder nach oben, als sie bei Mickey war, der mit dem Rücken zu ihr stand. Im Wasser verharrte. Sie umarmte ihn von hinten. Schlang ihre Arme um seinen breiten bunten Rücken. Traute sich, was sie bei Rico nie gewagt hätte. Der keinen Körperkontakt wollte, außer beim Sex. Oder nachts, aber das fand im Geheimen statt und zählte deswegen nicht. Wenn sie miteinander vögelten, nahm er sie am liebsten von hinten. Oder bog ihre Beine weit nach oben, sodass sie sich wie eine geöffnete Schere fühlte, die benutzt wurde. Nützlich.

Mickey drehte sich um, nahm sie in den Arm. Und dann schauten sie sich ein paar Augenblicke zu lange an. Sie erschrak. Wich ihm aus. Machte sich los aus seiner Umarmung. Und schwamm davon. Sie fürchtete das kalte dunkle Wasser unter ihr. Die Vorstellung, dass sie gemeinsam mit den Fischen schwamm, dass sie einen berühren könnten, ekelte sie. Ein rabenschwarzer Wasservogel, mit kriegerisch weißer Markierung quer übers Gesicht, kam auf sie zugeschwommen. Agnes drehte sich panisch um. Schwamm zurück. Nur raus hier. Als sie etwas streifte, verschluckte sie vor Schreck Wasser, tauchte unter, hielt den Erdboden für einen Schwarm Fische.

Endlich erreichte sie das flache Ufer und watete aus dem Wasser.

Zitternd trocknete sie sich mit dem T-Shirt ab, stieg wieder in die Klamotten. Die Unterhose durchnässte die Jeans. Sie setzte sich auf einen Baumstumpf. In der Ferne sah sie Mickey durch den See kraulen. Ein neues Gefühl überkam sie. Sie hätte es nicht beschreiben können, aber plötzlich musste sie an ihren Vater denken. Und vermisste ihn.

Mickey kam ans Ufer zurück. Noch nass, zog er sich an, lief wortlos die Böschung hinauf. Sie folgte ihm schüchtern. Oben breitete er seine Jacke im Gras aus. Ein paar Sonnenstrahlen schafften es durch die Baumkronen. Er legte sich auf den Rücken und streckte seine Arme aus, sie verstand seine wortlose Aufforderung und schmiegte sich an seinen Körper, schloss die Augen und döste ein.

Später suchten sie schweigend den Weg zurück zum Wagen. Als Mickey ihn gestartet hatte, blinkte die Tankanzeige rot.

»Lass uns einen Bahnhof finden. Ich will vermeiden, dass wir auf der Autobahn liegen bleiben.«

Agnes nickte. Sie konnte die Schläfrigkeit nicht abschütteln. Ihre Beine und Arme juckten, von Mücken zerstochen. Ihr war kalt.

Mickey hielt in einer ruhigen Seitenstraße in der Nähe des Bahnhofs, wo sie niemand beim Aussteigen beobachten konnte. Das orangene Licht der Abendsonne breitete sich im Wagen aus. Und tauchte es in goldenen Glanz. Sie wollte das Auto nicht verlassen.

»Komm.«

Also bewegte sie sich. Die Lippen aufeinandergepresst, folgte sie ihm. Schlecht gelaunt, weil er sie überredet hatte mitzukommen. Bestimmt mussten sie lange auf die nächste Regionalbahn warten. Sie war nicht gerne weit weg. Weil sie es hasste, den Weg zurück nehmen zu müssen. Schweigend wartete sie, bis der Zug einfuhr. Auch auf der Rückfahrt sagte sie kein Wort.

An der S-Bahn-Station Gesundbrunnen stiegen sie aus. Auf dem Bahnsteig blieb Mickey stehen und drehte sich zu ihr um.

»Möchtest du, dass ich dich nach Hause begleite?«

Agnes schüttelte den Kopf. »Nee, geht schon.«

Er beugte sich zu ihr hinunter und gab ihr einen Kuss auf die Stirn. Sie hielt still und ließ ihn gewähren. Bevor sie die Hand hob, winkte und sich umdrehte. Bereit zu verschwinden. Doch sie überlegte es sich anders. Ging langsam zurück. Mickeys Gesicht erhellte sich.

»Wir erzählen Rico nichts von diesem Tag.«

Er starrte sie an. Also wiederholte sie ihre Bitte.

»Ich will nicht, dass Rico davon erfährt. Bitte, Mickey.«

Er nickte. Dann sah er an ihr vorbei, und seine Augenbrauen zogen sich zusammen.

»Es wird ihm egal sein.«

Mickey, dieses Stück Scheiße. Was wusste der schon? Aber sie erwiderte nichts. Gleich würde sie weg sein.

»Gib mir noch eine Kippe.«

Er zog die Schachtel aus der Hosentasche und öffnete sie. Auch Agnes schielte hinein. Nicht mal halb voll.

»Kann ich fünf?«

Er zog drei raus, reichte sie ihr.

Sie lief davon.

26

Hannah hockte im Flur, den nackten Beton im Rücken. Es war Abend. Sie hatte das Licht nicht eingeschaltet. Ihre Augen hatten sich an die Dunkelheit gewöhnt. Weit die Pupillen, und das klopfende Herz laut. Durch das geöffnete Fenster in der Küche hörte sie die Autos. Ein gleichmäßiges Rauschen. Zunehmend. Abnehmend.

Der Morgenmantel klaffte auf. Der Gürtel hing lose an den Hüften hinab, die Enden hatten sich mit Wasser vollgesogen. Sie saß in einem Meer aus Rosa. Die Farbe war auf dem Fußboden eingetrocknet.

Warum, fragte sie sich. Warum hatte jemand »Nutte« an die Tür geschrieben? Der Gedanke an die Boshaftigkeit erschreckte sie. Sie hatte auch schon mal daran gedacht, einem Exfreund einen Haufen Hundekacke vor die Tür zu legen, aber welches kranke Arschloch tat es dann tatsächlich?

Sie musste sauber machen. Hannah stand auf und blickte in den Eimer, das Handtuch lag auf dem Grund, wie ein versunkener Müllsack hatte es sich aufgebläht, und der verfärbte Stoff ragte aus dem dreckigen Wasser. Trostlos. Ihr fehlte die Kraft, den Eimer auszuleeren und wegzustellen. Ihre Wohnung hatte etwas abbekommen. Jemand hatte sie mitten ins Herz getroffen.

Sie schlich in die Küche, um sich einen Tee zu machen. Kramte das Handy aus der Jacke. Fünf unbeantwortete Nachrichten. Sie sah sich die Liste an. Viermal hatte ihr

Vater versucht, sie zu erreichen, und einmal David. Hannah hätte gerne ihre Mutter angerufen. Sie vermisste sie. Wollte sich trösten lassen. Fühlte sich einsam.

Sie rief Fee an. Es klingelte einmal, dann erhielt sie die Meldung, dass sie eine Nachricht auf der Mailbox hinterlassen könne. Wahrscheinlich war ihre Nummer geblockt. Sie kannte Fee. Die hatte abgeschlossen mit ihr.

Stattdessen probierte sie es bei Fabian. Es klingelte Ewigkeiten. Gerade als sie aufgeben wollte, nahm er ab.

»Hast du schon geschlafen?«

»Nein, ich lieg hier nur rum und schaue eine Serie.«

»Das tust du immer.«

Genervt stöhnte er in den Hörer. Sie musste aufhören damit. Sie hasste sich selbst.

»Weißt du, wo Fee steckt?«, fragte sie zaghaft.

Schweigen am anderen Ende.

Dann kam es zögerlich: »Ist sie denn nicht zu Hause bei dir?«

Seine Stimme klang anders, er stellte sich nur unwissend.

»Fabian, bitte.«

»Ich habe echt keine Ahnung.«

Sie beendete den Anruf und kroch in ihr Bett, wollte nur schlafen. Sie fragte sich, wann er das Lager gewechselt hatte.

27

Mit den in Plastik gewickelten Tulpen in der Hand, die er im Kiosk aus einem faulig riechenden schwarzen Eimer gezogen hatte, wartete Wolf auf die S-Bahn. Er war auf dem Weg zu Nicole. Noch immer nüchtern. Wie er das Restaurant verlassen konnte, ohne den Grappa zu trinken, wusste er nicht. Er hatte Markus eine Nachricht geschrieben, dass er den Job als Runner annehmen würde. Markus hatte nicht geantwortet. Wolf war froh darüber.

Auch an diesem Morgen war er früh aufgestanden. Die Schlaflosigkeit hatte ihn aus dem Bett flüchten lassen. Er hatte Eierkuchen gemacht, Agnes' Lieblingsessen. Am Abend war sie nach Hause gekommen, um grußlos in ihrem Zimmer zu verschwinden. Als er bei ihr klopfen wollte, um mit ihr zu sprechen, hatte er gesehen, dass das Licht bereits gelöscht war. Er würde es weiter versuchen. Aber er wusste, dass er sie nicht drängen konnte. Sie hatte immer Zeit für sich gebraucht. Also wartete er.

Sein Handy vibrierte lautlos neben dem Teller mit den lange kalt gewordenen Eierkuchen. Nicoles raue Stimme zog ihn aus dem Selbstmitleid. Und er sagte zu, als sie ihn einlud. Vielleicht würde Agnes erst rauskommen, wenn er gegangen war.

Der Zug fuhr donnernd in den Bahnhof und unterbrach seine Gedanken. Die Ringbahn war leer an diesem Samstagnachmittag. Er setzte sich.

Nach einer Viertelstunde war der dritte Obdachlosenmagazinverkäufer eingestiegen. Durch die zerkratzte Scheibe schielte Wolf über ein Industriegebiet unter strahlend blauem Himmel. Gleichgültig ratterte die Bahn im großen Bogen durch die Stadt.

Die Türen öffneten sich schnaufend, und eine Mutter stieg mit einem kleinen Jungen an der Hand und zwei zankenden Mädchen ein. Wie er befürchtet hatte, zwängten sie sich zu ihm. Die Mutter schob die Kinder auf die Sitzbank ihm gegenüber, während sie sich neben ihn setzte. Mit der Hand zog sie die Strickjacke eng an ihren Körper. Das kleinere Mädchen zappelte mit den Füßen, zu kurz, um den Boden zu berühren. Wolf bekam einen Tritt gegen das Schienbein ab. Der Junge starrte ihn kritisch an, ehe er an der Jacke der Mutter zuppelte, die sich zu ihm hinüberbeugte.

Der Kleine flüsterte der Mutter ins Ohr: »Ist das ein böser Mann?«

»Pscht, Jacob.«

Wolf machte sein Gesicht für ein Lächeln bereit, die Mutter lehnte sich zurück, vermied es, ihn anzusehen, und wühlte nervös in ihrer Tasche.

»Wollt ihr Kekse?«

»Ja«, schrien die Mädchen begeistert und vergaßen ihren Streit, während der Kleine ihn nicht aus den Augen ließ.

Die Mutter verteilte Butterkekse, wortlos griff auch der Junge zu. Die Mädchen zeigten aus dem Fenster, kreischten und lachten. Die Bahn näherte sich dem Südkreuz. Er musste aufstehen, die Mutter bemüht, die Knie an die Sitzbank zu quetschen. Der kleine Junge zog langsam seine Hand aus der Anoraktasche, mit dem Zeigefinger deutete er den Lauf einer Pistole an, mit dem Mund formte er ein lautloses »Piu«, während er den Finger nach oben riss. Wolf hielt seine Hand ans Herz. Auf dem kleinen Gesicht erleuchtete ein Strahlen.

Auf dem Bahnsteig marschierte er auf die nächste Mülltonne zu und schmiss den Blumenstrauß in den Abfalleimer. Die Rolltreppe trug ihn nach oben.

Er suchte nach dem Handy. Neue Bildnachrichten von Sandy, die sich die Brüste hatte machen lassen. Der eng mit Mull verbundene Brustkorb, unter denen sich viel zu große Silikonbrüste versteckten. Er lachte.

Dann suchte er nach der Wegbeschreibung, die ihm Nicole geschickt hatte. Schließlich fand er das Tor. Dahinter begann eine Schotterstraße mit tiefen Schlaglöchern, in denen sich das Regenwasser der vergangenen Tage gesammelt hatte. Das Gleisbett zog sich am Weg entlang, abgetrennt durch einen hohen Zaun. Ein Zug ratterte vorbei. Dann Vogelgezwitscher, laut und hell. Sträucher zur Rechten. Eine leere Chipstüte wirbelte vor ihm auf. Bäume säumten den schmalen Pfad einen kleinen Berg hinauf. Ein großer leerer Parkplatz, nur die ausgehöhlte Karosserie eines alten Mercedes, der nach Deutschem Herbst aussah, stand auf Steine gebockt, die kantige Schnauze ohne Stern.

Fröhliche Willkommensschilder an den Schrebergartenzäunen. Die Sträucher der Hecke zierten feine Knospen. Wolf entdeckte Nicole. Er war stehen geblieben, beobachtete sie eine Weile. Sie sah verletzlich aus, gleichzeitig entschlossen, mit durchgebogenem Rücken, eifrig die Äste stutzend. Eine Haarsträhne hatte sich aus ihrem Zopf gelöst. Waren ihre Haare dunkler? Länger?

Die angelehnte Gartentür quietschte in den Angeln, als er sie vorsichtig aufschob. Nicole ließ die Heckenschere ins Gras fallen, wischte sich die Hände am Rock ab und kam auf ihn zu.

»Wolf«, rief sie. »Wie schön, dass du hergefunden hast.«

Er sah sich im Garten um, betrachtete die Holzlaube. Der Lack war abgeblättert, eines der Fenster war eingeschlagen und notdürftig mit Plastikfolie zugeklebt.

»Komm doch rein. Ich habe schon den Tisch gedeckt und Kaffee gemacht.«

Er folgte ihr. Die kleinen Fenster ließen wenig Licht in den Raum. Wände aus Holz, davor das Sofa, es war mit einem roten Laken bedeckt, auch der Sessel mit einer zitronengelben Decke sorgfältig verhüllt. Auf dem massiven Tisch stand eine giftgrüne Plastikthermoskanne.

»Setz dich. Setz dich doch«, rief Nicole aufgeregt, während sie sich auf dem Sofa niederließ. Er wählte den Sessel ihr gegenüber.

»Wohnst du hier?«

»Nein. Es ist die Laube meiner Eltern. Ich muss nur nach dem Rechten schauen. Kaffee?«

Er nickte.

»Milch?«

Er schüttelte den Kopf.

»Zucker? Oh, ich habe meinen Süßstoff vergessen«, sagte sie und verschwand um die Ecke hinter einem Vorhang. Bevor er wieder zur Seite fiel, hatte Wolf ein Kinderbett entdeckt. Wolf sah sich um. Ein alter Kalender mit einem Van-Gogh-Sonnenblumenmotiv hing an der Wand. Er hob die Decke von der Armlehne, auf dem hellen Stoff zeichneten sich verwischte blaue Flecken ab. Sicherlich Rotwein. Schnell zog er die Decke zurück. Nicole setzte sich wieder, drückte den Süßstoffspender, bis ihre Handfläche voll kleiner runder Pillen war. Mindestens ein Dutzend, dachte er beeindruckt und beobachtete, wie sie den Süßstoff in ihren Kaffee rührte.

»Bist du oft hier?«

»Man muss sich um so viel kümmern«, stöhnte sie.

»Und deine Eltern?«

»Die sind zu alt. Sie haben mich spät bekommen.«

»Hast du Kinder?«

»Nein«, antwortete sie hastig.

Gedankenverloren starrte sie die Tulpen auf dem Tisch an. Und er bereute, die Blumen weggeschmissen zu haben. Nicole sollte sie geschenkt bekommen, statt sie sich selber zu holen, dachte er traurig.

»Hast du Kinder, Wolf?«

»Ja, eine Tochter.«

Ihr Gesicht strahlte. »Hast du ein Foto?«

Er zog ein Bild aus seinem Portemonnaie und reichte es ihr.

»Wie schön«, sagte Nicole. »Hübsches Mädchen. So was sagt man doch, oder?«

Irritiert sah Wolf sie an, dann nahm er ihr das Foto wieder aus der Hand. Strich liebevoll mit dem Finger darüber. Ein zehnjähriges Mädchen strahlte in die Kamera. Frech schielte sie hinter dem zu langen Pony hervor.

»Wie alt ist sie denn?«

»Fünfzehn.«

»Oh, ein älteres Bild. Verstehe.«

Nicole legte sich die Serviette auf den Schoß.

»Und die Mutter?«

»Abgehauen.«

Er trank einen Schluck Kaffee, der erstaunlich schwarz war. Filterkaffee. Den mochte er am liebsten.

»Ist sie ein liebes Kind?«

»Sie ist ein wildes Mädchen. Lässt sich nichts sagen.«

»Wie heißt sie denn?«

»Agnes.«

»Agnes. Aha.«

Ein lautes Donnern ließ die Wände vibrieren.

»Direkt hinter dem Haus führen die Bahngleise lang. Komm, ich zeig es dir.«

Nicole führte ihn durch die Hütte und öffnete eine weitere Tür, die er vorher nicht bemerkt hatte. Abschüssige Erde, dahinter der hohe Zaun und die Bahngleise.

»Was fährt hier denn lang?«

»Sämtliche S-Bahn-Strecken Berlins. Man kann diesen Teil des Gartens eigentlich nicht benutzen. Außer man ist Eisenbahn-Fan.« Sie lachte.

Ein weiteres herzhaftes Lachen war im Hintergrund zu hören.

Wolf drehte sich um.

»Das wäre dann wohl mein Mann. Herbert. Ihr solltet ihn kennenlernen«, sagte die Frau hinter dem Gartenzaun. »Kommt doch rüber.«

Wolf sah Nicole fragend an.

Sie zuckte mit den Achseln.

»Na kommt schon. Auf ein Bier«, sagte die Alte.

Bunte Glühbirnen hingen im knorrigen, krummen Geäst des toten Pflaumenbaums über dem Plastiktisch, an dem Wolf und Nicole mit dem merkwürdigen Paar saßen. Der Mann trug eine Jeansweste über der abgewetzten Lederjacke. Er hatte einen Vollbart, in dem sich weiße Krümel sammelten, die von der Rolle Klopapier stammten, die auf dem Tisch stand, mit der er sich in regelmäßigen Abständen die Nase putzte. Neben ihm stand seine Frau mit dickem Bauch, als wäre sie schwanger. Das weiße Haar stand von ihrem Kopf ab. Ihre Hand lag auf seiner Schulter. Herbert hatte eine Karaffe vor sich stehen. Die Frau hielt eine Bierflasche in der Hand.

»Möchtet ihr auch ein Bier? Greift zu.« Sie deutete auf den Kasten, der neben ihr im Schatten des Baums stand, daneben die überwucherten Gleise einer Modelleisenbahn. Ameisen marschierten über das umgekippte Dach der Lok.

Die Stille wurde nur vom Rattern der S-Bahnen unterbrochen. Die Abstände wurden länger.

»Nicht so schüchtern.«

Nicole sah den Mann an, und er lächelte zurück. Ein zartes Band.

Die Dämmerung setzte ein, das Licht wurde weniger. Der Wind ließ die bunten Lichter tanzen.

Zwischen den Zweigen versteckt, entdeckte Wolf ein verwittertes Kreuz. Er bemerkte, dass Herbert ihn beobachtete.

»Warum hängt das Kreuz dort?«

»Es hat sich seinen Platz gesucht und letztendlich auch gefunden.«

Wolf starrte das Bier auf der Erde an. Wie verbrachte man einen Abend, ohne Alkohol zu trinken, fragte er sich. Der Alkohol hatte die Welt zu einer gemacht, in der er leben wollte.

Er verstand nicht, was er in einer Welt sollte, wenn ihm nicht mehr erlaubt war zu trinken. Wie hielt man das Leben dann aus? Isoliert von den anderen Menschen. Denn der Alkohol verband. Wenn es sonst keine Worte gab.

Der Abend war lau und die Mücken durstig. Auf dem Oberarm hatte ihn bereits eine gestochen. Rote Striemen, wo er sich gekratzt hatte. Nicole hatte sich ein Tuch um die Schulter gebunden, sie sah friedlich aus. Ein Ast hatte sich in ihren Haaren verfangen, er wollte zu ihr gehen und ihn abstreifen. Und plötzlich merkte er, wie gerne er sie berühren würde.

»Wie habt ihr euch kennengelernt?«, fragte die Frau.

»Wir kennen uns noch nicht lange.«

»Im Internet?«

»So ähnlich.«

»Sei doch nicht immer so neugierig.«

»Darf man doch wohl fragen? Oder, Schätzchen?« Dabei berührte sie Nicoles Knie.

»Bei den Anonymen Alkoholikern«, platzte es aus Nicole heraus.

Der Mann fing an zu lachen. Er tauschte mit der Frau Blicke aus. Ein Zug donnerte an ihnen vorbei und schluckte das Gelächter. Nicole wand sich unwohl auf ihrem Gartenstuhl.

»Eure Offenheit ist erfrischend«, sagte Herbert. Und wischte sich eine Träne aus dem Gesicht. Er hob das Glas. »Wie dieser Eistee in meiner Hand. Herzlich willkommen, Freunde. Ich bin seit zweiunddreißig Jahren nüchtern.«

Wolf sah ihn verwundert an.

»Wie lange seid ihr dabei?«, fragte er.

»Ich habe seit drei Tagen nicht getrunken«, sagte Wolf, und diesmal log er nicht.

Drei Tage. Eine Ewigkeit.

»Die waren schon seltsam«, sagte Nicole, als sie später in ihren Garten gingen.

Wolf nickte.

»Wollen wir zurück in die Stadt fahren?«, fragte er, als sie vor dem Gartentor neben dem Brombeerbusch standen.

Beinahe berührten sie sich.

Nicole mied seinen Blick. »Ich möchte noch aufräumen.«

Er musste pinkeln. In der Dunkelheit lief er um das Haus herum. Schwarze Schatten zeichneten den Weg. Mit der Hand tastete er sich an der Holzfassade entlang.

Dumpf prasselte sein Urinstrahl an der Wand ab.

»Nicht das Haus anpinkeln«, rief Nicole.

Wolf lachte in die Stille der Nacht. Als er sich umdrehte,

stolperte er gegen einen Gegenstand. Fluchend rieb er sich die Beine.

Der Lichtstrahl einer Taschenlampe blendete ihn.

»Verdammt.« Mit der Hand schützte er seine Augen. »Nimm die Lampe runter.«

»Alles okay?«

Wolf griff nach der Lampe. Er leuchtete zu Boden.

»Was ist das denn?«

Eine Vespa lag im Gras.

»Von wem ist die?«

»Von wem ist was?«

»Na, der Roller.«

»Die ist alt. War mal meine. Bin Ewigkeiten nicht mehr damit gefahren.«

Er bückte sich und richtete das schwere Ding auf.

»Funktioniert sie noch? Wo ist der Schlüssel?«

»Keine Ahnung. Vielleicht am Schlüsselbund. Soll ich suchen gehen?«

Er nickte und reichte ihr die Taschenlampe. Der Lichtstrahl hüpfte über das Gras.

Vorsichtig schob er den Roller. Langsam gewöhnten sich seine Augen an die Dunkelheit. Vor der Laube bockte er die Maschine auf. Nicole kam mit einem klimpernden Schlüsselbund zurück.

»Der richtige dabei?«

Er trat auf das Pedal. Ein Aufjaulen. Aber sie sprang nicht an.

Zehn Minuten später röhrte der Motor.

Er schrie Nicole zu. »Komm schon. Lass uns abhauen.«

»Wohin?«

»In die Nacht.«

Nicole kam mit einem Helm auf dem Kopf angelaufen.

Und setzte sich hinter ihn. Mühelos passte sie sich der neuen Situation an. Entspannt spürte Wolf den ledernen Sitz unter sich und Nicoles Wärme im Rücken.

Der Fahrtwind zerwühlte sein Haar. Freiheit. Links und rechts flogen die lang gezogenen Lichter der Straßenlaternen an ihm vorbei. Er legte den Kopf in den Nacken und spürte etwas wie Glück. Der volle Mond über ihnen.

28

Hannah erwachte von einem Geräusch. Knarrende Schritte auf Holz. Ihr Herz pochte. Durch das Fenster drang das Licht des Mondes. Die Dächer auf der gegenüberliegenden Straßenseite mit den spitzen Antennen und kurzen Leitern zeichneten sich vor dem dunstigen Horizont ab. Sie war im feuchten Bademantel eingeschlafen. Das Laken unter ihr war klamm. Die Bettdecke lag neben dem Bett auf dem Boden. Sie fror, und Gänsehaut kroch ihr über die Beine.

Sie tastete nach dem Handy. Acht unbeantwortete Nachrichten. Sechs davon waren von ihrer Mutter, zwei von ihrem Vater. Sie wusste, was sie von ihr wollten. Sie fordern, drängen, ihre Mutter zu besuchen. Hannah hatte nie ein enges Verhältnis zu ihrer Mutter gehabt, nun sollte sie eine Verbundenheit ausdrücken, die sie nie gespürt hatte. Alles in ihr wehrte sich. Sie löschte die Benachrichtigungen.

Die Uhr zeigte 22:37 Uhr. Sie war hellwach.

Sie stand auf und lief in den Flur, die Zimmertür von Fee stand halb offen. Dunkel der Spalt. Fee war nicht heimgekommen. Sie war wirklich gegangen. Hannah trat in das Zimmer. Der Vorhang wog vor dem geöffneten Fenster. Sie setzte sich auf das Bett. Der Raum fühlte sich verlassen an. Sie stand auf, ging zu den an die Wand gepinnten Bildern. Die meisten Fotos zeigten Fee mit Moritz. Immer in die Kamera strahlend. Dann entdeckte sie ein Bild, auf dem sie mit Fee zu sehen war. Halb verborgen. Es war ein paar Jahre alt. Es war der Sommer, den sie in Griechenland verbrachten, von Insel zu Insel zogen, bis ein seltener Virus sie zur

Heimreise zwang. Das Tropeninstitut in Deutschland hatte Fee sofort unter Quarantäne gestellt, aber weil es Hannah bereits besser ging, hatte Fee sie nicht verraten. Stattdessen war sie glücklich über ihre verlorenen Pfunde und begrüßte den unbekannten Magen-Darm Virus wie eine willkommene Diät. Hannah hatte nicht erwartet, das Bild hier zu entdecken. Fee und sie standen eng umschlungen auf einer Fähre, der tiefblaue Ozean im Hintergrund, mit dunkler Haut und von der Sonne gebleichtem Haar grinsten sie in die Kamera. Sie nahm es ab und pinnte es mittig auf die anderen. Durchbohrte Moritz. Fee sollte ihr ins Gesicht sagen, warum sie abgehauen und warum in derselben Nacht »Nutte« an die Tür geschmiert worden war.

Hannah wählte Fabians Nummer. Wahrscheinlich hatte er aus Versehen abgehoben, denn sie wusste, welches Spiel er spielte. Es wunderte sie nur, dass er es bei ihr versuchte. Sobald sie ihn begrüßt hatte, kam ein Rauschen, sie wusste, dass er das Störgeräusch nachahmte, sie war oft dabei gewesen, und dann sagte er »Schlechter Empfang«, bevor er auflegte. Sie rief nicht noch einmal an.

Aber sie hatte gehört, dass er sich in einer Bar befand. Sicherlich nicht alleine. Und die Chancen standen gut, dass er mit Fee unterwegs war. Unter der Woche trafen sie sich immer auf einen letzten Drink nicht weit weg.

Im Fahrstuhl starrte sie ihr Spiegelbild an, tiefe Augenringe. Sie zog den Lippenstift aus ihrer Umhängetasche und malte die Lippen rot an.

Der Unterrock des langen gestreiften Kleids knisterte bei jedem Schritt. In der Nacht hatten sich die Blüten verschlossen und verbargen sich in dunklen Schatten. Die Straßen leer. Es war zu spät, zu dunkel, um den kürzeren Weg durch den Park zu wählen.

Zigarettenqualm waberte ihr entgegen. Die Bar war auch unter der Woche gefüllt mit jungen Leuten, vereinzelt ein paar Ältere mit verlebten Gesichtern. Geöffnete Münder. Die Bierflasche, das Weinglas als Anker in der Hand. Die Zuhörenden nickten stumm und ertranken in Worten.

Sie entdeckte die beiden sofort, auf Barhockern thronend am Rande des Tresens, zynisch-eitle Gesichter, sie tranken Wein aus Cocktailgläsern. Hannah blieb auf Distanz, beobachtete die beiden. Noch immer Freunde. Fees magere Gesichtszüge, die knochigen Hände sorgfältig manikürt.

Sie dachte wieder an ihre Tür. Nutte. Eine Anklage.

Entschlossen drängte sie sich durch die Menge. Als die beiden sie entdeckten, hörten sie schlagartig auf zu reden.

»Du auch hier?«

Hannahs Mund war taub, sie war starr vor Aufregung. Sie zwang sich zu einem beiläufigen Gesichtsausdruck. Wollte sich ihre Nervosität nicht anmerken lassen. Keine Kritik, nur eine Feststellung. »Du gehst nicht an dein Telefon.«

In ihrem Ton war die Unsicherheit zu hören.

»Und deswegen verfolgst du mich?« Dabei lachte Fee Fabian verschlagen an. Fabian grinste zurück. Und unter Hannah tat sich ein Abgrund auf. Ausgeschieden aus dem Freundeskreis. Plötzlich, und doch war der Prozess ein schleichender gewesen.

»Warum hast du die Wohnungstür beschmiert?«

Sie hörte ihre Stimme zittern. Mit Entsetzen stellte sie fest, dass sie kurz davor war zu weinen. Spürte die Tränen sich sammeln.

Fee schaute sie irritiert an. »Was faselst du da?«

Irgendetwas fühlte sich falsch an. Fee hatte die Tür nicht beschmiert, wurde ihr schlagartig bewusst. Fee hätte ihre Hände nie im Leben schmutzig gemacht.

»Vergiss es.« Hannah drehte sich um und ging. Ein Schluchzen stieg ihre Kehle hoch. Hilflosigkeit. Und doch war es mehr. Einsamkeit. Es war niemand mehr da für sie. Warum war sie gekommen? Hatte sie eine Entschuldigung erwartet? Aber all das hatte nichts mehr zu bedeuten.

Hinter sich hörte sie Fee brüllen. »Hey, halt, warte, Hannah, was heißt das denn? Unsere Wohnungstür? Was sagt denn die Hausverwaltung dazu?«

Hannah drehte sich nicht um. Die beiden durften ihr Gesicht nicht sehen. Mit den Schultern knallte sie gegen schwitzende Körper. Durch den Tränenschleier erahnte sie den Ausgang. Raus hier.

Die Dunkelheit verbarg ihre Haltung. Gebeugt. Gebrochen. Keiner sah sie. Meine Tränen kriegt ihr nicht. Sie waren nicht mehr ihre Freunde. Das war vorbei. Auch der letzte Zweifel ausgeräumt. Das Telefon in ihrer Tasche vibrierte. Sie war bereit, Fabians Entschuldigung anzunehmen. Doch auf dem Bildschirm war das Gesicht ihrer Mutter. Wie sollte sie Trost spenden, wenn sie selbst zu verletzt war? Sie ließ das Handy in ihre Tasche zurückfallen. Straffte die Schultern. Ein letzter Rest Selbsterhaltungstrieb. Die können mich alle mal.

29

Eingewickelt in ein Badelaken trat Agnes aus dem Badezimmer. Im Halbdunkel des Flurs blieb sie stehen. Sie spürte ihren Vater und roch das Nikotin, noch bevor sie ihn sah. Seine Sohlen quietschten, als er auf sie zutrat, und einen unbehaglichen Augenblick lang dachte sie, er würde sie umarmen. Stattdessen griff er mit der Hand nach ihr. Sie hielt die Luft an. Bereit, sich wegzudrücken, dann streichelte er ihr mit seiner rauen Hand über die Wange. Sie stand stocksteif. Nur ein schmaler Streifen Licht schien aus der angelehnten Küchentür. Im Dunkeln konnte sie sein Gesicht nicht erkennen.

»Agnes. Ich hab es abgefuckt, okay?«

Sie schwieg.

»Ich bin kein guter Vater.«

»Schon okay.«

»Nichts ist okay.«

Wut lag in seiner Stimme. Nicht gegen sie. Gegen sich selbst. Es tat ihm leid. Sie liebte ihn. Und sie konnte es nicht ertragen, dass er litt. Sie wollte sich in seine Arme schmeißen, aber sie rührte sich nicht.

»Ich habe mit deiner Rektorin gesprochen.«

Agnes erstarrte.

»Hast du in meinem Zimmer geschnüffelt?«

Stille. Nun wich ihr Vater zurück.

»Lass mich in Ruhe. Und geh nicht in mein verdammtes Zimmer.«

Sie stürzte an ihm vorbei und knallte die Tür hinter sich

zu. Woher wusste er von der Schule? Sie machte Licht und ging zum Schreibtisch. Der Brief lag offen auf dem Tisch. Sie sah die rote Spur auf dem Boden. Sie zitterte. Aus der Küche hörte sie leises Getuschel. Er war nicht allein. Sie war allein. Sie hätte ihm sagen sollen, dass sie ihn liebte. So wie damals. Sie löschte das Licht, es blieb weiterhin hell. Der Mond leuchtete durchs Fenster. Und hielt sie wach.

30

Nicole saß mit ihm am Küchentisch, die nackte Glühbirne über ihnen. Sie sah Wolf an, als wartete sie darauf, dass er etwas sagte. Ihr Haar saß seltsam verschoben. Er erkannte, dass sie eine Perücke trug. Weil er nichts Falsches sagen wollte, schwieg er. Sie sah müde aus. Die Uhr auf dem Regal war stehen geblieben. Sie zeigte kurz nach Mitternacht. Es mussten Stunden seit dem letzten Ticken vergangen sein. Und dennoch wollte er sich nicht hinlegen, sein Geist war hellwach. Er durfte den Gedanken keinen Raum geben. Wach bleiben, beschäftigt sein. Wolf griff nach der Kaffeedose, schüttete den Kaffee in die braune Filtertüte, klappte den Plastikfilter zu und schaltete die Maschine ein. Die Nacht war noch nicht vorbei. Vielleicht hätte er schlafen können, wenn er Agnes nicht im Flur begegnet wäre. Aber um diese Uhrzeit hatte er nicht mit ihr gerechnet.

Er hätte sie nicht auf die Schule ansprechen dürfen. Vielleicht hatte er seine Chance vertan. Anstatt ihr näherzukommen, hatten sie sich nur noch weiter voneinander entfernt. Er hatte den Hass gespürt. Auch im Dunkeln konnte er ihren zornigen Blick wahrnehmen. Schwarze Augen, dunkler Kajal. Sie war kein Kind mehr. Noch keine Frau. Ihrer Mutter mehr und mehr aus dem Gesicht geschnitten. Er konnte ihr die Wut nicht übel nehmen. Sie würde später nicht angeschlichen kommen wie damals, als sie klein war. Sich an ihn schmiegen und von ihm trösten lassen. Das Vergeben, eine Natürlichkeit, wenn man klein war. Jetzt aber würde ihr Zimmer geschlossen bleiben. Er hatte es verdammt falsch gemacht. Vornübergebeugt hielt er seinen Kopf in beiden Händen. Hatte keinen Plan. Wollte ein Bier trinken, Alkohol, Schnaps.

Die Kaffeemaschine brodelte und zischte. Holte ihn zurück.

»Ich konnte am Anfang auch nicht schlafen«, sagte Nicole.

Er riss den Kopf hoch, wollte etwas erwidern. Was wusste sie schon? Doch er blieb stumm. Es war unfair. Nicole konnte nichts dafür.

»Nicht einfach, am Anfang nüchtern zu bleiben.«

»Wenn es nur das wäre.«

»Stress mit deiner Tochter?«

Er nickte, wollte aber nicht mit ihr darüber reden. Hatte es satt, gut gemeinte Ratschläge zu erhalten. Stattdessen lenkte er vom Thema ab. »Und jetzt?«

»Was meinst du?«

»Na, kannst du schlafen?«

»Jetzt schon«, sie gähnte.

»Du kannst dich in meinem Schlafzimmer hinhauen. Ich gebe dir eine Decke.«

»Nein, geht schon. Irgendwie ist es schön, noch wach zu sein. Zu leben.«

Er konnte den Gedanken nicht nachvollziehen. Wolf stellte zwei Kaffeetassen auf den Tisch, nahm die Kanne und goss den frischen Kaffee ein.

Nicole griff nach der Tasse. Vielleicht war sie zu müde in diesem Moment, und er war nicht schnell genug, als sich der heiße Kaffee über ihr T-Shirt ergoss.

Sie schrie laut auf.

»Zieh das Shirt aus. Schnell.« Wolf sprang zu ihr und half ihr, das Shirt über den Kopf zu ziehen.

»Wie dumm von mir«, heulte sie.

Er tränkte ein Handtuch mit kaltem Wasser und drückte es auf ihre Brust, nahm sie in den Arm. Wiegte ihren Körper sanft hin und her. Als ihr Schluchzen abnahm, nahm er das Shirt und wusch es im Waschbecken aus.

Zusammengesunken saß sie im Stuhl.

»Deine Haare.« Mit dem Finger deutete er auf seinen Kopf.

Nicole sah ihn mit traurigen Augen an. Dann nahm sie die Perücke ab und legte sie auf den Tisch, wo sie wie ein schlafendes Tier zusammenfiel. Wild standen ihre Haare vom Kopf ab. Als hätte ein Kind mit einer Schere Löcher hineingeschnitten. Die eine Seite lang, die andere raspelkurz.

Sie erklärte sich nicht, und er fragte nicht nach.

»Soll ich dir helfen, das Ding wieder aufzusetzen?«

»Nee, ist schon gut. Es kratzt unter der Perücke. Nicht angenehm.«

Sie sah unschuldig aus. Er dachte an Agnes. Er ertappte sich dabei, wie sein Blick suchend über das Regal schweifte, die Jagd nach einem Drink. Er konnte hier nicht bleiben.

»Ich muss raus.«

»Jetzt?«

»Ist es dir zu spät?«

Sie sah an sich runter.

»Aber ich kann ja nicht.«

Er griff nach ihrer Hand und zog sie hinter sich her. Er merkte, dass er grob war. Wollte es nicht. Schnell ließ er ihren Arm los. Musste mit ansehen, wie sie sich darüber strich.

Als sie an Agnes' Zimmer vorbeiliefen, legte er den Zeigefinger an die Lippen. Er musste weg, brauchte Abstand. Sonst würde er wahnsinnig werden. Etwas tun, was er nicht tun wollte. Trinken. Der Gedanke an Alkohol wurde stärker, nicht schwächer, bis sein Kopf ihm einreden würde, dass es okay sei, ein oder zwei Bier zu trinken. Und er wusste, dass ein oder zwei Biere nicht reichten. Das taten sie nie.

Wolf schloss die Schlafzimmertür hinter sich. Neben dem ungemachten Bett stand die alte Kommode aus Holz.

Er öffnete die Schublade mit seinen Shirts, doch sie war leer. Er hatte lange nicht gewaschen.

»Wir finden schon was«, sagte er mehr zu sich selbst als zu Nicole, die hinter ihm in der Tür stand.

Er sah sich im Zimmer um. Ein zusammengeknülltes Shirt lag auf dem Boden. Er griff danach, roch daran, Schweißgestank, schmiss es zurück in die Ecke.

»Ich habe noch Sachen von Susann«, sagte er stirnrunzelnd.

Wolf bückte sich und ruckelte an der untersten Schublade. Klamotten quollen hervor. Er hatte sie vor zehn Jahren hineingestopft und nie wieder angesehen. War nicht bereit gewesen, sie wegzuschmeißen, hatte ein paar ihrer Lieblingsstücke behalten. Vielleicht hatte er vorgehabt, sie Agnes zu geben. Wahrscheinlich aber hatte er gehofft, dass sie wiederkehren würde. Dem Mädchen gegenüber hatte er die Sachen nie erwähnt, und so waren sie in Vergessenheit geraten.

Nun packte er sie und warf sie aufs Bett.

Nicole näherte sich zögerlich und starrte auf den Kleiderhaufen.

»Die sehen viel zu klein aus«, maulte sie.

»Ohne Oberteil geht es aber nicht.«

Sie schmollte, zog ein schmal geschnittenes Jerseykleid hervor, hielt es sich an den Körper. Zweifelnd schaute sie auf das Etikett.

»Hier ist ein Pullover. Nimm den.«

Sie schüttelte den Kopf und verschränkte die Arme vor der Brust.

»Die Sachen passen nicht.«

Wolf, das Sweatshirt in der Hand, ließ den Arm sinken. Er starrte sie an.

»Dann bleib hier.«

Er drängte an ihr vorbei. Sie ließ die Hände sinken.

»Warte«, zischte sie.

Tapfer zog sie das Sweatshirt über, blickte zweifelnd an sich hinab. Es spannte.

Unsicher zupfte sie daran herum, wie viel sie auch zog, es reichte nur knapp bis zum hohen Bund ihrer Jeans.

»Prima«, sagte er.

Der Nachthimmel über ihnen hell vom Großstadtleuchten. Die Welt um sie herum im Zwielicht. Hier draußen fiel es ihm weniger schwer, die Gier nach Alkohol fortzuwischen. In Bewegung bleiben. Das Rattern eines Einkaufswagens rüttelte an seinen Gedanken. Wolf griff nach Nicoles Hand. Sie liefen in den Park.

Nicole hatte die Augen halb geschlossen. Und plötzlich tat sie ihm leid. Weil sie mit ihm vor seinen Gedanken flüchten musste.

Die Kieselsteine knirschten unter ihren Sohlen. Über ihnen raschelten die Blätter. Fein orchestrierte Natur. Sie liefen über die Wiese. Unter einer Buche blieben sie stehen. Sie lächelte ihn matt an. Er zog sein Hemd aus, breitete es auf der Wiese aus und drückte sie sanft zu Boden.

Sie lag auf dem Rücken. Die Lider geschlossen. Gleichmäßiges Atmen. Wolf hockte sich neben sie. Zog eine Zigarette aus der Tasche, zündete sie an. Während er sie rauchte, betrachtete er Nicole. Sie rollte auf die Seite. War eingeschlafen.

Er strich sich das zu lang gewordene Haar aus dem Gesicht.

Der Termin mit dem Jugendamt rückte näher.

Er hatte Angst, seine Tochter zu verlieren. Genauso hatte er Angst, ihr zu begegnen. Eine ausweglose Situation.

Ein schwarzer Schatten stand auf der Wiese, dunkel starrten ihn die Augen an. Der schmale Körper mit seinem dicken, buschigen Schwanz. Die Schnauze zu spitz für eine Katze. Wolf richtete sich langsam auf. Das Tier sah in seine Richtung, dann trabte es langsam davon. Nach ein paar Schritten blieb es wieder stehen und drehte sich um. Ein Stadt-Fuchs. Es schien, als wollte er, dass er ihm folgte. Wolf stand auf. Und lief los.

Irgendwann sah sich Wolf um, den Fuchs hatte er schon lange aus den Augen verloren. Er war weitergewandert, bis er vor Müdigkeit mit dem Denken aufgehört hatte. In der Ferne hörte er einen Zug. Es wurde langsam hell. Einsam stand er im Meer der blühenden Acker-Winde. Das Weiß eines alten Papiertaschentuchs verfangen in den Blättern. Das sanfte Vibrieren der Bahngleise neben sich. Wolf wusste nicht, wie er hier gelandet war. Er beeilte sich, Schutz im Schatten der Unterführung zu finden. Ein benutztes Kondom an der steinernen Mauer des Tunnels. Die erste S-Bahn an diesem Morgen ratterte kreischend schrill an ihm vorüber. Er hielt sich die Ohren zu und verharrte, bis die Luft um ihn herum wieder still wurde. Langsam ließ er die Hände sinken. Vögel nahmen ihren Gesang wieder auf, und eine Grille zirpte im hohen Unkraut. Er musste von den Gleisen weg. Sah sich um, wenige Schritte bis zum hohen Zaun. Er kletterte hoch und sprang. Stolperte, fiel und rollte sich ab. Er blieb im Gras liegen, sog die Luft ein und betrachtete den Himmel, der langsam an

Farbe gewann. Eine Taube gurrte nicht weit von ihm entfernt.

Als sich sein Atem beruhigt hatte, stand er auf. Wolf folgte der aufgehenden Sonne in Richtung Osten. Durstig und klebrig vom getrockneten Schweiß der Nacht.

Neben dem geteerten Weg glitzerte etwas im Gras zwischen Gänseblümchen. Er blieb stehen und bückte sich, hob eine pinke Haarspange auf. Agnes hatte nie diese Art von Spangen im Haar getragen. Immer hing es ihr offen den Rücken runter. Schon früh hatte sie es selbst gebürstet und niemand anderen an ihr Haar gelassen. Und wenn es zu lang wurde, zerzaust mit dicken Knoten im Nacken, griff er zur Schere und schnitt die langen Zotteln ab. Wer schnitt ihr die Haare heute?

Beschämt dachte er, dass er keinen Schimmer vom Leben seiner Tochter hatte. Ihre Selbstständigkeit bedeutete wiedergewonnene Freiheit. Anfangs hatte es sich gut angefühlt. Oder war es Egoismus? Wäre alles anders gekommen, hätte er sie nicht alleine aufgezogen? Auch er hatte die Schule geschwänzt, hatte hier und da einen Tadel erhalten, auf den er sogar stolz gewesen war. Was bedeutete die Suspendierung für das Jugendamt? Und hatten sie nicht sogar recht, wenn sie das Sorgerecht der Mutter zusprechen würden?

Er hatte versagt. Hatte mehr Schaden angerichtet, als es eine Pflegefamilie hätte tun können. Waren all die Freiheiten, die er ihr zugestanden hatte, zu viel? Brauchten Jugendliche Verbote?

Er konnte sich nichts vormachen. Es war nicht die Erziehung, das Trinken war das Problem.

Wolf riss den Kopf in den Nacken und schrie in die Morgendämmerung. Vögel flatterten kreischend auf.

Er warf die Haarspange im hohen Bogen durch die Luft.

Das bisschen Draht drehte sich im Wind, bevor es in wenigen Metern Entfernung wieder zu Boden sank. Er lief zwei Schritte und hob sie auf. Schloss die Faust darum.

Auf der Brunnenstraße lief ihm Sandy entgegen. Ein kurzes Sommerkleid umflatterte ihren mitgenommenen Körper und verdeckte den breiten Verband um ihren Brustkorb nur wenig. Die Sandalen mit den dünnen, hohen Absätzen trug sie an den Lederriemen. Auf Zehenspitzen tänzelte sie über das Backsteinpflaster. Als sie Wolf entdeckte, hob sie den Arm, winkte ihm mit den Schuhen zu, schleuderte die Absätze dicht über ihrem Kopf. Sie verlor das Gleichgewicht und knallte an die Wand des Hauses. Sie drückte sich ab und stürzte sich kraftlos in seine Arme. Er fing sie auf, schlaff und schwer hing sie an ihm. Frisch abgeschabte Haut an der Rückseite ihres Oberarms. Sandy schien die Verletzung nicht zu spüren. Blaue Flecken prangten auf Armen und Beinen. Wolf drückte sie sanft von sich.

Misstrauisch sah sie ihn an. Das linke Auge schielte.

»Wassollndas?« Als wäre es ein Wort.

»Soll ich dich nach Hause bringen?«

»Wer will schon nach Hause?«

»Bist schon ziemlich drüber.«

»Das entscheide wohl ich.« Sie lachte mit schiefem Mund. »Mir geht's fabelhaft.«

Dann umgriff sie seine schmalen Hüften und schob ihm den eingepackten Brustkorb entgegen.

»Schau mal, meine neuen Titten«, lallte sie stolz. Und fasste sich an die Stelle, wo der Brustansatz zu erahnen war.

»Willst du sie angucken?«

Und weil er Sandy lieber in ihrem Bett sehen wollte als bei einer weiteren Runde an irgendeiner Bar, sagte er Ja.

»Darf ich kurz deine Toilette benutzen?«, fragte er, als sie in ihrer Wohnung angekommen waren.

»Klar«, sagte sie und verschwand im Schlafzimmer.

Im Badezimmer hob er den Toilettendeckel und pinkelte endlose Sekunden. Er sah sich um. Das Bad war lange nicht geputzt worden. Die Bodenkacheln voller Haare. Staub und Schmutz, der sich in den Ecken sammelte. Fußabdrücke in der Wanne. Während er sich die Hände wusch, schaute er in den fleckigen Spiegel. Nicole. Im hohen Gras. Schutzlos. Er wollte zu ihr, sie mit zu sich nehmen. Er wollte sie küssen. Was tat er hier?

Ein Blick auf das Handtuch, Make-up-Flecken und Krümel nicht zu bestimmender Art, und er entschied sich, die Hände an seiner Hose trocken zu wischen. Er war sich sicher, dass Sandy eingeschlafen war. Er schlich zum Schlafzimmer, lugte durch die Tür, und im selben Moment hatte Sandy ihn entdeckt. Mit dem gerollten Geldschein in der Hand winkte sie ihn zu sich. Dann stöhnte sie und hielt sich die Brust.

»Autsch.«

Vor ihr auf dem Bett lag ein Spiegel mit feinsäuberlich gezogenen weißen Linien. Mit vor Schmerz verzogenem Gesicht hob sie den Spiegel und zog eine Line. Dann hielt sie ihm den Schein hin.

»Komm schon, Wolfie.«

Sie rollte langsam den verschmutzten Verband ab.

»Lass mal, Sandy. Ich muss abhauen.«

»Guck dir erst meine neuen Titten an.«

Stolz drückte sie den Rücken durch. Rote, geschwollene, riesige Brüste. Schwarze Fäden, wie Drahtwürmer um die Brustwarzen, die unnatürlich weit nach oben gerutscht waren. Große Pflaster am Brustansatz.

»Meine Arme sind ganz schwach. Bleib.«

Sie hatte sich hingelegt. Kämpfte mit einer Flasche.

Er hob sie auf, reichte sie ihr.

»Ich muss gehen. Jemand wartet auf mich.«

Wolf stand auf, wollte zu Nicole. Sie abholen. Sie lag gewiss noch auf der Wiese.

»Das blaue Auge von der Kleinen ist doch von dir«, stichelte Sandy hinter ihm. »Ich weiß, dass du es getan hast.« Sie sah ihn giftig an. Der Wodka lief ihr die Wangen hinab. »Und weißt du, was ich noch weiß?« Sie lachte heiser, ein glückloses Lachen.

Wolf war zu überrascht, als dass er etwas erwidern konnte. Stattdessen setzte er sich zurück aufs Bett. Er war so müde.

Er hörte Sandy die Nase hochziehen. Und in seinem Kopf begann das Chaos, noch bevor sie weiter ausholen konnte.

»Wenn ich das …«

»Wenn du was, Sandy?«

Aufgerissene Lider entblößten erweiterte Pupillen. Wolf griff über das Bett hinweg nach Sandys Unterarm.

»Autsch«, sagte sie. Dabei hatte sie dieses Grinsen im Gesicht. »Magst du es wieder ein bisschen grob, Wolf?«

Macht. Sie täuschte die Unterwürfigkeit nur vor.

»Magst du mir wehtun?«, gurrte sie.

Als er nicht reagierte, fing sie ein weiteres Mal an. Diesmal traf sie ihn, wo es am meisten schmerzte.

»Was würde sie sagen, wenn sie wüsste, was du Agnes, ihrem Kind, ihrer Tochter angetan hast? Hörst du, Wolfie? Ihrem Kind. Ich sag nicht ›dein Kind‹, ich sag ›ihr Kind‹. Ihr Kind! Es ist ja gar nicht deins.«

Schrill drang die Stimme in seine Ohren. Er wollte sie zuhalten. Konnte nicht weg. War gefangen in ihren Worten. Alle Gedanken hatten sich aufgelöst. Ein Fiepen im Ohr, im Raum, im Innen und im Außen. Ein Druck in der Brust.

Er starrte sie an, sah, wie sie trank, der Alkohol tropfte auf das Laken, wo es sich vollsog und dunkle Flecken hinterließ. Er roch ihn. Beißend kroch er in seine Nase. Selten war er verführerischer und trügerischer.

Später konnte er nicht mehr sagen, ob es sein Wille gewesen war oder ob er machtlos gegen den ersten Schluck war. Nur an das Gefühl der Erleichterung erinnerte er sich, wie der Alkohol brennend die Kehle hinablief. Und ihn von all der Schuld, all der Scham, dem Bedauern und der Wut reinwusch. Sein Geist fand Ruhe.

Ihre weiteren Worte in der Ferne, er hatte sie kommen hören, neue Schlucke, mehr Alkohol dämpfte die Stimme. Sie sagte nur, was er schon immer wusste. Geheimnisse wurden zu Wahrheiten.

»Ich wusste immer, dass Agnes nicht dein Kind sein konnte. Susann war nicht fett. Sie hatte den Bauch schon, als sie hier ankam.«

Wolf nahm den Spiegel, griff nach dem Schein. Die Zeit schien stillzustehen. Er nahm alles wahr. Und alles verlor seinen Sinn. Die Grenzen verwischten. Was zuvor noch wichtig war, Nicole, das Mädchen, das Jugendamt, über all das müsste er sich keine Sorgen mehr machen. Eine Pause zum Verschnaufen. Willkommen. Und er zog das Kokain. Dumpfe Benommenheit. Er wollte noch was trinken. Und Sandy schmiegte sich an ihn wie ein Kätzchen. Er ließ sie machen. Begrüßte die Ablenkung vom harten Kampf.

Sie hatte gewonnen. Was immer sie wollte, er würde es ihr geben. Sie hatte ihn in der Hand. Er hatte sich ergeben.

31

»DHL«, rauschte es durch die Gegensprechanlage.

Hannah öffnete und blickte in den Hausflur. Sie hörte den Fahrstuhl nach oben fahren. Ihr entgegen. Was, wenn der Bote keiner war, dachte sie misstrauisch.

Das vertraute Ruckeln der Fahrstuhltür. Aber sie konnte nicht erkennen, wer ausgestiegen war. Der Fahrstuhl lag verborgen hinter einem Vorsprung. Das Quietschen von Turnschuhen auf Linoleum, wie damals in der Turnhalle, ohne den süßlichen Geruch von Gummi und säuerlichem Schweiß. Dann ein Stapel Kartons, grau und rau, umwickelt von buntem Klebeband. Kein Kopf und kein Gesicht. Es könnte eine Falle sein. Sie schwitzte. Spürte die Enge im weiten Flur. War es eine Vorahnung? Sollte sie auf ihr Gefühl hören?

Scheiße.

Hannah zwang sich stehen zu bleiben, nicht die Tür zuzuknallen, sich zu verbarrikadieren. Dann das Krachen der zu Boden fallenden Kartons, eine Hand presste gegen ihre Brust, drückte sie rückwärts in die Wohnung. Sie wollte schreien. Drängende Hände auf ihrem Körper.

»Hannah Hoch? Bin ich hier richtig?«

Der Mann hatte die Kartons vor ihr abgestellt. Sie stieß den angehaltenen Atem aus. Er war keine Gefahr. Sie betrachtete ihn, ein großes Feuermal über der rechten Gesichtshälfte. Und sofort hatte sie Mitleid. War er als Kind geärgert worden? Er hatte den Blick von ihr abgewandt, betrachtete das Klingelschild. Ahnte er ihre Gedanken? Sie folgte seinem Blick. »Hoch/Leitner« stand in pinken Lettern auf weißem Klebeband. Und plötzlich wurde ihr klar, dass es jeder gewesen sein konnte. Jeder, der mit ihrer Art zu leben nicht einverstanden war, konnte »Nutte« an ihre Tür geschrieben haben. Und derjenige konnte zurückkommen.

»Hannah Hoch?«, fragte er ein zweites Mal.

Und dieses Mal nickte sie.

Er hielt ihr das Gerät zum Unterschreiben vor die Brust. Aufdringlich nah.

»Alles deine.«

»Meine?«

»Deine Pakete.«

»Ah, okay. Danke«, sagte sie und krakelte mit dem klebrigen Stift ihren Namen auf den kleinen Bildschirm.

Das Quietschen entfernte sich wieder. Irgendetwas in ihr wollte rufen: »Bleib.«

Aber was sollte sie mit ihm anfangen? Er könnte an ihrer Stelle die Mutter im Krankenhaus besuchen. Hätte sie Geschwister, wäre sie das schwarze Schaf, über das alle lästern konnten. So aber war sie einfach nur eine riesige Enttäuschung.

Sie schob die Kartons mit den Füßen in die Wohnung.

Hinter sich hörte sie ein Knacken im langen Hausflur. Sie fuhr herum. Sah niemanden. Sie griff nach ihrem Schlüssel, der auf der Kommode lag, und schloss zweimal ab, den Schlüssel ließ sie stecken. Nie in ihrem Leben hatte sie abgeschlossen. Immer hatte sie sich sicher gefühlt. Der Riss war spürbar. Und sie hörte die Stille. Hannah war müde. Die Pakete interessierten sie nicht. Sie musste sich ausruhen.

Sonnenstrahlen auf dem Gesicht weckten sie. Hannah blinzelte den Tag an. Tastete nach ihrem Handy. Es war 10:13 Uhr. Sie hatte nicht mal fünfzehn Minuten geschlafen, dachte sie deprimiert. Ein drohendes Gefühl hing in der Luft, als hätte sie etwas Wichtiges vergessen. Der Grund, warum sie nicht aufwachen wollte.

Sie öffnete ihre Seite. Sie hatte lange nichts mehr gepostet, das letzte Bild im Paillettenkleid. Auffordernd, selbstbewusst schaute sie in die Kamera. Sie scrollte durch die Kommentare. Nur positive, mit vielen Herzchen geschmückt. An die Hasskommentare hatte sie sich erst gewöhnen müssen, mittlerweile löschte sie die Beiträge sofort. Es war kein Neuer hinzugekommen.

Sie tastete ihr Gesicht ab. Spürte die Knochen und die pickelige Haut. Wann hatte sie Pickel bekommen? Langsam verwandelte sie sich in ein Monster. »Hannah Hoch, persönlicher Blog« stand auf ihrem Profil. Die meisten Fotos waren unterwegs gemacht worden mit Selbstauslöser oder von Fabian. Sah man auf einem der Bilder, wo sie wohnte? Bilder aus dem Humboldthain. Es gab auch einige Aufnahmen aus ihrer Wohnung. Auf einem stand sie im Gegenlicht vor dem Fenster, die Silhouette wie ein Scherenschnitt. Flockige Schäfchenwolken hingen am Horizont, die Häuser der gegenüberliegenden Straßenseite deutlich zu erkennen. War es jemand gewesen, der sie aus dem Internet kannte?

An der Klingel stand ihr Name. Scheiße.

Sollte sie zur Polizei gehen? Aber sie hatte die Spuren verwischt.

Wer waren all die Menschen, die ihre Bilder mochten? Einhundertsiebzigtausend Follower.

Sie starrte auf die Pakete im Flur, die sich wie Mahnmale erhoben. Sollte sie ihr Profil löschen?

Sie sehen dich.

Hannah wartete noch immer auf das Geld für die Veröffentlichung des Fotos. Mehr als zweitausend Personen hatte es gefallen. Genau jetzt starrte vielleicht jemand auf ihre Nippel, die sich durch die Pailletten abzeichneten, und wichste sich dabei einen. Sie ging zum Fenster und blickte in die dunklen Scheiben des gegenüberliegenden Hauses. Und plötzlich fühlte sie sich beobachtet. Sie trat einen Schritt zurück, schloss die Vorhänge. Rannte durch die anderen Räume und zog sämtliche Gardinen zu. Für das Ankleidezimmer und die Küche benötigte sie Laken. Sie riss sie aus der Kommode und spannte die Tücher vor die Fenster, klemmte sie in die Rahmen.

Sie hob die Matratze vom Bett. Schleifte sie hinter sich her. Immer wieder fiel sie zu Boden, weil sie so schlecht zu greifen war. Hannah zerrte sie an den Nähten bis in den engen Flur. Die Pakete standen im Weg, sie warf eins nach dem anderen in ihr Zimmer. Hannah brauchte den Platz, wollte keine Fenster in der Nähe haben. Sie ging in die Küche. Sanftes Licht durch die verhangenen Scheiben. Sie wusste, wonach sie suchte, und hoffte, dass Fee es vergessen hatte. Erleichtert tastete sie in der Geschirrschublade nach dem großen japanischen Messer. Sie schlich zurück in den Flur. Legte es unter die Matratze. Prüfte mehrere Male, ob es sicher darunterlag, spürte das glatte, kalte Metall. Legte sich auf den Bauch. Lauschte auf Geräusche im Flur. Spürte etwas Fremdes. Etwas, worüber sie keine Kontrolle hatte.

32

Agnes' Magen knurrte. Überall um sie herum lagen Klamotten, lose Papiere von der Schule, selbst der Spalt hinter der Matratze war mit Plastik zugemüllt. Ihr Blick fiel auf die Schranktür, die geschlossen war, ihr Vater musste sie repariert haben.

Ein Klingeln an der Tür. Sie wartete darauf, dass ihr Vater aufmachte. Doch das Klingeln riss nicht ab. Sie schälte sich aus den Decken und marschierte zur Tür. Die letzten Schritte lief sie, um das Klingeln sterben zu lassen.

»Hallo?«, rief sie wütend in den Hörer.

»Nicole«, knisterte es aus der Gegensprechanlage. »Meine Tasche … bei euch … aufmachen?«

Agnes kannte keine Nicole. Und wollte auch mit einer Tasche nichts zu tun haben. Sie ließ den Hörer fallen, damit die Klingel nicht mehr reagierte. Kopfüber baumelte er über den Boden. Die Sache aussitzen. Auf dem Weg zurück ins Bett fiel ihr Blick auf die angelehnte Schlafzimmertür ihres Vaters. Wahrscheinlich war diese Nicole der Besuch von letzter Nacht. Plötzlich hämmerte es laut an der Tür. Irgendwie schien diese Schlampe es geschafft zu haben, ins Haus zu kommen.

Sie öffnete vorsichtig einen kleinen Spalt. Und sah eine junge Frau, deutlich jünger als ihr Vater, die Brüste in ein zu enges Oberteil gepresst. Komische Frisur. Im Haar steckte ein getrocknetes Blatt. Verschmierter lila Lidschatten um die Augen. War das die neue Freundin ihres Vaters? Er hatte lange keinen Besuch mehr gehabt.

»Ich habe meine Tasche bei euch stehen lassen. Kann ich sie mir kurz holen?«

»Nein. Ich geh. Warte.«

Agnes drückte ihr die Tür vor der Nase zu. Und ging zum Schlafzimmer. Vorsichtig klopfte sie an.

»Papa?«

Das Zimmer lag im Dunkeln. Ein leeres Bett. Das dreckige Laken lag halb am Boden. Dazwischen Kleidungsstücke. Frauenklamotten. Neugierig betrat Agnes den Raum. Ein lautes Klopfen durchbrach die Stille, Agnes zuckte vor Schreck zusammen. Was für eine beschissene Nutte.

Sie ging zum Fenster, schob die Decke, die davor hing, ein kleines Stück zur Seite. Die Scheibe blind. Sie entdeckte zwei tote Spinnen auf der Fensterbank. Gekrümmt, als hätten sie im Moment des Sterbens versucht, in ihr Ei zurückzukehren.

Vor dem Bett lag ein rotes Kleid. Sie hob es auf und roch daran. Modrig, wie ein feuchter Putzlappen, darunter leicht wahrnehmbar ein ihr vertrauter Duft. Sie wusste, dass die Sachen nicht von der Frau stammten. Sie roch es. Sie hielt es sich vor den Körper, drehte sich zum Kleiderschrank und starrte ihr Spiegelbild an. Das Kleid gehörte ihrer Mutter. Sie war sich sicher. Aber warum hatte sie es nicht schon vorher entdeckt?

Agnes sah sich weiter im Zimmer um. Die kleine Handtasche lag umgeworfen am Kopfende des Betts. Auf dem kurzen Weg zur Wohnungstür öffnete sie die Tasche, zwischen Satin gebettet, schlummerte das Portemonnaie. Sie nahm sich den Zwanzigeuroschein, bevor sie die Tür aufriss.

Sie drückte der Frau die Tasche gegen den Bauch und versuchte, die Tür zu schließen. Ein Widerstand hinderte sie daran, sie stemmte sich dagegen, als sie ein leises Stöhnen hörte. Die Frau hatte den Fuß in den Rahmen gestellt.

»Fuß weg.«

»Entschuldige, aber ist Wolf da?«

»Nein, und nimm gefälligst deinen scheiß Fuß da weg. Verpiss dich!«, brüllte Agnes.

Sie ging zurück ins Schlafzimmer, nahm das Kleid in den Arm. Sie wollte es behalten. Betrachtete die weit geöffnete Schublade der Kommode. Da stimmte was nicht. Agnes hockte sich davor und tastete die hintere Schubladenwand ab. Sie zog daran, doch sie ging nur bis zu einem gewissen Punkt auf. Sie rüttelte heftiger. Mit dem Knarren des Holzes hatte sie die Schublade in der Hand. Sie entdeckte ein zweites Fach dahinter. Darin eine kleine flache Schachtel. Sie öffnete sie. Von einem Foto strahlte sie eine schöne junge blonde Frau mit dickem Babybauch an. Sie schien etwas lachend in die Kamera zu rufen. Ihr Vater stand daneben und starrte kritisch an der Kamera vorbei. Er sah so jung aus. Agnes strich über den dicken Bauch, da musste sie drin gewesen sein. Sie legte das Bild zur Seite. Außer dem Foto lag ein Reisepass in der Schachtel. Susann Galland. Ein Geräusch im Flur ließ sie aufhorchen. Sie hielt den Atem an. Stille. Sie legte den Pass und das Bild zurück. Und schob die Schublade mit viel Kraft wieder zu. Ein Stück Holz schien abgebrochen. Sie hing etwas schief. Ihr Vater würde sich hoffentlich selbst die Schuld geben. Agnes nahm die Schachtel und das Kleid und rannte ins Badezimmer, verriegelte die Tür und probierte das Kleid an. Auf dem wackligen Wäschekorb vor dem Waschbecken betrachtete sie sich im Spiegel. Es passte perfekt. Sie hatten dieselbe Figur.

Die Schachtel packte sie in eine Plastiktüte, schlüpfte in ihre Doc Martens und rannte aus dem Haus.

Es war früher Abend, noch immer hell und angenehm warm, der Wind strich um ihre Beine. In dem Kleid lief sie aufrechter. Sie versuchte, wie das Püppchen zu gehen. Mit diesem leichten, federnden Gang. Bemühte sich, ihren unbefangenen Gesichtsausdruck anzunehmen. Und bildete sich ein, dass es ihr gelang. Sie fühlte sich schön.

Bis sie ihren Vater sah, der mit Sandy im Arm den Gehweg entlangtorkelte.

33

Wolf zog Sandy über das Rasenstück, im Schutz der hohen Gebäude. Sie waren auf dem Weg zu Helga. Das Haar hing ihr strähnig die Stirn hinab. Sie hing kraftlos in seinem Arm. Die Augen halb geöffnet glotzte sie ins Leere.

In der Ferne sah Wolf das rote Kleid aufblitzen. Susanns rotes Kleid. Die von Sommersprossen gesprenkelten Arme, die hellen, bläulichen Beine. Der leichte Gang, als würde sie jeden Moment zum Sprung ansetzen. Susann. Aber es war das Mädchen, erkannte sein betrunkener Kopf.

»Agnes«, brüllte er. Sandy zuckte neben ihm zusammen.

Er ließ sie los. Erst sackte sie in die Knie, fiel dann auf den Rasen und rollte sich zusammen.

Wolf rannte, schon nach mehreren Metern japste er. Seine Seite schmerzte, feine Nadelstiche. Er presste die Faust in die Taille. Druck.

Sie jagte davon. Bog um die Ecke. Außer Sichtweite. Sie war weg. Er stoppte, beugte sich vornüber, stützte die Hände auf die Oberschenkel und versuchte, Luft zu bekommen. Sein Kopf hing schwer hinab. Wolf raufte sich die Haare. Er hatte ihr Angst gemacht, das wollte er nicht, musste es klarstellen. Er richtete sich wieder auf und fiel in einen Dauerlauf, die Beine so schwer, dass er sie kaum heben konnte. Er musste sie sprechen.

Das Kreischen einer Krähe begleitete seine Gedanken. Wurde immer lauter. Er war auf der Brunnenstraße angekommen. Keuchend sah er sich um. Schweiß rann seine Stirn herunter. Die Krähe lauter und schriller – wirklicher –

geworden. Da entdeckte er sie. Eine klagende Nebelkrähe hockte auf der Steinmauer, schlug mit den Flügeln.

Dann sah er das Taxi, die Fahrertür geöffnet. Ein Auto fuhr hupend vorbei. Der Taxifahrer reckte die Faust in die Höhe, bevor er sich wieder umwandte und auf der Motorhaube abstützte. Wolf hinkte zu ihm und entdeckte einen angefahrenen Vogel, die schwarzen Flügel ausgebreitet, zerknickt unter dem Vorderreifen. Zuckend. Eingeweide quollen unter der Bauchdecke hervor.

Wolf riss den Kopf zu der Krähe auf der Mauer, schwarze Augen stierten zurück.

Der Taxifahrer war den Tränen nah. Er schien erleichtert, dass Wolf da war. Nicht mehr allein. Hilflos zuckte er mit den Achseln. Wolf sah, dass es für die sterbende Krähe zu spät war, und schritt entschlossen auf ihn zu.

»Weg«, wies er ihn knapp an. Der Taxifahrer sprang zur Seite, und Wolf bückte sich ins Innere des Wagens und zerrte die Fußmatte unter dem Sitz hervor.

»Zurückfahren.«

Der Fahrer sprang hinter das Steuer, setzte auf den Bürgersteig zurück.

Wolf stand alleine auf der Straße. Nur er, zu seinen Füßen der Vogel im Todeskampf.

Er flüsterte: »Gott.«

Dann holte er aus, schwang die Matte über seinen Kopf und ließ sie auf das Tier niedersausen. Er hörte nicht auf, bis er völlig erschöpft zur Seite taumelte. Er ließ die Matte fallen und hockte sich auf den Bordstein.

Das Kreischen der Krähe verstummt.

Der Taxifahrer schleuderte die Matte ins Gebüsch. Er kam zurück und drückte Wolf eine Wasserflasche in die Hand. Wolf ließ sich das Wasser über seinen Kopf laufen. In die Haare, über das Gesicht, es tränkte sein Shirt.

Autos fuhren dicht an ihnen vorbei, doch die meiste Zeit blieb es ruhig. Wenig Verkehr, es musste Wochenende sein, die Bewohner hatten die dreckige Stadt verlassen.

Der Taxifahrer klopfte ihm auf den Rücken und setzte sich neben ihn. Er nickte ihm zu. Seine dunklen Augen sahen ihn verloren unter den buschigen Augenbrauen an.

Die Bilder schwanden nicht aus Wolfs Kopf, stattdessen vermischten sie sich mit Bildern von Agnes. Die sich mit den Armen vor seinen Schlägen schützte. Er hatte es lange geschafft, seine Wut im Zaum zu halten. Aber er hatte sie geschlagen. Sie mit Susann verwechselt. Die Erinnerung war zurück. Er schämte sich.

34

Hannah hatte ihn gesehen. Ihn beobachtet. Das Kreischen der Krähe noch in den Ohren. Ihr Herz pochte. Der Anblick war kaum zu ertragen gewesen. Sie ließ sich langsam auf die kühlen Kacheln gleiten. Brotkrumen bohrten sich in ihre Handflächen.

Ein ungewöhnliches Schreien hatte sie zum Fenster getrieben, schrill wie das eines Kindes. Entsetzt hatte sie den Mann entdeckt, der einen Vogel von seinem Leiden befreite. Sehnige Arme, stark. Dasselbe Empfinden im Unterleib wie bei ihrem kurzen Zusammentreffen in der Kneipe. Unter der Matte breitete es sich schwarz aus. Toter Matsch.

Hatte er danach zu ihr geschaut? Er war zu alt für sie. Er sah verlebt aus. Und doch konnte sie ihn nicht ganz aus ihren Gedanken vertreiben. Er könnte sie retten, dachte sie, als sie ein Geräusch an der Tür hörte. Jemand versuchte, in die Wohnung zu kommen. Sie musste die Tür versperren. Sie rannte los. Stolperte über die Matratze. Fiel mit dem Gesicht in die Kissen. Als sie die Augen wieder öffnete, ging die Tür auf.

»Wie sieht es denn hier aus?«

Fee. Die blöde Schlampe. Hannah schloss die Augen wieder. Keine Erleichterung. Ihre Nase schmerzte.

Kann dir doch egal sein, du hast dich verpisst, dachte sie voller Hass. Sie hörte Fabians Stimme, leise beschwichtigend. Dann nahm er ihre Hand, erst dachte Hannah, er wolle sie trösten, bis sie bemerkte, dass er ihr die Hand zur Begrüßung schüttelte. War er verrückt geworden?

»Hannah?« Fabians Kopf dicht über ihrem. »Alles klar?«

Sie starrte ihn an. Im Hintergrund sah sie Fee, die ihre Augen verdrehte. Und dann mit ihren Schuhen über die weiße Bettdecke marschierte.

»Spinnst du?«

»Man kommt ja nicht durch.«

»Warum liegst du hier auf dem Boden?« fragte Fabian.

»Ist so scheiße bequem hier.«

»Was ist das für Farbe? Wie bescheuert ist das denn?«

Fabian hatte sich neben sie hingekniet, vorsichtig, damit kein Dreck an seine Klamotten gelangen konnte.

»Du hast es gewusst?« Hannah stützte sich auf.

»Was habe ich gewusst?«

»Du wusstest, dass sie auszieht. Deswegen hast du nicht nach Fee gefragt.«

Er wich ihrem Blick aus.

»Und dann kommst du mit ihr hierher? Und hilfst, die Sachen aus der Wohnung zu tragen? Warum hast du nicht vorher Bescheid gesagt?« Sie wollte nicht verletzt klingen, aber es gelang ihr nicht.

Fabian hatte die Stimme gesenkt.

»Ich dachte, du würdest erleichtert sein, wenn sie auszieht. Du konntest sie nicht mehr ertragen. Hast die ganze Zeit über sie gelästert. Und es war doch dein Vorschlag.«

»Was? So ein Quatsch. Warum sollte ich so was vorschlagen?«

Fee brüllte aus ihrem Zimmer: »Kommst du, Fabian? Ich brauche hier deine Hilfe.«

»Gleich.« Er wandte sich wieder Hannah zu und fragte ruhig: »Was ist mit dem Boden passiert?«

»Jemand hat ›Nutte‹ an die Tür geschrieben.«

»›Nutte‹? Hast du es weggewischt?«

»Ja, klar habe ich das weggewischt. Sonst würde es ja da noch stehen.«

»An der Tür ist nichts zu sehen«, sagte er. Und er klang, als wollte er sie beruhigen. »Und die Farbe hier kommt davon? Habe ich das richtig verstanden?«

»Warum fragst du das so komisch?« Langsam dämmerte ihr, dass Fabian ihr nicht glaubte. »Denkst du, ich hätte mir die Geschichte ausgedacht? Warum soll ich denn hier mit roter Farbe rumsauen?«

»Na ja …«

»Was heißt denn na ja? Ist dir das Kiffen zu Kopf gestiegen?«

Er sah gekränkt aus.

»Es tut mir leid. Wirklich. Verzeih. Ich habe es nicht so gemeint.«

Scheiße. Sie lächelte ihn an. Griff nach seiner Hand. Er entzog sie ihr. Er würde ihr nicht verzeihen. Es war schon vorher kaputtgegangen. Aber jetzt hatte sie ihm einen Grund gegeben, sie zu hassen.

Sie lief in Fees Zimmer und sah, dass Fee ihre Sachen in einen Karton packte. Das hier war endgültig.

»Du ziehst aus?«

»Du helles Köpfchen.«

Wie sollte sie allein für die Miete aufkommen?

»Den Rest komme ich nächste Woche holen. Mach doch besser etwas Platz dafür«, sagte sie kalt. »Meinen Anteil für die Miete habe ich direkt überwiesen. Ist mir eigentlich egal, wie du das hinkriegen willst.« Sie lachte, dann verschwanden sie. Hannah legte sich auf den Boden.

Jemand streichelte ihren Kopf, sie zuckte erschrocken zusammen. Das kleine Nachbarmädchen stand vor ihr, einen

Strauß Gänseblümchen in der Hand, die gähnende Öffnung der Wohnungstür im Rücken.

»Geht es dir nicht gut?«, fragte Luca. Die krausen dunklen Haare standen in alle Richtungen ab.

»Schließt du bitte die Tür?«

Das Mädchen drehte sich um und schloss sie leise. Dann stand sie wieder vor ihr und sah auf sie herunter.

»Hast du Bauchschmerzen?«

»Warum sollte ich Bauchschmerzen haben?«

»Wenn es mir nicht gut geht, dann tut mir immer der Bauch weh.«

Und wieder streichelte sie mit ihrer dreckigen Hand über Hannahs Kopf. Hannah schob sie zur Seite.

»Ich wollte dich nur trösten.«

»Tut mir leid.«

Luca lächelte, als sei nichts gewesen. Warum konnte sie nicht so sein? Nicht nachtragend.

»Sind die für mich?« Hannah deutete auf den Strauß.

Die Kleine strahlte und streckte ihr die Faust mit den Blümchen entgegen. Hannah nahm sie und roch daran. Ein vager Geruch von Katzenpisse und Zwiebeln, dabei sahen sie so lieblich aus.

»Weil du Pippa gesund gemacht hast.«

»Danke«, sagte sie. »Und wie geht es ihr?«

Sie setzte sich auf und zog sich die Strickjacke enger um den Körper.

»Sie humpelt ein klitzekleines bisschen«, sagte Luca.

»Wart ihr denn noch mal beim Arzt?«

»Nein. Ich durfte doch nicht sagen, dass ich dich in die Wohnung gelassen habe.«

»Ich bin doch die nette Frau von nebenan.«

Die Kleine schielte an ihr vorbei.

»Die andere ist die nette. Wo ist die denn?«

Hannah ging nicht darauf ein.

»Du solltest trotzdem mal zum Arzt und nachsehen lassen, ob alles gut verheilt ist.«

»Jaja.« Neugierig begutachtete sie die Matratze. »Warum liegt denn dein Bett im Flur?«, fragte sie, während sie sich auf den Boden plumpsen ließ und ihre roten Chucks auszog.

Die Matratze hatte sich verschoben und entblößte den hölzernen Griff des großen Messers. Doch die Kleine bemerkte es nicht.

»Ich habe nur ausprobiert, wie es ist, hier zu schlafen. Machst du das nicht auch manchmal?« Dabei bückte sie sich, verdeckte mit dem Körper die Sicht und brachte das Messer in die Küche.

»Meine Mutter erlaubt das nicht«, rief ihr Luca hinterher, während sie über die Matratze hüpfte. »Hast du einen Fernseher?«

Hannah verneinte, dann fiel ihr der Fernseher von Fee ein. Sie hatte nicht gesehen, dass sie ihn mitgenommen hatte, wahrscheinlich war er den beiden zu schwer gewesen.

»Ja, komm mit.«

Das kleine Zimmer mit dem nackten Lattenrost wirkte verwaist. Der Fernseher stand in der Ecke. Sie erinnerte sich, wie sie gemeinsam mit Fee Fernsehshows geguckt hatte. Der Fernseher lief eigentlich immer. Wie bei ihrer Mutter zu Hause. Auch wenn sie auf dem Bett lagen und quatschten. Das Bettzeug hatte Fee nicht mitgenommen, die Bettdecke lag neben dem Bett auf dem Boden. Warum nur die Matratze? Am liebsten hätte sie Fee gefragt. Hannah bückte sich nach der Decke und schmiss sie vor den Fernseher. Dann schaltete sie ihn ein. Eine Tiersendung. Das mochte sie. Das Licht blendete. Hannah stand wieder auf, um auch hier die Vorhänge zuzuziehen. Das kleine Mädchen hatte sich im Schneidersitz dicht vor den Fernseher gesetzt.

»Rutsch mal weiter nach hinten. Du sitzt zu nah dran. Davon kriegt man viereckige Augen.«

»Das stimmt nicht.«

Mehr sprachen sie nicht. Irgendwann stand Luca auf und winkte.

»Darf ich wiederkommen?«

»Klar.«

Sie beobachtete, wie sie zur Tür lief. Neben der Wohnungstür stand ein blauer Schulranzen mit Pferden, der ihr vorher nicht aufgefallen war. Er wirkte zu schwer und groß für das kleine Mädchen. Hannah erinnerte sich an das Gewicht ihres eigenen Schulranzens. An den Druck über dem Po, wo sich die untere Kante in den Rücken bohrte. Dann fiel ihr die Geschichte mit dem Mathebuch wieder ein. Sie hatte es verloren, in der dritten oder vierten Klasse. Aus lauter Angst, ihrer Mutter davon zu berichten, wieder etwas falsch gemacht zu haben, klaute sie das Mathebuch ihres Sitznachbarn. Carsten Brunner. Das Buch war voller Bleistiftkritzeleien, und sie verbrachte den Abend damit, mit ihrem Radiergummi die Spuren zu beseitigen. Es war ihr nicht gelungen, aber sie redete sich ein, dass es nicht auffallen würde. Dass man ihr mehr glauben würde als Carsten Brunner, der sitzen geblieben war und trotzdem schlechte Noten schrieb. Carsten Brunner hatte sie am nächsten Tag zur Rede gestellt. Deutlich hatte sie die damaligen Gefühle in Erinnerung. Schuld und Scham. Und nicht mehr aus der Sache rauszukommen, weil sie nicht zugeben wollte, nicht zugeben konnte, dass sie gelogen hatte. Leider fiel ihr nicht mehr ein, wie die Sache ausgegangen war. Nur das Gefühl war geblieben, als hätte es sich in die Zellen ihres Körpers gebrannt.

Hannah richtete sich langsam auf. Der Fernseher lief lautlos. Sie verließ den Raum und die flimmernden Bilder und ging in die Küche. Nahm sich ein Glas Leitungswasser, weil Kaffee und Tee längst alle waren. Sie schob das Laken vor dem Fenster zur Seite. Das Licht kurz vor Sonnenuntergang hatte eine seltsame Färbung. Vielleicht vom jungen Grün der Bäume. Der Verkehr rauschte. Wo waren denn nur alle hin?

35

Agnes stolperte über ein rosanes Plastikdreirad. Sie sah in das Gesicht eines heulenden Mädchens. Kulleraugen, aus denen runde, volle Tränen tropften. Die Mutter guckte auf ihr Handy. Agnes betrachtete die junge Frau, nicht viel älter als sie selbst, schwarze Leggins, bauchfreies Top. Fettig glänzende Titten, die nicht ins T-Shirt passen wollten. Die Arme bunt tätowiert.

»Was glotzt du?«, fragte die Mutter, als sie endlich aufblickte.

Die Wut war plötzlich da, Agnes hatte sie nicht einmal kommen spüren. Und schon schlug sie der Mutter die Hand ins Gesicht. Fremdes Fleisch an ihren Fingern. Dann entriss sie ihr das Handy. Schmiss es in die Büsche. Die Mutter brüllte wilde Flüche. Genugtuung. Die Welt rückte sich zurecht. Das Adrenalin verlieh ihr Selbstvertrauen. Sie wandte sich ab. Ging weg. Sie suchte die Hausnummer 136 c.

Die Siedlung war unübersichtlich. Helle graue Gehwegplatten, die sich fortsetzten, um als Hochhäuser am Himmel zu kratzen. Mickey wohnte im Märkischen Viertel im Norden der Stadt. Sie verstand die Reihenfolge der Hausnummern nicht. Viele Häuser, viele Stockwerke. In der schattigen Unterführung stank es nach Pisse. Und die stank überall gleich.

Ihr Vater hatte sie in dem Kleid gesehen, als sie aus dem Haus ging. Von Weitem hatte sie ihn rufen hören. Sie war weggerannt und hatte sich in einem offen stehenden Hausflur versteckt. Von dort hatte sie Mickey angerufen und gefragt, ob sie zu ihm kommen könne.

Das Haus war gelb. Der Fahrstuhl fuhr sie in den sechzehnten Stock.

Sie klingelte. Nervös. Als eine Frau öffnete, dachte sie, sie hätte sich in der Tür geirrt.

»Kann ich dir helfen?« Das Gesicht zu müde, um eine Regung zu zeigen. Die Frau sah älter aus als ihr Vater. Sie hatte sehr kurzes Haar, schon ziemlich grau, war ungeschminkt und trug ein Holzfällerhemd, dazu Jeans. Und sie war sehr klein, bestimmt nur einen Meter fünfzig groß.

Agnes sah irritiert auf das Klingelschild. »Ich wollte zu Mickey, wohnt der hier nicht?«

»Doch.« Die Frau drehte sich um und rief in den Flur: »Mickey.«

Zuerst waren die schlurfenden Schritte zu hören, dann sah sie sein vertrautes Gesicht. Agnes' Blick fiel auf die Filzpantoffeln an seinen Füßen. Die Frau hatte die gleichen an.

»Schon da? Das ging aber schnell. Komm mit.«

Sie fühlte sich unwohl in dem Kleid. Wollte wieder ihre eigenen Klamotten tragen.

Sie folgte Mickey zögerlich in sein Zimmer, aus dem er längst rausgewachsen schien. Vergilbte Raufasertapete, helle Rechtecke, verziert mit Tesafilmresten an den Ecken, Zeugnis längst verschwundener Poster.

»War das deine Mutter?«, fragte Agnes, als er die Zimmertür hinter sich geschlossen hatte.

Mickey nickte.

»Du wohnst noch bei deiner Mutter?«, fragte sie spöttisch.

Mickey wies auf den einzigen Stuhl in der Zimmerecke, der vor dem aufgeräumten Schreibtisch stand. Sie setzte sich, schaukelte hin und her und hatte die Frage beinahe wieder vergessen. Er setzte sich auf das schmale Bett, das zum Einklappen an der Wand befestigt war. Die Beine weit auseinandergestellt. Die Hände gefaltet, sah er sie an.

»Nicht leicht, eine Wohnung zu bekommen, wenn man gerade erst aus dem Knast kommt.«

»O«, sagte sie vorsichtig, »daran habe ich nicht gedacht.«

Sie hatte ihn weiter ärgern wollen, hätte ihn gerne auf seine bekloppten Hausschuhe angesprochen. Aber sie schaffte es, die Klappe zu halten.

Sie saßen in diesem Kinderzimmer, und Mutti stand in der Küche und kochte oder machte irgendeinen anderen Scheiß. Von diesem elenden Leben sah sie genauso deprimiert aus wie all die anderen. Sie bereute es, hergekommen zu sein. Eine Tracht Prügel wäre nicht schlimmer gewesen. Wem wollte sie was beweisen? Rico? Dass er ihr scheißegal war? Das stimmte nicht. Hier war die Welt genauso klein wie bei ihr zu Hause. Keine Freiheit, nur derselbe stumpfe Dreck.

Nachdem sie eine Drehung mit dem Stuhl gemacht hatte, stand sie auf und stellte sich ans Fenster. »Ganz schön viel Himmel.«

Wie klein sie war. Sie lehnte sich weit hinaus. Wie wäre es wohl, da runterzuspringen? Wäre der Flug schnell vorbei, und würde der Aufprall wehtun? Die Welt sah unecht aus von oben. Das Püppchen aus dem zehnten Stock hatte eine ähnliche Aussicht. Ob auch sie sich manchmal aus dem Fenster stürzen wollte?

»Lebt dein Vater auch bei euch?«

»Nein, er ist vor langer Zeit ausgezogen. Er hat eine neue Familie und wohnt in einem großen Haus.«

Er lachte.

Bei Mickey fehlte der Vater. Das war normal. Man war nur aussätzig, wenn die Mutter abgehauen war. Dann stimmte gleich was nicht mit einem.

»Schönes Kleid.«

Sie fuhr herum. Warum hatte sie nur dieses dämliche Kleid angezogen? Der entsetzte Blick ihres Vaters. So konnte sie unmöglich nach Hause gehen.

»Hast du dich schick gemacht?«

»So ein Scheiß. Ist ja nur ein Kleid.«

»Ich habe dich nicht ein einziges Mal im Kleid gesehen. Steht dir.«

»Ach, halt die Fresse.«

Trotzdem musste sie grinsen.

»Du musst auf deine Sprache achten, Mädchen.«

Sie drückte sich rückwärts hoch auf das Fensterbrett. Sah ihn herausfordernd an, während sie sich weit nach hinten lehnte.

Mickey verzog keine Miene.

»Hast du nicht Angst, dass ich falle?«

»Sollte ich denn Angst haben?«

Der Wind wehte überraschend kühl um ihre Schultern. Ihr war schwindelig. Aber das hätte sie niemals zugegeben.

»Und wenn ich loslasse?«

»Hast du das vor?«

»Vielleicht. Ich glaub nicht, dass mich viele vermissen würden.«

»Das würdest du dann auch nicht mehr erfahren.« Mickey klopfte eine Zigarette aus der Packung. Während er sie sich in den Mund steckte, zog er aus der Hosentasche sein Feuerzeug. Die Arme hinter dem Kopf verschränkt, beobachtete er Agnes.

Sie wippte wieder hinein, hatte Herzklopfen.

»Das Kleid ist von meiner Mutter.«

Mickey erwiderte nichts.

»Ich habe es im Schlafzimmer meines Vaters gefunden.«

Sie hüpfte vom Fensterbrett. War es bekloppt, dass sie das erzählt hatte? Warum sagte er nichts? Machte auf geheimnisvoll. Pah.

Plötzlich stand Micky auf und warf die Fernbedienung aufs Bett.

»Hier. Ich muss noch mal abhauen. Du kannst fernsehen, wenn du Bock hast.«

»Wohin gehst du?«

»Ich muss noch mal weg.«

»Wie, du musst weg?«

Er gab ihr einen Schmatzer auf die Stirn. »Stunde oder so. Dann komm ich wieder.«

Wollte er sie verarschen? Sie war gerade erst gekommen.

Sie sah sich in dem Zimmer um. An der gegenüberliegenden Wand hingen Regale übereinander. Dicht gedrängt reihten sich die Buchrücken an der Wand. Auf den Buchreihen lagen weitere Bücher. Viele Bücher, es musste Jahre gedauert haben, sie zu lesen. Daneben der Schreibtisch, ordentlich, auch dort ein Buch. Auf dem Boden standen Schuhe, daneben lagen zwei Hanteln. Schwere schwarze Scheiben auf kurzen Metallstangen.

Sie setzte sich auf die Bettkante. Ihr Magen knurrte, sie war hungrig. Und ihre Blase drückte. Vorsichtig öffnete sie die Tür und schlich durch den dunklen Flur. Mickeys Mutter saß in der Küche. Mit einer Zigarette in der Hand blätterte sie in einer Zeitung. Sie hob den Kopf, bevor Agnes vorbeischleichen konnte.

»Hast du Hunger?«

Agnes nickte.

»Komm. Setz dich zu mir.«

Sie nahm am Tisch Platz. Die Mutter stand auf, ging an den Kühlschrank und machte ihr ein Brot.

Später saß Agnes neben Mickeys Mutter auf der Couch im Wohnzimmer. Es sah sehr aufgeräumt aus. Weiße Spitzengardinen berührten sachte den Boden und zitterten leicht im Wind, das Fenster angelehnt. Auf dem flachen Wohnzimmertisch standen die Teetassen auf Korkuntersetzern. Im Aschenbecher lagen zwei Kippen. Agnes hatte beobachtet, dass nie mehr als zwei gleichzeitig darin lagen, bevor Mickeys Mutter eine dritte anzündete, leerte sie erst den Aschenbecher aus. Als sie aufstand, wusste Agnes, dass sie eine weitere Zigarette rauchen würde. Mickey war noch nicht zurückgekehrt, die Stunde lange um.

Im Fernseher lief ein deutscher Film. Ein weinender Mann hinter einem Vorhang, eine verstörende Szene. Sie konnte der Handlung nicht folgen, weil sie Angst hatte, was falsch zu machen. Sie überlegte seit einer halben Stunde, ob es okay war, die Füße auf der Couch zu haben. Aber sie traute sich nicht, sich zu bewegen. Ihre nackten Füße froren, sie hatte die Decke abgelehnt, die ihr Mickeys Mutter angeboten hatte. Sie wollte keine Mühe machen.

Als Mickey plötzlich in der Tür stand, stellte sie die Füße schnell auf den Boden. Er ging zu seiner Mutter, beugte sich zu ihr hinab und gab ihr einen Kuss auf die Wange, sie nahm kurz seine Hand, dann schaute sie wieder auf den Fernseher. Er machte Agnes mit dem Kopf ein Zeichen, ihm zu folgen. Sie sprang auf, warf seiner Mutter einen Blick zu, lächelte sie an. Ein freundliches Gesicht antwortete ihr.

Sie war froh, dass Mickey wieder da war. Aber auch ein bisschen eingeschnappt, dass er so lange gebraucht hatte.

»Lass uns kurz rausgehen.«

Mickey lief ein paar Schritte vor ihr unter dem Lichtkegel einer Straßenlaterne durch. Die Wege verlassen. Trotz der vielen Bewohner in den unzähligen Häusern.

Sie waren an der Hauptstraße angelangt, zur einen Seite flache Gewerbebauten, die im Dunkeln verschwanden, auf ihrer Seite Parkplätze, durchbrochen von geschnittenen Hecken. Sie lief mit einem Bein auf der Straße, mit dem anderen auf dem Bürgersteig, wenige Autos rauschten an ihnen vorbei. Sie hatte Gänsehaut an den Armen, aber sie sagte nichts. Agnes zog die Zigarettenschachtel, die ihr Mickeys Mutter geschenkt hatte, aus der Tüte in ihrer Hand. Sie bot Mickey eine an. Der lachte, als er die Schachtel sah, und Agnes schämte sich.

»Wo warst du?«

»Ich habe gearbeitet. Hat länger gedauert als geplant.«

»Wo?«

»Ich putze in einer Schule.«

»Du putzt?«, fragte sie ungläubig.

Mickey blieb stehen.

»Was ist los mit dir, Agnes?«

»Ich meine ja nur, du bist so ein krasser Typ, und dann sagst du, dass du putzen gehst. Das passt nicht zusammen.«

»Was passt für dich nicht zusammen? Ist es mehr wert, wenn man den ganzen Tag zu Hause vor der Glotze sitzt, kifft und sich vom Staat aushalten lässt?«

»Warum hängst du eigentlich mit Rico ab, wenn du ständig über ihn lästerst?«

»Ach, Rico ist okay, wir verstehen uns. Aber er sollte vielleicht erst einmal die Sache mit dir und Kat klären.«

»Aber du klaust Autos.«

»Ich borge sie mir. Wahrscheinlich hast du recht, es ist nicht fair den Besitzern gegenüber. Ich frage mich nur, was in diesem Leben fair ist. Ich darf mich nicht erwischen lassen, darf die Autos nicht kaputt fahren und muss sie ordentlich abstellen. Und dann kriegen die Besitzer sie auch wieder. Ich glaube nicht, dass ich einem armen Schlucker das Auto wegnehme. Die haben meistens eine schweineteure Versicherung, und dann kriegen sie einen Leihwagen. Wenn du nicht in die richtige Familie geboren bist, dann kannst du keinen Porsche fahren. Dann verschiebe ich halt manchmal den Begriff von dein und mein. Ich glaube, das ist okay. Für mich ist es jedenfalls okay. In den Knast werde ich nicht mehr gehen. Das habe ich mir geschworen.«

Er sah sie nicht an.

Sie standen an der Bushaltestelle.

»Sag mal, willst du wieder nach Hause? Oder möchtest du bei mir übernachten?«

»Geht das?«, fragte sie kleinlaut.

»Klar.«

Er nahm ihre Hand, und diesmal störte sie sich nicht daran.

Später, als er das Licht gelöscht hatte, starrte Agnes an die Zimmerdecke. Hellwach. Neben sich hörte sie Mickeys Atmen. Er hatte eine zweite Matratze neben das Bett geschoben, während sie in seinem Bett schlafen durfte.

»Mickey«, flüsterte sie im Dunkeln. Ab und zu hörte sie ein Auto vorbeifahren. Lange Schatten krochen über die Decke, sie hatte Angst.

Agnes stand auf und kniete sich neben ihn auf die Matratze. Sanft rüttelte sie an seiner Schulter. Er sagte nichts, hob stumm die Decke an, und sie schlüpfte zu ihm.

Schmiegte sich mit dem Rücken an seinen Bauch und wartete darauf, dass er seinen Arm um sie legte. Sie spürte seinen warmen Körper und das Schlagen seines Herzens. Er machte keine Anstalten, sie zu betatschen, und sie fühlte sich sicher.

36

Die Tage verstrichen. Sonne und Regen wechselten sich ab. Hannah hatte die Wohnung nicht mehr verlassen. Sie wollte warten. Worauf, wusste sie nicht. Vielleicht auf Fees Rückkehr. Oder ein Zeichen von ihr. Die Freundschaft mit Fabian war vorbei. Die Klingel hatte sie stumm gestellt. Sie wollte sich ausruhen, und wenn sie genug Kraft hatte, würde sie sich im Krankenhaus von ihrer Mutter verabschieden gehen.

Die meiste Zeit lag sie auf der Matratze im Flur, starrte die Decke an und hörte den Geräuschen nach. Die Nächte wurden zum Tag. Draußen war es warm geworden, selten setzte sie sich ans Küchenfenster, schob das Laken zur Seite und beobachtete die Menschen auf der Straße. Die Jacken und Strumpfhosen waren verschwunden. Haut blitzte an Armen und Beinen hervor. Sie hatte nicht das Gefühl, etwas zu verpassen. Der Gedanke daran rauszugehen, fühlte sich fremd an. Die Miete hatte sie nicht überwiesen, und auch am Briefkasten war sie nicht mehr.

Hannah schlief viel. Den Fernseher schaltete sie nicht mehr aus. Die Geräusche beruhigten sie. Und das Gefühl, alleine zu sein, schwand. Wenn sie schlafen wollte, machte sie Fees Zimmertür zu. Sobald es dunkel wurde, bekam sie Angst. Nachts lag sie stundenlang wach. Und dann begann die Stille, die sich wie ein Knistern anhörte. Und sie wartete darauf, dass der nächste Tag anbrach und mit ihm die Angst weniger wurde.

Wenn sie morgens den ersten Kaffee in der Küche trank,

weil sie die Gedanken aus dem Bett gejagt hatten, konnte sie das Klappern des Geschirrs der Nachbarn unter ihr hören. Ab und zu das Geschrei von Kindern. In Fees Zimmer konnte sie einen cholerischen Mann brüllen hören. Die Frau nie. Und manchmal, seltener, hörte sie ein Klavier. Wie Klänge aus dem Himmel. Den Gedanken mochte sie. Sie war sich bewusst, dass die Tage an ihr vorbeirauschten, aber das konnte sie nicht aus der Lethargie reißen, die sich ihrer tagsüber bemächtigte.

Sie hatte aufgehört, auf ihrem Blog zu posten. Die Pakete standen ungeöffnet in ihrem Zimmer herum. Neue Päckchen kamen nicht. Ihre E-Mails hatte sie nicht mehr gelesen. Sie konnte sich nicht aufraffen. Was wollte sie den Menschen da draußen verkaufen? Alles schien unnütz. Man wurde geboren, und dann starb man. Manchmal einfach so. Ihre Mutter starb nicht, nein, sie siechte dahin. Die Luft wurde weniger. Und Hannah fragte sich, ob sie dann ersticken würde. Oder würde ein anderes Organ zuerst versagen?

Bei dem letzten Telefongespräch, das sie mit ihrer Mutter geführt hatte, wollte sie ihr von einem Zeitungsartikel erzählen, der sie aufgewühlt hatte.

»Ich habe diese Reportage gelesen. Von diesen Italienern, die bei sternenklarer Nacht ein Picknick auf einem Boot machen wollten. Und dann hörten sie die Schreie der Flüchtlinge und sprangen ins Wasser und versuchten, sie zu retten. Und eine kraftlose Frau, kurz vor dem Ertrinken, rief ihnen zu: ›Rettet die Kinder. Rettet unsere Kinder.‹ Sie sahen sich um, in dieser sternenklaren Nacht, doch es waren keine Kinder mehr zu retten. Sie waren alle untergegangen. Ist das nicht traurig, Mama? Ist das nicht furchtbar?«

Am anderen Ende war es still.

»Mama, bist du noch dran?«

»Dir fällt es leicht, um die ganze Welt zu trauern, aber wie es mir geht, ist dir vollkommen egal. Hast du eine Träne um mich geweint? Du kommst mich nicht einmal besuchen.«

»Aber hier geht es gar nicht um dich.«

»Um mich geht es nie. Deswegen besuchst du mich auch nicht.«

Hannah legte mit einem schlechten Gefühl auf. Wie sie sich hasste. Seitdem hatte sie nicht mehr mit ihrer Mutter telefoniert.

Sie verließ die Matratze nur, um auf die Toilette zu gehen. Die Haare an den Beinen, an der Scham und unter den Armen wuchsen. Sie hatte aufgehört zu duschen und wusch sich selten. Sie fing an, intensiver zu riechen. Der Geruch faszinierte sie auf eine beschämende Weise. Früher mussten die Leute so gerochen haben. Beinahe animalisch.

Auch bei ihren Kopfhaaren machte sie eine neue Entdeckung, erst hatte die Kopfhaut angefangen zu jucken, dann war das Fett getrocknet, und ihre Haare sahen matter, aber kraftvoller aus. Sie musste nicht mehr vorgeben zu sein, wer sie sein wollte. Sie war einfach nur Hannah.

Doch die Angst blieb. Sie schlich geräuschlos durch die Wohnung. Zuckte bei jedem Knacken zusammen, und wenn sie Schritte im Treppenhaus hörte, hielt sie den Atem an.

Als sie am Morgen aufwachte, fiel ein schmaler Lichtstrahl neben ihr auf das Bettlaken. Sie tastete danach. Vielleicht bedeutete es, dass es langsam an der Zeit war, die Wohnung zu verlassen. Hannah starrte die nackten Betonwände an. Bedrohliche Mauern. Ein neuer Tag. Sie kroch auf allen vieren in das Ankleidezimmer. Ihr war kalt, sie hatte Gänsehaut. Das Laken war heruntergefallen. Hannah hob es auf, stand am Fenster und blinzelte hinaus. Sie legte sich auf den Boden zwischen die Schuhe und leeren Kartons, die Stoffe der langen Kleider, die den Boden küssten. Die tiefe Sonne schien auf ihren Körper und wärmte ihn. Sie dachte an die Zeit in der Klinik. Es war wieder genauso wie damals. Sie war seit zwei Wochen nicht mehr zur Schule gegangen. Hatte keine Kraft gefunden aufzustehen. Hatte geweint. Ihre Mutter war mehrmals ins Zimmer gekommen, zog Anziehsachen aus dem Schrank. Sie lag unter der Decke, dachte, ihre Mutter ordnet ihre frische Wäsche. Erst später, als sie im Auto saß und ihre Mutter den Koffer neben sie auf die Rückbank gestellt hatte, weil der Kofferraum wie immer voller Leergut war, ahnte sie etwas. Sie war zu müde, um nachzufragen, wohin sie fuhren. Auf dem Weg sagte keiner etwas. Sie starrte aus dem Fenster.

Den ersten Versuch hatte ihre Mutter nicht einmal mitbekommen. Hannah lag in der Badewanne, ihre Mutter hatte den Föhn nicht weggeräumt, stattdessen ruhte er unschuldig neben dem Waschbecken, der Stecker noch immer in der Steckdose. Und sie hatte es als Zeichen gesehen, ihn eingeschaltet und zu sich in die Wanne geschmissen. Dann lag sie im Dunkeln, alle Sicherungen in der Wohnung waren rausgeknallt. Aus dem Flur hörte sie ihre Mutter fluchen.

In der Privatklinik, in die ihre Eltern sie an diesem Tag gebracht hatten, war sie aus dem Fenster im zweiten Stock gesprungen, aber glücklich gefallen, wie sich die Ärztin ausdrückte. Unglücklicherweise kam sie deswegen auf die geschlossene Abteilung. Da waren die wirklich Verrückten. Auch nachts wurde es nie ruhig. Die vielen Medikamente nahmen den Geräuschen ihre Kanten. Und ließen sie gleichgültiger werden. Selbst das aufgedunsene Gesicht störte sie nicht. Alles nur noch ein totes Dösen.

Nun hatte ihre Mutter dieses aufgedunsene Gesicht vom Cortison, das man ihr wegen des Wassers in der Lunge verabreichte.

Mit ihren Eltern hatte sie nach ihrer Rückkehr nie wieder über das Geschehene geredet, und irgendwann war es, als hätte es diese Zeit nie gegeben. Hannah funktionierte, um keine Belastung für ihre Eltern zu sein, besonders für ihre Mutter. Hannah hatte sie zu ihrem Vater sagen hören, welch große Erleichterung es gewesen war, als sie weg war. Sie versuchte sich einzureden, wenn sie keine Aufmerksamkeit erregte, keine weiteren missglückten Selbstmordversuche unternehmen würde, dann hätte sie sich ihr Zimmer und das Recht verdient, bei ihnen zu leben. Sie lernte viel für die Schule, war nie aufmüpfig und versteckte sich hinter Büchern in fremden Geschichten. Hörte auf zu weinen. Doch im Stillen fing sie an, ihre Eltern zu hassen. Fühlte sich nie gewollt. Weil sie tief in ihrem Innersten wusste, dass sie falsch war. Und dann kam Fee.

Zwischen den vielen Nachrichten ihrer Eltern hätte sie fast die Nachricht von David übersehen. Er wollte sie sehen.

37

Wolf war seit Tagen betrunken. Schlief. Traumlos. Wachte auf. Trank. Betäubte sich. Das Mädchen war weg. Im Kleid ihrer Mutter. Sie hatte die Sachen gefunden. Der Termin war egal geworden. Raum und Zeit verloren. Er würde sich zu Tode trinken. Nachhelfen, wenn es zu lange dauern würde.

Wolf wankte durch die Küche, ein Auge fest geschlossen, er drehte sich um sich selbst und begann, zu einer lautlosen Musik zu tanzen. Unhörbarer Rhythmus. Er konnte nicht aufhören, sich um seine Achse zu drehen. Er zog die Knie hoch, die Hände, schlaff im Handgelenk, riss er wieder und wieder über den Kopf. Wie eine Heuschrecke sprang er durch die Küche, knallte gegen Tischkante, Herd und Regal. Er riss den Vogelkäfig zu Boden, mit dem alles begonnen hatte. Stieß dagegen, trat darauf. Und sprang. Das Metall kreischte unter ihm. Bei einer weiteren Drehung verlor er das Gleichgewicht. Fiel rückwärts zu Boden. Laut lachend pinkelte er sich in die Hose. Und schloss die Augen.

38

Das vertrocknete Gras kitzelte die weiche Haut ihrer Unterarme. Fern die Hochhäuser, die unter dem azurblauen Himmel weiß strahlten. Eine Amsel hüpfte neben ihr über die Wiese. Agnes konnte nicht erkennen, in welchem der Häuser Mickey lebte, aber indem sie die Stockwerke hochzählte und dann der Reihe nach über die kleinen Fenster schweifte, fühlte sie sich seltsam nah. Sie lag auf einem von der Sonne gebleichten Hügel, Mickey hatte ihn Müllberg genannt. Tonnen von Schutt, grasüberwachsen. Wie konnte daraus so etwas Schönes entstehen? Eine breite Straße trennte sie von der Betonsiedlung. Hinter ihr das aufgeregte Geschrei eines Kindergeburtstags. Ein Picknicktisch mit weißer Decke, Luftballons in Pastelltönen, erdbeerrosa, schlumpfblau und zitronengelb. Romantisch wie in einem Film. Die Sonne glühte auf ihrer Haut und auf ihren Lidern, sobald sie sich auf das gleißende Licht konzentrierte, kniff sie die Augen zusammen. Sie drehte sich auf die Seite, das Kleid schob sich hoch. Eine Ameise krabbelte auf ihrem Oberschenkel. Agnes wischte sie weg und schob das Kleid hinunter. Eine leichte Brise wehte über die Wiese.

Dicht vor ihr das rissige Leder von Mickeys Springerstiefeln. Sie blickte zu ihm auf. »Seit wann stehst du da?« Sie wartete seine Antwort nicht ab, sondern fragte weiter: »Woher wusstest du, dass ich hier bin?«

»Wusste ich nicht. Ich war auf dem Weg nach Hause. Ich habe dich hier liegen sehen. Ich wollte dich nicht stören.

Du sahst so friedlich aus.« Er schaute in den Himmel. »Regnet bestimmt bald.«

Wolken zogen sich zusammen. Die Welt um sie herum ein kleines bisschen dunkler. Mickey ließ sich neben sie ins Gras fallen. Er blinzelte zu ihr rüber. Die Knie locker angezogen, steckte er sich einen Grashalm in den Mundwinkel.

»Was denkst du?«, fragte Mickey.

»Nichts.«

Sie war bei ihm geblieben. Froh, dass weder er noch seine Mutter sie gefragt hatten, wie lange sie bleiben wollte. Aber sie wusste, dass die Frage irgendwann kommen würde. Dann würde sie gehen müssen. Ihr Vater hatte ein paarmal angerufen, aber sie war nicht ans Handy gegangen. Sie hatte ihm nur mit einer Nachricht geantwortet, dass es ihr gut gehe und dass sie bei Rico sei. Bei Rico durfte sie sein, sie hatten als Kinder immer beieinander geschlafen. Wolf kannte Ricos Mutter, er kannte auch Ricos Vater. Und er kannte sogar den bekloppten neuen Freund von Ricos Mutter, aber sie liefen sich nicht über den Weg, oder zumindest redeten sie nicht miteinander.

Ein Grollen in der Ferne. Die Geburtstagsgruppe hatte ihre Sachen zusammengepackt und lief den Berg hinunter.

Und dann klatschten die ersten Regentropfen auf ihre Haut. Und wandelten sich in einen Schauer, der über die Wiese peitschte. Das Gras legte sich flach. Die beiden sprangen auf. Sturzbachartig ging der Regen auf sie hinab, und in wenigen Sekunden waren sie vollkommen nass. Der Regen lief über ihre Gesichter, sie sahen sich erstaunt an. Das durchnässte Kleid klebte an Agnes' Körper. Die Angespanntheit verließ sie, und sie lachte laut, warf ihren Kopf in den Nacken und sperrte den Mund weit auf. Regentropfen kitzelten ihren Rachen. Sie bückte sich und zog ihre

Schuhe aus. Matschiges Gras unter den nackten Sohlen. Mickey beobachtete sie. Dann griff er ihre Hand und zog Agnes hinter sich her. Sie ließ sich mitziehen. Der Regen prasselte auf ihre Köpfe. Über die leere Straße. Kein Auto weit und breit. Die Füße auf schwimmendem Asphalt. Das Wasser spritzte ihre Beine herauf. In der Unterführung blieben sie stehen, schnappten nach Luft, sie drängten aneinander, und sie küssten sich.

Im Fahrstuhl blickte sie scheu zu Boden. Zu ihren Füßen bildeten sich Pfützen. Mickey schloss die Tür auf. In seinem Zimmer ließen sie die nassen Klamotten auf den Boden fallen. Sie wartete, bis Mickey sich umgedreht hatte, zog schnell die nasse Unterhose aus und krabbelte unter die Bettdecke. Mickey über ihr. Nackt.

»Bist du sicher?«, flüsterte er.

Sie nickte.

Draußen Donnern. Blitze erhellten das Zimmer. Mickeys Augen geschlossen. Seine Hand auf ihrem Ohr. Meeresrauschen, wie bei einer Muschel. Bauch auf Bauch, sein Gewicht nahm ihr die Luft zum Atmen. Eins werden. Rico blitzte vor ihren Augen auf. Sie wollte ihn nicht verraten. Aber sie ließ ihn gehen. Wollte alleine sein mit Mickey, denn sie spürte etwas, das sie vorher nicht gespürt hatte. Sie fühlte sich nicht mehr allein.

Später saßen sie nebeneinander auf dem Bett. Ihre Beine auf seinen. Das benutzte Kondom, zugeknotet, lugte aus dem Stoffhaufen neben dem Bett hervor, zart und durchscheinend wie eine Qualle im Aquarium.

Mickey bückte sich nach seiner Hose, kramte in der Hosentasche nach einem Kaugummi.

»Was ist dein Plan?« fragte er.

»Was meinst du? Kriege ich auch einen?« Sie zeigte auf seinen Mund. »Meinst du, wann ich gehe?«

»War der letzte.« Er zuckte mit den Schultern. »Du kannst hierbleiben, so lange du möchtest. Das ist okay für meine Mutter.«

Sie rutschte von der Wand, lag flach auf dem Rücken, stupste mit dem Fuß vorwurfsvoll in seine Seite.

»Hast du sie gefragt?«

»Nein, aber ich kenne sie.«

»Ich habe keinen Plan.«

»Was willst du machen in deinem Leben?«

»Ich bin suspendiert worden«, sie lachte. Stolz.

»Und wann darfst du wieder zur Schule?«

»Ich weiß es nicht.«

»Warum?«

»Weil ich hier bin.«

»Das ist kein Grund.«

»Können wir nicht über etwas anderes reden?«

»Weiß dein Vater davon?«

»Er hat in meinem Zimmer geschnüffelt.«

Die reparierte Schranktür fiel ihr ein.

»Und? Kannst du wiederholen?«

»Weiß nicht.«

»Weiß nicht?«

»Nerv mich nicht.«

Mickey hatte sich aufgesetzt. Sein Gesichtsausdruck hatte sich verfinstert. Das gefiel ihr nicht.

»Sind schon Sommerferien?«

»Weiß nicht.«

»Was weißt du eigentlich?«, fragte er schroff.

»Ich muss nicht hier sein, wenn du mich für so bescheuert hältst.«

Aber sie blieb. Schweigend. Später lagen sie nebeneinander. Ihre Hand in seiner, obwohl Agnes nicht wusste, wie sie da hingeraten war. Es fühlte sich gut an. Und irgendwie fühlte es sich sogar so an, als hätte ihre Hand schon immer in seiner gelegen. Vorsichtig drehte sie sich auf die Seite. Die Decke, die sie sich teilten, zog sich hoch. Ihr Hintern lag frei. Das war okay. Sie lag auf ihrem Arm, unbequem, aber sie konnte nicht loslassen. Er lag auf dem Rücken. Er hatte ein schönes Profil, das war ihr vorher nicht aufgefallen. Seine Lippen waren voll und geschwungen. Gerne hätte sie sein Gesicht berührt. Dunkle Bartstoppeln. Ihr Arm schlief ein. Sie versuchte, ihre Position zu verändern, ohne seine Hand loszulassen, es gelang ihr nicht. Sie gab sich geschlagen. Vorsichtig zog sie ihre Hand aus seiner hervor. Er bewegte sich nicht. Atmete gleichmäßig weiter. War eingeschlafen.

Agnes stand auf, zog sich ein T-Shirt von Mickey über, das ordentlich über dem Stuhl vor seinem Schreibtisch hing. Auf dem Tisch sah sie den Reisepass ihrer Mutter liegen. Sie drehte sich zu Mickey um. Wie war der dort hingelangt? Ihre Tüte lag zusammengeknautscht auf dem Boden. Sie steckte den Pass wieder hinein. Vielleicht war er rausgefallen, dachte sie. Dann bückte sie sich nach dem Kleid und ihrer Unterhose, noch immer nass vom Regen, und schlich zur Tür hinaus.

Der Flur lag im Dunkeln. Sie warf einen Blick auf die geschlossene Schlafzimmertür. Dahinter Mickeys Mutter. Traurig. Alleine auf der einen Seite des großen Ehebetts.

Sie ging ins Bad. Versuchte, keine Geräusche zu machen. Unsichtbar zu sein. Sie wollte bleiben. Sie steckte den Stöpsel in den Abfluss, ließ warmes Wasser einlaufen. Aus dem Plastikspender pumpte sie ein paar Spritzer Seife ins Becken. Drückte das Kleid und ihre Unterhose hinein und wusch sie sauber.

39

An jedem Tag, an dem Hannah eine Nachricht von ihrer Mutter bekam, wusste sie, dass sie noch am Leben war. Und sie bekam jeden Tag eine Nachricht.

Hannah aber antwortete schon lange nicht mehr darauf. Sie wartete auf ihren Tod. Ihre Mutter würde auch ohne sie sterben. Gestorben wurde alleine.

Sie saß in der Badewanne, die Beine umschlungen, das heiße Wasser prasselte auf ihren Rücken. Sie fühlte sich zu schwach zum Stehen.

Hannah bereute, die Verabredung mit David zugesagt zu haben. Sie hatte stundenlang darüber gegrübelt und dann doch die falsche Entscheidung getroffen, das war ihr jetzt klar. Sie hatte sich im Alleinsein eingerichtet. Sie war immer alleine gewesen, sie hatte es nur nicht bemerkt mit der geschwätzigen Fee im Hintergrund, die sie die letzten Jahre begleitet hatte. Aus Angst, sich einsam zu fühlen.

Sie griff nach dem Shampoo auf dem Badewannenrand, quetschte vergeblich das harte Plastik. Schüttelte, versuchte, die letzten Reste rauszudrücken. Erst seifte sie die Haare ein, mit den schäumenden Händen wusch sie den Körper ab. Auch das Duschgel leer. Ihre Mutter hatte viel Wert darauf gelegt, dass sie gepflegt aussah. Der Körper gewaschen, das Haar gebürstet, denn es war wichtig, was andere von einem dachten. Die anderen, die Wichtigen. Sie griff zum Rasierer, entschied sich dagegen. Gegen die Regeln. Die paar Haare an den Beinen und das feine Haar unter den Achseln. Der kräftige Wuchs auf ihrer Scham gefiel ihr.

Das Läuten an der Tür durchbrach die Stille. Sie zuckte zusammen, obwohl sie darauf gewartet hatte. So lange war die Klingel ausgestellt. Das feuchte Haar zeichnete einen dunklen Abdruck auf dem weißen Spitzenkleid, das sie in einem der Pakete gefunden hatte, es reichte bis zu den Waden. Sie trug keine Unterwäsche. Er würde sie besuchen kommen, und sie würden ficken.

Sie drückte die Zigarette aus. Lief barfuß in den Flur.

Die Gegensprechanlage knackte.

»David.« Er betonte die hintere Silbe, wie die Franzosen. Es fiel ihr schwer zu beurteilen, wie sie das fand. Sie entschied sich für süß, weil es das Treffen einfacher machen würde.

Hannah hatte Angst oder war aufgeregt. Die Gefühle ähnelten sich. Sie lauschte dem trägen Motor des Fahrstuhls. Dann schwere Schritte im Treppenhaus. Durch den Spion sah sie ihn näher kommen. Noch bevor er die Hand auf die Klingel gesetzt hatte, riss sie die Tür auf.

Eine weiße Plastiktüte in der Hand, um den Hals einen Seidenschal gewickelt. Dazu trug er einen knielangen grauen Mantel. Gerade geschnitten, entweder secondhand oder Designerteil.

Hannah suchte in seinem Gesicht nach einer Regung. Ein verhaltenes Lächeln in seinem Gesicht. Sie griff nach seinem Ärmel und zog ihn in die Wohnung. Hinter ihm blickte sie rasch den Flur hinunter. Niemand da.

David lachte. »Was für eine Begrüßung.«

Hannah strich sich eine lange Strähne aus dem Gesicht und lächelte ihn tapfer an. Jetzt fürchtete sie sich nicht mehr, denn bei geschlossener Tür konnte ihr nichts passieren. Sie sah ihn an. Sein Gesicht freundlich. Aber kannte sie ihn denn?

Sie hörte sich sagen: »Möchtest du was trinken? Wein?«

Sie schwitzte. Angstschweiß. Wollte ihn nicht dahaben. Durfte ihn aber nicht gleich wieder rausschmeißen. Das war unhöflich, so etwas tat man nicht, hörte sie die Stimme ihrer Mutter.

»Ich trinke nicht.«

»Das hatte ich vergessen. Dann Wasser?«

Er nickte. Sie deutete auf die Tüte, auch verdächtig, passte nicht zu seinem Erscheinungsbild.

»Was ist in der Tüte?«

»Neugierig?«

»Nein.«

Das hätte sie nicht zugegeben. Niemals. Hannah holte ein Glas aus dem Regal, goss Leitungswasser ein. Hielt es ihm stumm vor die Brust. Sie hatte abgewaschen, sauber gemacht. Ordnung geschaffen, aus Angst, das Leben um sie herum könnte sonst zusammenfallen. Sich selber nahm sie ein Weinglas. Öffnete die Weinflasche. Rosé. Verstaubtes helles Glas.

Hinter sich hörte sie Davids Stimme, zuckte zusammen. Sie war schreckhaft geworden. Die Nerven angegriffen. Zu viel Einsamkeit. Ungewissheit.

»Warum hast du die Laken vor den Fenstern?«

Damit das blanke Licht nicht blendete. Um mich nicht ausgeliefert zu fühlen. Aber das sagte sie ihm nicht.

Stattdessen antwortete sie: »Ich habe sie gewaschen. So trocknen sie besser.«

Wie zum Beweis streifte sie das Laken glatt. Wenn, dann musste man das durchziehen. Eine unangenehme Stille folgte. Sah er sie misstrauisch an? Oder war sie es, die misstrauisch schaute?

Er nahm zwei Sushi-Boxen aus der Tüte. Er hatte es mit einer Nachricht angekündigt, gefragt, ob sie Sushi mochte. Das hatte sie vergessen. Was hatte sie noch alles vergessen?

Dann trat er auf sie zu. Sie zwang sich, stehen zu bleiben. Er küsste sie. Damit hatte sie gerechnet. Dafür war er gekommen. Das war die unausgesprochene Abmachung dieser Verabredung. Sein Mund schmeckte nach Rauch, die Lippen salzig. Es war nicht unangenehm. Aber sie spürte nichts. Mechanisch machte sie mit. Ihre Zungen umkreisten sich. Sie hatte tausendfach geküsst. Das konnte sie. Wann hatten sich die anderen Gefühle von ihr getrennt, sie mit der Angst allein gelassen? Diesem Gefühl, das so mächtig war, dass es keine anderen neben sich stehen ließ. Sie löste sich von ihm. Griff nach dem bauchigen Glas und trank den viel zu süßen Wein. Übrig geblieben, weil ihn keiner mochte. Ausgestoßen. Mutig öffnete sie das Fenster, das Laken flatterte zu Boden. Straßenlärm drang in die Küche. Draußen wurde drinnen. Sie kniff die Augen zusammen, das Sonnenlicht blendete.

Sie starrte in den Himmel. Wolkenschwaden zogen wie Zuckerwatte am Horizont entlang. Der Wein süß wie fädige rosa Zuckerwatte im Mund. Ihre Hände klebten am Holzstiel fest. Ihr Vater stand mit ihrer Mutter Hand in Hand. Die beiden eine Einheit. Sie dahinter allein. Massen von Menschen drängten und schubsten, zogen sie weiter und weiter fort. Gekreische, Gebimmel und das Rattern der Fahrgeschäfte schluckten ihre Proteste, schrien um Aufmerksamkeit. Bis sie die Hände ihrer Eltern nicht mehr sah. Und die Menge sich teilte und Hannah neben einem Karussell stand. Die Zuckerwatte auf der Erde. Vom Staub ergraut. Erst sehr viel später das Rufen ihrer Mutter, keine Freude, sie dürfe nicht fortlaufen, was, wenn böse Männer sie mitnehmen würden. Neue Ängste. Und das darauffolgende Gefühl der Einsamkeit, das sie nie mehr loslassen sollte. Sie war nicht verloren gegangen, nicht an diesem Nachmittag, sondern schon lange zuvor.

Sie drehte sich um, nahm Davids Hand und schob sie unter den Rock, bis er ihre Scham berührte. Drängte ihren nackten Po an seinen Schoß. Spürte seine Erektion. Wollte Schmerzen spüren, nicht mehr dieses Gefühl der Einsamkeit. Wollte bestraft werden. Lachte im Geiste. Böse Männer, die ihr was antaten. Sie blickte in die spiegelnden Scheiben des gegenüberliegenden Hauses. Siehst du mich? Hinter sich hörte sie David an seiner Hose nesteln. Hannah blickte hinab, sah den Stoff zwischen seinen Knöcheln. Wie der unerlaubte Blick unter die Kabinenwand. Sanft küsste er ihren Nacken. Zu sanft. Sie wollte etwas spüren. Die Schuld, ihre Hand nicht zu halten. Wer hatte ihre Hand gehalten?

Sie tastete nach ihm. Führte ihn, dirigierte ihn. Hatte ihn, wo sie ihn wollte. Sie hielt die Luft an. Reckte sich ihm entgegen. Und er nahm es als Zustimmung. Stieß zu. Eine Explosion aus Schmerzen. Ihr Körper war noch nicht bereit gewesen. Sie stöhnte. Ihre Mutter flüchtete aus den Gedanken. Das wollte sie nicht sehen. Hannah hatte es geschafft.

Ihre Hände verkrampften sich um die Tischplatte. Sie spürte Davids festen Griff an den Hüften. Sie gab sich hin. Löste sich auf. Löschte aus.

Sie drückte ihn aus sich raus. Hatte bekommen, was sie verdiente. Griff nach dem Weinglas. Und trank es in einem Zug leer.

Unsicher sah David sie an. »War das okay für dich?«

Sie nickte, lehnte den Kopf an seine Schulter. Wollte sich fallen lassen. Aber war er stark genug, sie zu halten? Der Mund ausgetrocknet, ein weiteres Glas Wein.

Das Holz der Stäbchen brach krachend. Schweigend aßen sie aus den Plastikschalen. Dumpfes Schaben. Sie wusste nicht, was sie sagen sollte, und vermied es, ihn anzusehen, obwohl sie seine Blicke spürte. Das feuchte Haar im Nacken ließ sie zittern. Sie strich sich über die Arme.

»Ist dir kalt?«

»Mir ist immer kalt.«

»Draußen ist es wärmer. Du solltest alle Fenster aufreißen.«

Sie reagierte nicht.

»Was denkst du?«, fragte David leise.

»Nichts.«

Er sah sie an.

»Bist du zum Vögeln gekommen?«, fragte sie.

Er sah geschockt aus. Das hatte sie nicht erwartet. Vielleicht ein Konter erhofft. Alles, nur nicht die Bestürzung in seinem Gesicht.

»Ich habe gerade das Gefühl, du willst mich nicht hier haben. Soll ich gehen?«

Hannah schüttelte den Kopf.

»Nein, sorry.«

Wieder Schweigen.

Eine Nachricht ploppte lautlos auf dem Handy auf. Sie hätte es wieder weglegen sollen, dachte sie später. Sie war auf die Nachricht nicht vorbereitet.

»Deine Mutter ist heute Nacht aus dem Bett gefallen. Sie wollte aufstehen, doch sie ist erblindet. Wir können dich nicht erreichen. Wann kommst du, Hannah??! Melde dich.«

Hastig drehte sie das Handy um. Sie fühlte sich beschissen, das Herz schlug hart gegen ihre Brust.

»Alles okay?«

»Wie bitte?«

Ihr Mund trocken. Sie griff nach der Weinflasche und goss sich den letzten Rest ein, den sie in einem Zug leerte. Ihre Hände zitterten.

»Hast du eine schlechte Nachricht bekommen?«

»Nein, nein. Alles in Ordnung.« Er war ein Fremder. Was ging es ihn an? »Entschuldige, ich muss kurz auf die Toilette.«

Im Bad setzte sie sich aufs Klo und saß unnötig lange auf dem Brillenrand. Das Heulen aus dem Lüftungsschacht, das fensterlose Bad, abgeschieden wie im Keller. Sie las die Nachricht wieder und wieder. Dann griff sie nach dem Klopapier hinter sich. Hielt die leere graue Kartonrolle in der Hand. Sie stand auf. Spülte und beobachtete, wie das Abwasser in einem Strudel versank. Ein Tropfen lief an ihrem Oberschenkel hinab. Sie trat vor den Spiegel, gefleckt mit kleinen Zahnpastaspritzern. Sie sah ihre Mutter vor sich. Früher. Ihre schöne Mutter, die nicht mehr schön war, das Gesicht von den Medikamenten aufgeschwemmt. Dicke Backen, von Falten zerfurcht, und diese blasse Glatze mit ein paar übrig gebliebenen Haaren. Sie ließ das kalte Wasser laufen, wusch sich mit den Händen den Hintern. Spritzte immer neues kaltes Wasser nach, das Sperma, das langsam und glitschig aus ihr hinauslief, hatte einen Film gebildet und war nur schwer zu entfernen. Sie konnte ihre Mutter nicht besuchen. Wollte nicht sehen, wie sie mit lautem Sauerstoffgerät aufrecht im Bett saß und langsam vor sich hin rottete. Über allem der chemische Gestank nach Medikamenten.

In der Küche stand David mit der Jacke in der Hand.

»Willst du abhauen?«

»Ja, ich hab das Gefühl, dass du alleine sein willst. Ich komme gerne ein anderes Mal wieder. Ich bin nicht nur zum Vögeln gekommen, ich möchte, dass du das weißt. Ich will dich kennenlernen.«

»Was heißt denn kennenlernen? Das sind doch deine

Regeln, die du bestimmst. Wer sagt denn, was wann gemacht werden soll? Vielleicht wollte ich, dass du zum Vögeln kommst.« Der Wein hatte ihre Zunge gelockert, dachte sie schockiert, konnte sich aber nicht bremsen.

Er schüttelte den Kopf.

»Ich kapier dich nicht. Mir ist das auch too much.«

»Was ist dir too much?«

»Dieses Drama.«

»Bin ich dir zu dramatisch?«

»Ja. Du ziehst hier irgendeine Show ab. Ich nehm dir das nicht ab.«

»Vielleicht bist du bei der falschen Frau gelandet. So bin ich. Genau so bin ich.«

»Okay, verstehe.«

David griff nach der Zigarettenschachtel und ging zur Tür hinaus. Hannah folgte ihm mit ihrem Blick. Sie wollte was sagen. Wollte es richtig machen. Wollte zurücknehmen, was sie falsch gemacht hatte. Wollte richtig sein. Sich entschuldigen. Ihn aufhalten. Aber aus ihrem Mund kam kein Ton.

Sie hörte die Wohnungstür ins Schloss fallen. Und sank auf die Knie. Sie wollte sterben. Weg aus diesem Leben. Ihr Handy begann zu vibrieren. Das Bild ihrer Mutter auf dem Display, so, wie sie früher ausgesehen hatte. Aus einer anderen Zeit. Einem anderen Leben.

Sie stand auf. Griff nach der Jacke und ihrem Schlüssel. Der Fahrstuhl war weg. Sie rannte ins Treppenhaus. Die Stufen hinab. Nahm mehrere auf einmal. Warum hatte sie keine Schuhe angezogen?

Als sie aus der Haustür stürmte, sah sie sich um. Aber David war verschwunden. Der raue Straßenbelag war von der Sonne erwärmt.

Dann sah sie ihn. Den Mann aus der Bar. Der Mann, der

die Krähe von ihren Qualen befreit hatte. Er schwankte leicht. Vielleicht konnte er sie retten. Vielleicht konnte er Bedeutung in ihr Leben bringen. Wo nichts mehr eine Bedeutung hatte. Sie folgte ihm.

Er betrat die Kneipe, und sie schlich hinterher. Hannah stand im dunklen Türrahmen, geräuschlos. Unsichtbar. Er hatte sich an die Bar gesetzt. Die Frau, die sie erniedrigt hatte, im selben Trägerkleid wie beim letzten Mal. Leere Barhocker zwischen ihm und dieser Frau. Auch sie drehte sich nicht zu Hannah um, zu sehr damit beschäftigt, ihn zu fixieren. Die Frau stand auf, wankte. Es fühlte sich aufregend an, die beiden zu beobachten, ohne von ihnen bemerkt zu werden. Bis sie den Typen mit dem Schnauzer entdeckte, am anderen Ende des Tresens. Sie war nicht unsichtbar. Also winkte sie ihm schüchtern. Kam sich bescheuert vor, noch während sie es tat. Der Typ glotzte aus blutunterlaufenden Augen, während Hannah mit nackten Füßen zu einem der leeren Tische in der Ecke schlich.

Sie wandte sich wieder dem Mann zu, er hatte sich eine Zigarette angezündet. Müde hing sie zwischen seinen Fingern, doch sie fiel ihm nicht aus der Hand. Traurige Augen, einsam. Aus dem Leben gerissen wie sie. Er starrte auf den Bildschirm hinter dem Tresen. Der Fernseher war ihr beim letzten Mal nicht aufgefallen. Das grüne Flimmern des Fußballspiels. Abwechselnd zog er an der Zigarette und trank einen Schluck von seinem Bier.

Die dicke Bedienung stand vor ihr.

»Keine Fotos diesmal?«

Hannah schüttelte den Kopf. Froh, dass der Tisch die nackten Füße verbarg. Der alte Teppich kratzte.

»Was kann ich bringen?«

In der Jackentasche kramte sie nach Geld, fand ein paar Münzen.

»Ein kleines Bier, bitte.«

Es war bescheuert, hier zu sein. Das alles machte keinen Sinn. Das Bier war zu bitter nach dem Wein. Sie bekam es kaum runter. Ihr Blick war verrückt. Betrunken. Sie musste langsam schlucken, um nicht zu kotzen. Aber sie konnte nicht anders. Sie saß da und wartete. Worauf, wusste sie nicht genau.

40

Wolf verließ die Bar. Lange Schatten, die über die Häuserwände krochen. Er bemerkte nicht, dass ihm jemand folgte.

Nach mehreren Versuchen gelang es ihm, den Schlüssel ins Schloss zu stecken. Im Flur schmiss er seine Jacke auf den Boden. Erst da fiel ihm auf, dass er nicht alleine war.

Das junge Ding stand in seinem Flur. Was machte sie hier? Es musste einen Grund geben, aber sein Kopf war vom Alkohol vernebelt. Er konnte keinen klaren Gedanken fassen.

»Hier riecht es«, hörte er sie sagen. Oder hatte er sich das nur eingebildet? Es war schwer auseinanderzuhalten. Was war Wirklichkeit?

Er ließ sich rücklings aufs Bett fallen. Schloss die Augen. Als er sie öffnete, war sie immer noch da. Er blinzelte ein paarmal. Nichts änderte sich an dem Bild. Sie stand im Türrahmen. Im langen weißen Kleid, wie eine Braut. Träumte er?

»Bist du allein?«

Er hatte keine Kraft zu antworten, also nickte er.

»Wann kommt sie?«

Er verstand nicht.

»Deine Tochter?«

»Sie ist nicht meine Tochter«, sagte er mit schwerer Zunge.

»Wer ist sie dann?«

Er versuchte sich aufzusetzen, und nach ein paar erfolglosen Versuchen gelang es ihm. Unter dem Kopfkissen zog er die Schnapsflasche hervor. Trank.

Sie bewegte sich zum Fenster. Als würde sie hier wohnen. Dann riss sie die schwere Wolldecke zu Boden. Sie posierte auf der Fensterbank.

»Fickst du mich?«

Wolf wusste nicht, ob er sie richtig verstand. Worte mischten sich mit Lärm von der Straße. Sie sah so unschuldig aus. Da sagte sie es wieder. »Fickst du mich?«

Sie schwebte auf ihn zu.

»Wie alt bist du?«, brachte er kraftlos hervor.

»Alt genug, dich nicht in Schwierigkeiten zu bringen.«

41

Agnes stand in Mickeys kleiner Küche. Sie trank die zweite Tasse Kaffee. Maria, Mickeys Mutter, kochte jeden Morgen eine ganze Kanne. Agnes hatte es sich angewöhnt, auf das Geräusch der Wohnungstür zu achten und erst aufzustehen, wenn Mickey und seine Mutter das Haus verlassen hatten. Mickey ging als Erster. Auch diesen Morgen hatte sie gelauscht, bis die Tür das zweite Mal zufiel. Doch heute musste sie sich getäuscht haben. Als sie die Tasse in der Spüle abwaschen wollte, stand Maria neben ihr.

»Hast du mich erschreckt.«

Sie mochte Mickeys Mutter. Trotzdem hatte sie noch immer Angst, zu viel zu sein. Und gehen zu müssen. Deswegen vermied sie es, im selben Raum mit ihr zu sein.

Maria arbeitete bei den Wasserwerken als Assistentin. Agnes fand Maria eigentlich zu alt, um Assistentin genannt zu werden.

»Hier, das hatte ich vergessen, dir zu geben.«

Maria trug ihre Jacke, bereit, das Haus zu verlassen. Vielleicht war sie aber auch zurückgekehrt. Sie streckte ihr einen Notizzettel hin. Agnes nahm ihn zögerlich entgegen. Ein Straßenname.

»Was ist das?«, fragte sie.

»Die Adresse deiner Großmutter.«

Ungläubig starrte Agnes Maria an.

»Du bist nach ihr benannt worden. Die Adresse deiner Mutter konnte ich leider nicht finden, vielleicht hat sie geheiratet, oder der Wasseranschluss ist nicht auf ihren

Namen gemeldet. Ich muss zur Arbeit. Wir sehen uns später.«

Ehe sie etwas erwidern konnte, war Maria gegangen.

Agnes setzte sich auf den Küchenstuhl. Fühlte sich verraten. Sie hatte niemanden nach der Adresse ihrer Oma gefragt. Sie kannte sie nicht einmal. Das war eine alte Frau, die sich bis jetzt auch nie um sie gekümmert oder sich für sie interessiert hatte. Sie war wütend auf Maria. Aber noch mehr auf Mickey, der seine Mutter nach der Adresse gefragt haben musste.

Sie rannte in Mickeys Zimmer, griff nach ihrer Tüte, schnürte wütend die Doc Martens zu und verließ die Wohnung.

In der S-Bahn saß neben ihr eine Frau mit einem Mädchen auf dem Schoß, der kleine offene Mund mit Schokolade beschmiert. Die meisten Erinnerungen an ihre Mutter waren verschwunden, Agnes hatte sie beiseitegeschoben, und nun war es schwer, sie wiederzufinden. Da war viel Groll. Die Mutter, die sie nicht haben wollte. Die ohne sie gegangen war. Kein Anruf, nicht einmal eine Verabschiedung. Was blieb, war das Gefühl, nichts wert zu sein. Es war einfacher, sie zu hassen, als sich selbst zu verachten. Die Bahn hielt, und die Mutter stieg aus, das kleine Mädchen hing an ihrer Hand wie ein Gepäckstück. Neue Leute stiegen ein. Zugluft, weil alle Fenster geöffnet waren. Doch die blendende Sonne war nicht aus dem Abteil zu vertreiben. Gut gelaunte Gesichter um sie herum. Nur ihr konnte der Sommer kein Lachen entlocken. Sie wollte nur noch nach Hause.

Die Tüte baumelte am Handgelenk und schlug ihr gegen das Bein, als sie die Wohnungstür aufschloss. Nicht abgeschlossen. Ihr Vater zu Hause.

Sie beeilte sich, in ihr Zimmer zu verschwinden, ohne von ihm gesehen zu werden. Sie war noch nie so lange ferngeblieben. Sicherlich gab es Ärger. Die Wohnung roch nach Alkohol. Alle Fenster waren geschlossen. Wärme wie in einem Brutkasten. Sie umklammerte die Tüte und lief in ihr Zimmer.

Ihr Blick wanderte durch den Raum auf der Suche nach einem Versteck. Überrascht sah sie, dass die Kleiderschranktür weit geöffnet war. Hatte ihr Vater wieder in ihrem Zimmer rumgewühlt?

Vorsichtig trat sie näher. Auf dem Schrankboden stand der rote Farbeimer, so, wie sie ihn hinterlassen hatte. Ihr Vater konnte nicht wissen, was sie getan hatte. Die Farbe dick geworden, der Pinsel im Rot versunken. Sie verknotete die Tüte. Sie musste sie endlich wegschmeißen. Ganz hinten in der Ecke standen ein paar alte Winterstiefel, die ihr zu klein waren. Sie nahm den Reisepass ihrer Mutter und stopfte ihn in einen der Stiefel, dann zog sie das Kleid aus und stopfte es in den anderen.

Auf ihrem Schreibtisch lag ein Zettel. Geschwungene Buchstaben, kaum leserlich, auf weißem Papier: »Ich weiß, dass du es warst. Ich werde jetzt deinen Vater ficken!«

Sie riss das Blatt hoch.

Agnes rannte in den Flur, ihr Vater lag im Bett und schnarchte. Sein nackter Arsch lugte unter der Decke hervor. Ekel erfüllte sie. Und da war noch ein Gefühl. Ein bekanntes Gefühl. Wut, die sie im ganzen Körper spürte. Verräter.

42

Hannah schreckte von einem Geräusch im Flur auf. Ihre Aufmerksamkeit ging nach innen. Das Atmen wurde schwerer. Das Schlucken beinahe unmöglich. Lähmung. Panik. Ein weiteres Knacken. Ihr Hals rau. Die Zunge pelzig. Sie fasste sich an den Kopf. Sie hatte den Tag verschlafen. Und lieber wäre sie in ihren Träumen geblieben als in diesem Albtraum Realität. Schlafen.

Dieser verdammte Teenager. All ihre Vermutungen waren falsch. Nicht Fee, kein Fremder, der ihre Fotos kannte. Diese kleine Schlampe von unten, die sie angegriffen hatte. Die sie hasste und die sie jetzt noch mehr hassen musste, sobald sie den Zettel lesen würde, den sie ihr als Geschenk dagelassen hatte. Sie zog die Decke über den Kopf. Sie bekam kaum Luft und hatte Angst, dass ihr jede Sekunde die Decke weggerissen werden könnte. Das Geräusch war immer noch da. Wenn sich diese Asoziale in der Wohnung befand, dann machte sie sich in einem anderen Zimmer zu schaffen. Oder bereitete sich darauf vor, zu ihr zu kommen. Vielleicht stand sie schon vor ihrer Zimmertür. Ein Klappern, dann Stille. Hannahs Herz raste.

Sie musste aufstehen, nachsehen. Sie schwang die nackten Beine aus dem Bett.

Wie konnte sie nur so dumm sein, diesen bescheuerten Zettel dazulassen. Sie hatte nicht nachgedacht. Jetzt hatte sie Angst vor diesem scheiß Teenager. Dass sie sich rächen würde. Sie hatte einen Fehler begangen.

Sie zwang sich, schielte durch den Spalt in den Flur. Ihre

Augen brauchten einen Moment, um sich an die Dunkelheit zu gewöhnen. Es klapperte erneut. Es ist nur Fees Tür, dachte sie erleichtert. Hatte sie vergessen, das Fenster zu schließen? Sie schlüpfte in den Flur. Große Schatten an den Wänden. Sie brauchte keine Angst zu haben. Es gab keinen Grund dazu. Das Fenster schließen, danach zurück ins Bett. Sie umfasste die Klinke. Ihr Brustkorb bebte. Keine Angst haben, bitte keine Angst haben. Vorsichtig drückte sie die Tür auf. Etwas war in diesem Zimmer. Jemand. Sie bekam kaum Luft. Aber das machte keinen Sinn. Sie hörte ein Wimmern. Es wurde zum Gurren. Und erschrak, als sie eine Bewegung im Zimmer wahrnahm. Sie erkannte die Umrisse einer Taube, die nickend auf dem Lattenrost saß.

»Verschwinde, du dreckiges, fettes Viech«, schrie sie. »Hau ab.«

Sie knallte die Tür wieder zu und warf sich dagegen. Ihr Herz hämmerte. Angst, du kriegst mich nicht.

Hunger weckte sie. Tropfen prasselten gegen die Scheibe. Nur der Regen und sie. Mühsam stand sie auf. Hatte kaum Energie. Vor Fees Tür blieb sie stehen, gab dem Problem noch etwas Zeit. Sie würde sich später darum kümmern. Später. Sie schleppte sich weiter in die Küche. Die Müdigkeit schien sie nicht mehr verlassen zu wollen. Der Kühlschrank leer, auch in dem kleinen Eisfach war nichts mehr drin. Die letzte Packung Spinat hatte sie am Vortag gegessen. Ohne Beilagen. Einfach so. Sie öffnete die Küchenschränke und nahm eine Packung Special K raus. Ein Überbleibsel von Fee. Sie griff in die Packung und aß die Cornflakes, die den Geschmack der Pappschachtel angenommen hatten. Zu alt, um beim Kauen zu krachen, sie weichten in ihrem Mund auf und bildeten einen dicklichen Brei, es war, wie auf Papier zu kauen. Sie schluckte tapfer weiter.

Der Gedanke, das Haus verlassen zu müssen, lähmte sie. Sie wollte dem Mädchen nicht begegnen. Wie konnte sie nur so dumm sein?

Erst hatte sie nicht gewusst, dass sie sich in ihrer Wohnung befand. Doch dann hatte sie die Passfotos an der Wand entdeckt. Vier Stück untereinander, Vater und Tochter. Verschmitzt guckten sie in die Kamera. Hannah war in das Zimmer geschlichen und erkannte die Farbflecken auf dem Teppich. Alles machte plötzlich Sinn.

Sie wollte von ihm gefickt werden. Er sah so kaputt aus. Sie hatte gedacht, sie sei genauso kaputt. Niemals würde es wieder in Ordnung kommen. Wollte Trost finden in seiner Kaputtheit. Die doch eigentlich ihre war.

Aber er war eingeschlafen. Mit Mühe hatte sie ihm die Hose runtergestreift, dann die Unterhose. Jetzt schämte sie sich. Ihn in den Mund genommen zu haben. Es hatte nichts bewirkt. Er hatte es nicht einmal mitbekommen. Wütend trank sie seinen Wodka. Wollte nicht das Opfer sein und wurde zur Täterin. Wurde falsch.

Hannah betrat vorsichtig Fees Zimmer. Sie näherte sich dem nackten Bettgestell. Es wirkte verletzlich. Sie sah sich nach Federn um, aber da war nichts. Sie ging zum weit geöffneten Fenster, der Himmel breitete sich wie eine graue Betondecke über ihr aus. Ein Flugzeug hing darunter wie ein Mobile. Sie schloss das Fenster, zog die Vorhänge zu. War die Taube nur eine Einbildung gewesen? Ein weiteres Grummeln in ihrem Magen, sie musste etwas Richtiges essen. Ihr war schwindelig. Und sie musste ihr Handy suchen. Sie ignorierte die Nachrichten und die verpassten Anrufe. Ging zurück in die Küche und bestellte Lebensmittel im Internet.

Als es an der Wohnungstür klingelte, war es nicht der Liefermann, sondern Luca. Rosa Lidschatten großzügig um die Augen verteilt. Die Füße steckten in Schuhen, die ihr ein paar Nummern zu groß waren. Das silberne Minikleid hing lose an ihrem geraden Kinderkörper und reichte bis zu den Knöcheln. Darunter trug sie ein ausgeleiertes Unterhemd, die kleine Schleife lugte unschuldig hervor. Einen Moment verschwand Hannahs Angst. Stattdessen zauberte ihr der Anblick ein schiefes Lächeln ins Gesicht, obwohl sie Luca noch immer nicht sonderlich ausstehen konnte.

Im Schneidersitz saß Luca neben ihr in Fees Zimmer vor dem flackernden Bildschirm. Galoppierende Pferde. Getrampel, Gekreische, Geschrei. Luca hielt sich die Hände vor die Augen.

»Die armen Pferde«, schluchzte sie und warf sich in ihre Arme. Hannah schob sie weg. Wollte die Nähe nicht. Lass das, Hannah. Die Stimme der Mutter in ihrem Kopf.

»Das sind Schauspielpferde. Das sieht schlimmer aus, als es ist.«

Luca drängte sich wieder an sie. Sie hatte sich an die Kleine gewöhnt, nicht aber an ihren Geruch. Verschwitzte Kopfhaut wie bei einem alten Mann. Hannah wurde übel. Vielleicht bildete sie sich das auch nur ein. Als Luca nach der Bürste griff, die neben der Matratze lag, sprang Hannah auf und nahm sie ihr wieder aus der Hand. Luca sah sie verständnislos an.

»Tut mir leid, aber ich mag es nicht, wenn andere meine Bürste benutzen.« Sie kam sich selber wie eine Grundschülerin vor, als sie das sagte.

»Meine Mama will mir die Haare abschneiden. Weil ich sie nie bürste. Sie sind schon ganz verfilzt.« Luca drehte sich um, hob das Haar an und zeigte ihr die dicken, filzigen Haarbüschel.

»Sind deine Läuse eigentlich weg?«

»Schon lange.«

Lucas kleine Hand lag plötzlich in ihrer. Hannah erschütterte die Zutraulichkeit. Die Hand war warm. Und klebrig. Hannah schüttelte sie ab. Was willst du kleines haariges Monster von mir, dachte sie.

»Ich will nicht, dass meine Haare abgeschnitten werden. Aber wenn Mama das entdeckt, dann nimmt sie die Schere.«

Hannah zögerte. Sie wollte den speckigen Kopf nicht anfassen. Aber sie wollte auch nicht hart sein. So hart wie ihre Mutter.

»Wir müssen sie waschen. Dann geht es leichter. Aber ich habe kein Shampoo mehr.«

»Ich hab mein eigenes Shampoo. Ich hole es.«

Luca rannte aufgeregt davon.

Im Flur lehnte sich Hannah an die Wand. Die Wand, an der sie David das erste Mal gefickt hatte. Sie schloss die Augen. Wo war ihr altes Leben geblieben? Sie hörte Lucas tapsige Schritte im Hausflur, sie wollte sie nicht berühren. Sie begann, sich schäbig zu fühlen. Hannah lief ins Ankleidezimmer, um ein frisches Handtuch zu holen. Als sie ins Badezimmer kam, stand Luca bereits nackt in der Mitte des Raums. Der Anblick von vereinzelten Schamhaaren, ein spärliches Nest, und der erste Ansatz von Brüsten ließen sie zurückschrecken. Das war zu früh, dachte sie und ekelte sich vor diesem wilden Mädchen, das aussah, als hätte man es im Wald gefunden.

»Wie alt bist du?«

»Acht.«

»Bist du dir sicher?«, fragte Hannah zweifelnd.

»Klar. Ich weiß doch, wie alt ich bin«, sagte Luca und stemmte empört die kleinen Fäuste in die Taille.

»Steig rein«, sagte sie etwas zu barsch und schämte sich sofort dafür.

Luca setzte sich in die Badewanne. Hannah drehte den Hahn auf, nahm das Shampoo und spritzte etwas davon ins Wasser. Das kleine Mädchen strahlte sie an. Spürte sie denn nicht, wie sehr Hannah sich vor ihr ekelte? Merkte sie es nicht? Oder war das Selbstschutz? Und wenn sie den Ekel anderer Menschen spürte, bildete sie sich das nur ein, oder konnte sie die Gedanken der anderen lesen?

Das Wasser prasselte auf den Schaum. Süßer Erdbeerduft. Sie wollte ihre Hände nicht ins Wasser tauchen. Anschließend müsste sie die Wanne gründlich desinfizieren. Sie wusste, das war lächerlich. Trotzdem kam sie nicht umhin, erst einmal ihre Hand abzuduschen, nachdem sie in das lauwarme Wasser gegriffen hatte.

Hannah reichte ihr das Shampoo.

»Machst du das nicht?«, fragte Luca. »Meine Mama seift mir immer die Haare ein.«

Dann muss das deine Mama machen, dachte Hannah, aber sie sagte es nicht laut. »Tauch unter. Mach die Haare nass.«

Luca gehorchte. Sie hielt sich die Nase mit den Fingern zu und ließ sich rückwärts ins Wasser gleiten.

Hannah setzte sich auf den Badewannenrand. Sie drückte viel Shampoo in die Hand, verrieb es lange in den Händen, bevor sie durch die zerzausten Haare fuhr. Sie fühlten sich störrisch an. Am Hinterkopf war ein verfilztes Nest. Wie sollte sie bloß diese harten Stellen auseinanderbekommen? Die Haare fühlten sich tot an.

Hatte ihre Mutter ihr die Haare gewaschen? Woran sie sich erinnern konnte, waren volle Badewannen mit Unmengen von Spielzeug. Geschlossene Badezimmertüren. Sie war allein. Sie konnte sich an den herrlichen Duft der tiefblauen Badelotion erinnern und dass sie wieder und wieder versucht hatte, sie zu trinken, und jedes Mal enttäuscht war, weil sie nicht so lecker schmeckte, wie sie roch. An ihre Mutter im Badezimmer konnte sie sich nicht erinnern. Nicht mal daran, wann sie das letzte Mal von ihrer Mutter berührt worden war. Ihre Mutter mochte das nicht. Auf der Couch musste immer genug Platz zwischen ihnen sein. Hannah glaubte, ihre Mutter wäre ohne Kinder glücklicher gewesen, sie schwärmte davon, wie großartig es gewesen sei, als Hannah ausgezogen war. Doch das war vor der zweiten Krebsdiagnose gewesen. Als es noch Hoffnung gab. Hannah überlegte, wann sie sich das letzte Mal umarmt hatten, aber auch das fiel ihr nicht mehr ein. Zur Begrüßung und zur Verabschiedung gaben sie sich immer einen Kuss auf die Wange, der Kuss ins Leere gehaucht. Ohne Berührung. Und passierte es doch aus Versehen, so hatte sie den Lippenstift ihrer Mutter an der Wange. Ein rötliches Orange. Ihre Mutter verachtete Frauen, die sich nicht schminkten, die nichts aus sich machten. Als die erste Chemotherapie ihre Wimpern gefressen hatte, blickte sie mit schwarz umrandeten Augen von ihrer Couch.

»Aua.«

Hannah zog ihre Hände zurück, sie hatte zu heftig an den Haaren der Kleinen gezogen. »Entschuldige.«

Vorsichtig glitt sie mit der Bürste durch Lucas Haar.

43

»Wolf. Wolf.« In der Ferne hörte er Nicole rufen. Er schwankte hin und her. Versuchte, nach der Reling zu greifen. Heftiger Seegang. Wie war er auf das Boot gelangt? Woher kam die Stimme? Mit Mühe öffnete er die verklebten Augen. Nicole dicht vor seinem Gesicht. Noch immer schaukelte er. Bis er begriff, dass es ihre Hände an seinen Schultern waren, die ihn schüttelten. Er wollte das nicht. Aber er fand nicht die Kraft, seine Arme zu heben. Irgendwann ließ sie von ihm ab.

Verschwommen sah er einen Mann im Türrahmen. Lächelte er? Kannte er ihn?

Er versuchte sich zu erinnern. Wie lange lag er hier schon? Er verstand dieses Leben nicht. Die immerwährende Flucht vor seinen Gedanken.

»Wolf«, sagte Nicole.

Er sah an ihr vorbei, der Mann im Hintergrund war verschwunden. Er versuchte sich aufzurichten. Ein Hustenkrampf löste hämmernden Kopfschmerz aus. Wolf legte sich zurück in die Kissen, zwang sich, bewegungslos zu liegen, und wartete darauf, dass der Schmerz sich verzog. Er hatte einen unbeschreiblichen Durst. Er musste was trinken.

»Herbert«, hörte er Nicole rufen.

Herbert. Kannte er Herbert? Wolf hatte Schwierigkeiten mit dem Denken.

Ein Gesicht hatte sich dicht über ihn gebeugt. Es war von roten und blauen Äderchen überzogen, sah aus wie eine Landkarte. Wolf versuchte gar nicht erst sich zu bewegen.

»Ja, mein Freund. Wir kennen uns.«

»Ich wusste nicht, an wen ich mich wenden soll.« Nicole war wieder in seinem Gesichtsfeld aufgetaucht. »Da habe ich mich an Herbert gewandt. Erinnerst du dich?«

Dunkel konnte er sich an das Gesicht erinnern, er hätte aber nicht sagen können, woher.

Sein Blick schweifte zum Fenster. Tageslicht schien durch die dreckige Scheibe.

»Agnes?«

»Sie ist gegangen.«

Nicole sprach weiter, aber seine Kopfschmerzen waren so stark, dass er nicht zuhören, nicht folgen konnte, was sie ihm sagen wollte.

Unter dem Fenster entdeckte er Jacke, Schuhe, Jeans, Unterhose und Unterhemd. Er fragte sich, ob er nackt war. Und warum. Er konnte sich an nichts erinnern. Nicht daran, wie er nach Hause gekommen war. Was er getan hatte. Er war zu einem Unbeteiligten in seinem Leben geworden. Die Gegenwart verwischte.

»Wir wollen dir helfen. Diese Krankheit wird dich töten, aber du kannst sie stoppen, wenn du bereit bist.«

Sich zu Tode saufen, was für eine wundervolle Überlegung.

»Vertrau mir.«

Er starrte in die rot geäderten Augen.

Wolf wollte seine Ruhe haben, er tastete nach der Flasche unter dem Kopfkissen, doch da war nichts. Mühsam kippte er auf die Seite und sah unter dem Bett nach. Da lag sie, leer. Der Verschluss fehlte. Panik erfasste ihn. Er brauchte etwas zu trinken.

»Steh auf«, sagte Herbert. »Wir bringen dich besser zu einem Meeting.«

An Aufstehen war nicht zu denken. Er würde liegen bleiben. Und schloss die Augen.

Wolf hatte Schwierigkeiten, geradeaus zu laufen. Links von ihm Nicole. Herbert auf der anderen Seite. Seine abgewetzten Schuhe verwischten mit dem Bürgersteig. Wie war er hierhergekommen?

Im nächsten Moment war er in einem Auto. Lag auf dem Rücksitz, die Beine verdreht im engen Fußraum. Seine Lider zuckten. Und er hatte einen trockenen, kribbelnden Mund. Weit entfernt hörte er Stimmen.

»In der Tüte ist eine Flasche Bier. Gib sie ihm.«

»Du kannst ihm doch kein Bier geben.«

»Doch, wir müssen. Ein plötzlicher Entzug kann tödlich enden. Vertrau mir. Dann versuchen wir reinzugehen.«

»Der hält kein Meeting durch.«

»Der hat schon andere Sachen durchgestanden.«

Eine Flasche Bier wackelte vor ihm hin und her. Verschwommen im Hintergrund Nicole. Er zitterte so sehr, dass er dreimal danebengriff. Die Flasche war schwer. Er schluckte, trank. Kein Hochgefühl. Dieselbe Schwermut, dieselbe Scham und das Entsetzen, weitermachen zu müssen. Der Blick klarer, das Zittern der Augenlider hatte aufgehört. Mit der Stirn lehnte er sich gegen die feuchte Scheibe. Willkommene Abkühlung.

Wolf saß auf einem klapperigen Stuhl. In der Hand ein Kaffee. Das Bier war weg.

Lautes Lachen, Stimmengewirr. Er kam zu sich. Kopfgewitter. Musste sich orientieren. Neben sich entdeckte er Herbert. Grinste ihn dämlich an. Der Raum war voll. Zu voll. Schweiß lief ihm die Stirn herunter. Ein Brennen in den Augen. Dann entdeckte er Nicole, sie saß am anderen Ende des Raums hinter einem Tisch. Neben ihr eine schöne dunkelhäutige Frau mit rot geschminkten Lippen.

Applaus ertönte. Nicole saß mit niedergeschlagenen Lidern am Tisch, dann begann sie zu sprechen.

»Mein Name ist Nicole, und ich bin Alkoholikerin. Ich bin sechs Monate nüchtern.«

Klatschen und Begeisterungsrufe wurden laut. Sie lächelte für einen kurzen Augenblick. Suchte seinen Blick.

»Es war nicht leicht, aber ich habe mich nicht mehr so schlecht gefühlt wie damals. Damals, als ich trinken musste.« Sie schwieg einen Moment. »Ich war verloren. Fühlte mich verzweifelt. Ich war so allein, und keiner hat mich verstanden. Ich spürte eine so riesige Leere in mir. Ich hätte doch eigentlich glücklich sein müssen. Ich hatte einen Mann, der gut verdient hat. Ein kleines, süßes Baby. Aber ich war so unglücklich. Ich war beim Psychiater, der mir die Tabletten verschrieben hat. Habe ihn gefragt, ob ich Alkoholiker sei, weil ich jeden Tag Wein trinke. Er hat mich gefragt, ob ich schon am Morgen anfange, und als ich verneinte, meinte er, dass ich dann auch keine Alkoholikerin sei.« Einige laute Lacher im Raum. »Aber ich wusste, dass etwas nicht mit mir stimmte. Die Flasche Wein habe ich immer früher geöffnet, nicht mehr erst am Abend, sondern bereits um vier, fünf Uhr. Ich brauchte ihn, die Welt war ungerecht. Ich glaubte, dass mein Mann mich betrügen würde. Er kam immer später nach Hause, meistens schlief ich schon. Oder er war auf Geschäftsreise. Und ich saß da mit dem schreienden Baby im Arm. Alle hatten ein Leben, nur ich hatte meins verloren. Ich weiß nicht, wie viel Wein ich an dem Tag getrunken habe, als ich die Tabletten schluckte. Mehr als sonst. Aber ich kann mich nicht erinnern. Hier in den Meetings habe ich gelernt, dass ich eine Krankheit habe. Ich bin kein schlechter Mensch«, sagte sie mit Nachdruck, wie um sich selbst davon zu überzeugen. Schön sieht sie aus, dachte Wolf. So verletzlich. Ganz weich. »Ich wollte sie nicht vergessen. Mir ging es schlecht. Ich wollte nur schlafen. Endlich mal wieder schlafen.« Nicole hatte angefangen zu weinen. Um ihn herum war es ganz still. Nur Nicoles Schnäuzen ins Taschentuch. Alle warteten darauf, wie es weiterging. »Als ich aufgewacht bin, habe ich nur ein Wimmern von ihr gehört. Sie hat leise geweint, und ihre Stimme war rau, als hätte sie viele Stunden lang laut geschrien. Sie war bis oben hin vollgeschissen. Der Strampler vollgepinkelt. Sie hat mich vorwurfsvoll angeschaut.« Nicole zog die Nase hoch. »Vielleicht habe ich mir das auch nur eingebildet. Ich weiß es nicht.« Vereinzeltes Lachen. Und Nicole lächelte. Sie sah in die Runde. »Ich weiß, dass ich keine gute Mutter bin, wenn ich trinke. Meine Tochter lebt bei ihrem Vater. Nächste Woche wird sie zwei. Ich will sie wiederhaben. Sie braucht doch ihre Mutter. Ich bin sechs Monate und neun Tage nüchtern.« Wildes Geklatsche und Rufe schallten durch den Raum. »Ich kann es schaffen. Ich will es schaffen. Ich will mein kleines Mädchen wiederhaben. Danke fürs Zuhören.«

Nicole sah verletzlicher aus. Die Augen weit aufgerissen, den Teilnehmern zugewandt. Nicht verschlossen aus Angst, der Erwiderung nicht gewachsen zu sein. Und so mutig, hier ehrlich ihre Geschichte zu erzählen, dachte er in einem Moment von Klarheit.

Niemand meldete sich zu Wort.

Wolf spürte einen Hieb in der Seite, Herbert hatte ihn gestoßen. Und ohne dass er es geplant hätte, hörte er sich sagen: »Wolf, Alkoholiker.«

Die junge Frau mit den roten Lippen lächelte ihn aufmunternd an. Es gab Dinge, die nicht leicht laut auszusprechen waren. Wolf räusperte sich. Er sah sich um. Keine bekannten Gesichter.

»Ich habe meine Tochter geschlagen. Ich war so besoffen, dass ich es nicht mal mitbekommen habe.«

Mitfühlende Blicke streiften ihn. Er spürte seine Hand unkontrolliert zittern. Schuld und Scham fluteten ihn. Er brauchte einen neuen Drink. Er brauchte seine Flasche.

»Aber ich weiß nicht, wie ich aufhören soll zu saufen. Wie soll das funktionieren? Wie soll ich weiterleben?«

Er stand auf. Der Stuhl fiel krachend nach hinten. Alle starrten ihn an. Hätte er doch bloß den Mund gehalten. Während er aus dem Raum flüchtete, hörte er sie hinter sich rufen: »Komm wieder.«

44

Sie saßen in Marias altem Nissan. Mickey fuhr. Agnes betrachtete sich in dem kleinen Spiegel der Sonnenschutzklappe. Trotziger Blick, die Lippe vorgeschoben. Stau auf der Auffahrt zur Stadtautobahn. Kleine Gewitterfliegen klebten an dem gelben Aufkleber an der Windschutzscheibe. Die heißen, stinkigen Abgase der Lastwagen zogen in die geöffneten Fenster. Anfahren, Abbremsen. Die Luft spannungsgeladen. Hupen. Ungeduldiges Klopfen auf Lenkräder. Es war früher Nachmittag, der Feierabendverkehr setzte ein. Leitplanken teilten die Sicht in oben und unten. Das Kraftwerk am Siemensdamm zeichnete sich scharf vor der Sonne ab. Ihr Weg führte in den Süden der Stadt. Es war verdammt heiß. Eine Gereiztheit hatte die Stadt überkommen. Und sie war hörbar. Wie ein Störgeräusch waberte sie über ihnen.

Agnes spielte am Radio. Rauschen, knisternde Stimmen. Dann ein tausendfach gespielter Song, dessen Titel sie nicht wusste. Doch die Melodie würde in ihrem Kopf kleben bleiben wie Sirup an verschwitzten Fingern. Sie nestelte weiter am Radio herum. Erst als sie ein Lied hörte, das sie mochte, löste sie ihre Finger von dem kleinen schwarzen Knopf.

Sie rutschte auf dem Sitz hin und her.

»Hast du keine Klimaanlage?«

Er lachte nur.

»Können wir bei einer Tanke halten und Eis holen?«, fragte sie.

Sie wollte die Ankunft hinauszögern. Was für eine beschissene Idee. Mickey hatte versprochen, dass sie umkehren konnten, wenn sie sich anders entschied. Aber sie hatte sich nie entschieden. Mickey hatte das für sie getan. Vielleicht sogar seine Mutter, als sie die Adresse ihrer Oma heimlich herausgefunden hatte. Sie spürte ein komisches Gefühl im Bauch. Mickey hatte gesagt, es sei wichtig, seine Wurzeln zu kennen. Sie war sich da nicht so sicher.

Er nahm eine Ausfahrt. Der Blinker tickte. Sie fuhren bei einer großen Tankstelle raus. Mickey bremste direkt vor dem Eingang. Die Luft flimmerte zwischen den Tanksäulen, beißender Benzingestank breitete sich im Wageninneren aus.

Sie griff nach dem Türöffner. Eine junge Frau trat aus der Tankstelle, ihre gepiercten Brauen zogen sich über schwarz geschminkten Lidern zusammen, als sie sah, dass ihr das Auto den Weg versperrte. Ihre Blicke trafen sich. Die Frau hielt inne. Im Vorbeigehen schlug sie mit der flachen Hand auf die Kühlerhaube. Agnes, bereit, aus dem Wagen zu springen, starrte sie an. Dann streckte die Frau ihr den Mittelfinger entgegen. Ihr Herz fing an zu rasen. Ein Blinzeln, nur einen Wimpernschlag. Der Rücken der Frau. Genug geschlagen. Vorbei der Moment. Sie ließ sich zurückfallen. Schloss die Augen. Spürte das Gefühl schwinden. Sie beobachtete, wie die Frau in ein Auto stieg und verschwand. Dann stieg sie aus.

Weiche Knie. Die Schiebetüren schoben sanft zur Seite. Eisschrankkühle umgab sie. Gänsehaut.

Mickey wandte sich lachend an den Kassierer, der gelangweilt im Kapuzenpulli hinter der Kasse stand.

»Mordshitze da draußen.«

»Hier kriegt man nichts mit.«

Agnes hatte sich über die Eistruhe gebeugt.

»Was willst du?«, rief sie quer durch den Laden.
»Was mit Schoko.«
»Ist alles Schoko hier.«

Agnes und Mickey saßen im Wagen vor der Tankstelle. Die Türen weit aufgerissen, und Agnes hatte die Beine durch das geöffnete Fenster gesteckt. Beide schleckten an ihrem Eis. Aus dem Radio kam R&B. Im Hintergrund Felder, Rudow, am Rande der Hauptstadt.
»Musst keine Angst haben.«
»Wer sagt denn, dass ich Angst habe?«
Er sollte die Klappe halten. Nur wegen ihm saß sie hier, in einem Gefühl gefangen, das kaum auszuhalten war. Wahrscheinlich würde sie sich genauso fühlen, wenn sie jetzt die Tankstelle ausrauben würden. Dann könnten sie immerhin abhauen.
»Fahr lieber weiter«, sagte sie.

Wenig später standen sie in einer Siedlung vor einem sechsstöckigen Haus. Die Wohnhäuser um sie herum sahen alle gleich aus. Schlicht und trostlos. Agnes hatte den Kopf in den Nacken gelegt und blickte die Fassade hinauf. Hier wohnte ihre Großmutter. Oma. Sie versuchte sich zu erinnern, ob sie mit ihrer Mutter je ihre Oma besucht hatte. Aber sie hatte keinerlei Erinnerung. Eine fette Frau im Kittel füllte das Fenster im zweiten Stock, sie lehnte auf ihrem ausladenden Busen und glotzte sie neugierig an. Agnes starrte zurück, bis sich der Blick der Alten wieder in die Ferne richtete. Agnes drehte sich zu Mickey um, der mit dem Rücken an dem Wagen lehnte, zu klein für seine mächtige Gestalt. Ein warmer Wind zog auf. Eine Katze schlich gebückt an ihnen vorbei, ein Babykätzchen im Maul, schlüpfte sie in ein Kellerfenster.

»Geh rein«, hörte sie Mickey hinter sich.

»Leck mich.«

Ein Flimmern im Magen.

»Das schaffst du.«

Idiot, scheiß Idiot. Klar schaffe ich das. Aber ich will nicht, ich will nicht, schrie es in ihrem Kopf.

Agnes versuchte, die Unsicherheit hinter den Haarsträhnen, die ihr ins Gesicht fielen, zu verstecken. Ihr war schlecht vom Eis. Sie hatte Schiss. Die Mutter meiner Mutter. Vielleicht war sie genauso schlimm. Sie ging zu den Klingelschildern. Groß in den schweren Doc Martens, zu heiß für diesen Sommertag. Strich mit den Fingern über die Namen, las leise mit. Klingelte. Kurz darauf summte das Türschloss. Mit Druck öffnete sie die schwere Glastür. Im Treppenhaus roch es nach Kohl. Und das im Juli. Die Übelkeit nahm zu. Sie musste einen Würgreiz unterdrücken. Neben dem Eingang hing eine Tafel mit den Namen der Bewohner und den Stockwerken. Die lackierte Farbe blätterte großflächig von den Wänden. Und irgendwie war sie froh darüber. Dass es hier genauso aussah wie zu Hause.

Sie stieg in den kleinen Fahrstuhl. Ein eigenartig alter Geruch, der Mief der letzten Jahrzehnte hatte sich im Linoleum und in den Pappwänden festgesetzt. Die beiden Klapptüren musste man per Hand schließen. Der alte Aufzug holperte die Stockwerke hoch.

Sie klingelte. Es gab keinen Spion. Es dauerte eine Weile, bis sich die Tür öffnete. Eine ältere Frau stierte sie feindselig an, tiefe Falten durchzogen musterartig das Gesicht. Fremd.

»Was willst du?«, fragte die alte Frau barsch.

Agnes wollte wegrennen. Sich übergeben. Das sollte ihre Oma sein? Was war das überhaupt für ein unfreundlicher alter Drachen.

»Ich bin's. Agnes.«

Die Frau sagte nichts. Starrte sie an. Schien zu überlegen. Dann drehte sie sich um und lief in den Flur. Agnes wusste nicht, was sie tun sollte.

»Na, komm rein. Du bist doch nicht gekommen, um im Flur stehen zu bleiben. Oder bist du festgewachsen?«, pflaumte sie sie an.

Zögerlich betrat Agnes die Wohnung, kalter Rauch hing in der Luft, vermischt mit aufdringlichem, erdig-holzigem Parfüm. Sie folgte ihr in ein halb verdunkeltes Zimmer mit schwerem Teppich. Vertrocknete Pflanzen standen in den Ecken, die letzten drei Blätter eines Benjamins hingen trostlos herunter, als warteten sie auf einen Windhauch, um sich endgültig zu verabschieden. Sie bereute, gekommen zu sein, wollte verschwinden. Den Moment ungeschehen machen. Die Frau deutete auf einen Stuhl. Agnes setzte sich.

»Kaffee?«

Sie schüttelte den Kopf. Sprachlos vor Angst.

»Wasser?«

Sie nickte.

Die Frau schlurfte wieder zur Tür hinaus, wahrscheinlich in die Küche. Durch bunte Plastikstreifen an der Balkontür konnte Agnes nach draußen schauen. Die Balkons auf der gegenüberliegenden Seite waren vollgestellt mit ausgebleichten bunten Schirmen, die sich den engen Raum mit Satellitenschüsseln streitig machten. Ihre Oma setzte sich ihr gegenüber.

»Leitungswasser.«

»Ist okay.«

Vielleicht sollte sie ihren Mund halten. Nichts sagen. Die Frau zündete sich eine Zigarette an. Die Falten um ihren Mund, wie ein Kranz, der Strahlen wirft, vertieften sich, als sie an ihrer Kippe zog. Agnes nippte an dem Wasser, es schmeckte stark nach Eisen, aber es war kalt.

Die Frau zog stumm an ihrer Zigarette, bis die Asche bedrohlich lang war.

»Du bist Agnes?«

Sie nickte.

»Susann hat dich nach mir benannt. Habe ich nie verstanden. Ich konnte meinen Namen nie ausstehen«, sagte sie mit tiefer Stimme und nickte dabei. Sie schien das mehr zu sich selbst zu sagen. Dann schüttelte sie ratlos den Kopf. Schweigen.

Als warteten sie auf etwas. Agnes wusste nur nicht, auf was. Die Frau hatte sich die nächste Zigarette angezündet. Was sollte sie sagen, warum hatte sie sich nicht darauf vorbereitet? Sie saß fest. Dieser blöde Mickey, der sie da reingezogen hatte. Sie konnte nicht aufstehen und wieder gehen. War nett, Sie kennenzulernen, und tschüss.

Die Zigaretten der Alten stanken. Agnes trank den letzten Schluck, bereitete sich vor, versuchte, Mut zu fassen. Da drehte die Frau ihren Kopf zur Seite und blickte aus dem Fenster.

»Ich habe dich im Arm gehalten. Kurz nach der Geburt. Ich war im Krankenhaus dabei. Du warst ein ganz kleines Baby. Und dein Kopf war länglich verformt, weil du mit der Saugglocke rausgezogen worden bist. Hattest es dir wohl anders überlegt in letzter Sekunde. Wusstest wohl, dass es da drin sicherer für dich ist.« Sie lachte leise vor sich hin. »Was haben wir uns amüsiert, so lustig sahst du aus. Hat ein paar Tage gedauert, bis die Beule an deinem Kopf weg war.«

Agnes verspürte einen Stich, aber da war jemand, der von ihr erzählte. Eine Geschichte, die sie noch nicht kannte.

»Wie heißt er doch gleich? Hach, ich komm nicht drauf. Der Name ist mir entfallen.«

»Wolf«, flüsterte Agnes.

»Richtig, Wolf. Jaja. Wie konnte ich das nur vergessen.

Ein passender Name. Für diesen starken, stolzen Mann. War er gut zu dir in all den Jahren?«

»Ja.«

»Er hat dich mir aus den Armen gerissen. Und dann wollte er dich nicht mehr hergeben. Als die Milch von Susann nicht sofort eingeschossen ist, hat er sich von den Krankenschwestern erklären lassen, wie man dich mit dem Fläschchen füttert. Er war vernarrt in dich. Man hätte meinen können, mehr als in Susann. Dabei hätte man das nie für möglich gehalten. Besitzergreifend war er. Susann war ein gedankenloses Mädchen. Ich wollte mich nicht einmischen. Als sie dich verlassen hat, dachte ich, bei ihm würde es dir besser gehen als bei ihr. Er kümmerte sich um dich. Susann wollte feiern, sie wollte kein Kind. Und hat auch nie Muttergefühle für dich entwickelt. Sie stand vor der Tür. Dich Hosenscheißer im Schlepptau, und dann sollte ich mich um dich kümmern. Aber ich war selber froh, endlich keine Kinder mehr um mich rum zu haben, sie war gerade erst ausgezogen. Nee, nicht mit mir. Ich habe sie wieder weggeschickt. Zurück zu Wolf. Sie sollte Verantwortung für dich und ihr Leben übernehmen.«

Sie zauberte eine zerknautschte Packung Taschentücher hervor.

»Hier.«

Agnes schüttelte den Kopf. Wie konnte sie nur anfangen zu heulen. Ihre Brust schmerzte, weil sich noch viel mehr Tränen rausdrängen wollten.

Die Alte zündete sich die nächste Zigarette an und hustete den Rauch aus, bevor sie weitersprach. »Aber einen besseren Vater hätte ich mir nicht vorstellen können. Susann ist ständig weggelaufen. Sie war ja nicht älter als du. Wie alt bist du? Sechzehn, siebzehn?«

»Fünfzehn.«

»Susann war vielleicht achtzehn, als sie dich bekommen hat. Ich hab ihr gleich gesagt, ich halte mich da raus. Auf mich brauchste nicht zählen. Aber sie wollte dich unbedingt bekommen. Als Mutter war sie vollkommen überfordert. Stand oft mit Kinderwagen hier vor der Tür, da warst du noch ein kleines Ding. Niedlich. Und rotzfrech.« Die alte Frau lachte.

Agnes hörte ihr aufmerksam zu, als es im Flur zu poltern anfing. Dann Kindergeschrei. Zwei Mädchen rannten in das Wohnzimmer und schrien: »Omi, Omi.«

Agnes sah die alte Frau an und erwischte sie, wie sie die Stirn runzelte. Sie hatte aufgehört zu sprechen, stattdessen stopfte sie die Zigarette in den vollen Aschenbecher. Und breitete die Arme aus. Die Mädchen nahmen das als Zeichen, lauter zu brüllen und sich ihr in die Arme zu schmeißen. In der Tür stand eine Frau im langen Sommerkleid. Mit einem Lachen im Gesicht, das im selben Moment erstarb, als sie Agnes erblickte. Ein schönes Gesicht mit ebenmäßigen Gesichtszügen. Neben dem Auge eine verblasste tätowierte Träne. Und dieses winzige Detail riss die Erinnerung wieder auf. Der Schoß der Mutter. Immer wieder die eine Stelle streichelnd. Wie konnte sie nur all die Jahre diese Träne vergessen haben. Weil sie damals nicht wusste, dass es eine Träne war. Das Brüllen der Kinder war verstummt. Agnes wurde heiß und kalt.

»Mami, wer ist das?«

Agnes sprang auf, drängte an ihrer Mutter vorbei ins Treppenhaus, rannte die Treppen runter. Hinter ihr Schritte. Das Metall des Treppengeländers vibrierte in ihrer Hand.

»Agnes«, hörte sie die vertraute Stimme rufen. Sie war wieder da, als wäre sie nie weg gewesen, nur in die hinterste Ecke ihres Gedächtnisses verbannt.

Sie rannte weiter und spürte die Tränen ihre Wangen runterlaufen. Als sie aus der Tür nach draußen schoss, brüllte sie Mickey von Weitem zu.

»Steig ein.«

Mickey verstand und setzte sich in den Wagen. Sie knallte die Tür hinter sich zu und schrie: »Fahr.«

Er sah sie an, wollte etwas fragen. Agnes schüttelte den Kopf, die Lippen aufeinandergepresst.

»Mach den scheiß Motor an. Fahr endlich los. Mann …«

Als Mickey den Wagen wendete, sah Agnes ihre Mutter vor dem Haus stehen. Hupen.

»Fuck. Einbahnstraße.«

Reifenquietschen.

Agnes schrie. »Weg hier.«

Und endlich gelang es Mickey zu wenden. Im Innenraum roch es nach Gummi.

Erst als sie die Wohnsiedlung verlassen hatten, wagte Mickey es zu reden.

»Alles klar?«

»Halt an.«

»Hier? Jetzt?«

»Halt einfach. Ja. Jetzt. Hier.«

Mickey fuhr rechts ran. Agnes öffnete die Beifahrertür, sprang raus. Knallte die Tür zu. Tränen flossen ihr über die Wangen, sie hatte nicht die Kraft, sie wegzuwischen. Sie zitterte. Fluchte.

»Das war deine Mutter?«

»Ja, meine scheiß Mutter scheint ihr scheiß Leben wieder auf der Reihe zu haben. Und neue scheiß Kinder gemacht zu haben. Diese scheiß Schlampe. Lass mich in Ruhe.« Agnes lief in das Feld neben der Straße.

Mickey holte sie ein, er warf sich auf sie.

»Wann hast du sie denn das letzte Mal gesehen?«

»Vor zehn Jahren? Elf Jahren? Weiß nicht. Sie hat mich nicht gewollt, sie und so ein ekelhafter Typ haben mich aus der Tür geschoben.«

Bei der Erinnerung brachen noch mehr Tränen hervor, wollten die Kehle hochsteigen, sie musste husten. Mickey hielt sie. Und sie klammerte sich an ihm fest. Er trug sie zurück zum Wagen.

Zurück im Wedding. Parkende Autos und weiße Transporter in zweiter Reihe. Lautes Hupen. Aus dem tiefergelegten Auto neben ihr drang laute türkische Musik, eine männliche Stimme klagte ihr Leid. Die schwere Armbanduhr des Fahrers glitzerte in der Sonne, sein Bizeps bräunte sich durchs Autofenster.

In ihrem Kopf wütete es. Sie wollte nach Hause. Sie wollte alleine sein. Mickey war schuld. Hätte sie nur nicht auf diesen Scheißkerl gehört. Das Bild ihrer Mutter verfolgte sie. Sie sah genauso aus wie damals. Sie hatte sich immer gefragt, ob sie ihre Mutter erkennen würde, wenn sie sich begegneten.

Sie vermisste ihren Vater, wollte bei ihm sein, zu Hause. Sie war müde. Das Leben anstrengend. Scheiß Mickey, was hatte sie sich bloß gedacht? Dass sie mit ihm glücklich werden könnte?

Sie würde mit ihrem Vater reden, sich seine Entschuldigung anhören. Dann würde alles gut werden. Es musste. Sie wollte ihm von ihrer Mutter erzählen. Hatte Angst, er könnte sauer sein, weil sie in seinen Sachen gewühlt hatte. Aber dann würde es wieder werden wie früher. Als es nur sie und ihn gab. Sie beide. Sie war sein Mädchen. Wollte wieder sein Mädchen sein. Er liebte sie.

45

Hannah hielt die Fenster geschlossen. Sie wartete, aber Luca war seit ein paar Tagen nicht mehr gekommen. Sie fing an, die Kleine zu vermissen.

Als sie das Klopfen an der Tür hörte, rannte sie los.

Sie sahen sich an. Luca hielt etwas hinter dem Rücken versteckt. Hannah tat, als bemerke sie es nicht.

»Wo hast du gesteckt?«

»Bei meinem Papa.«

»Du hast einen Papa?«

»Bist du doof? Alle haben doch einen Papa.«

Jetzt kam ihr die Frage selber dumm vor.

»Darf ich reinkommen?«

»Klar.« Sie trat zur Seite, und Luca schlüpfte unter ihrem Arm hindurch. Sie sah schnell nach links und rechts ins Treppenhaus und schloss die Tür.

»Warum hast du eigentlich Angst rauszugehen?«

»Ich habe keine Angst.«

»Wann warst du denn das letzte Mal draußen?«

»Geht dich nichts an.«

»Weil du doch Angst hast.«

Hannah wollte sich nicht weiter rumstreiten.

»Wenn es dich glücklicher macht, dann hast du eben recht.« Sie lief in ihr Zimmer. War auf einmal genervt von dieser kleinen Göre. Luca war ganz dicht hinter ihr, und Hannah schob sie zurück in Richtung Tür.

»Du kannst heute nicht bleiben, ich habe zu tun.«

So leicht ließ sich Luca nicht abwimmeln.

»Was denn?«

»Ich muss arbeiten.«

»Was arbeitest du denn? Du gehst doch nie raus. Du gehst ja nicht mal zum Supermarkt.«

»Doch.«

»Gehst du nicht. Du bestellst alles. Und den Müll schmeißt du in das Zimmer da hinten. Das habe ich gesehen.«

»Was bist du doch für ein Klugscheißer.«

»Ich kann gar nicht so lange bleiben. Meine Mutter kommt gleich. Aber ich hab was für dich.« Sie zog ein unförmiges Sockentier hinter ihrem Rücken hervor. Ein Reißverschluss als Mund.

Hannah setzte sich aufs Bett. Sie musste schlucken und fühlte Tränen in ihre Augen steigen. Sie durfte nicht heulen.

»Das ist ein Angstfresser. Damit du dich traust rauszugehen.«

Sie verlor die Kontrolle. Verlor den Halt. Große Tränen liefen ihr aus den Augen, ihr Körper schüttelte sich heftig. Sie konnte kaum mehr atmen. Sie schluchzte und heulte und hörte Geräusche in ihrem Brustkorb hochsteigen, die nicht zu ihr zu gehören schienen. Sie war keine einundzwanzig, sie war wieder zehn Jahre alt. Sie konnte sich nicht mehr bewegen und hatte niemand, der ihr Trost spendete. Sie konnte ihre Mutter hören: »Hör auf, nun hör endlich auf mit deinem Geplärre.« Den Vater, der sie nicht in den Arm nehmen durfte, weil die Mutter meckerte, dass sie dann nie mit dieser Show aufhöre.

»Warum weinst du denn?«, hörte sie Luca durch das Tränenmeer rufen. »Ich dachte, du freust dich über ein Geschenk.«

Luca warf sich auf Hannahs Schoß, umarmte sie. Drängte

sich an sie. Zwei Körper. Eins werden. Hannah legte ihr vorsichtig die Hand auf den Rücken, spürte die Schulterblätter hervorstechen wie Flügel, darunter das schlagende Herz. Sie schloss die Augen. Hielt sich an dem Gefühl fest, nicht alleine zu sein. Bis es so groß geworden war wie sie selbst. Dann öffnete sie die Augen wieder. Fand Trost, wo sie ihn nicht erwartet hatte. Ihr Blick schmierig, verschwommen. Es war so dunkel hier drinnen. »Mein Papa hat mir bei der Puppe geholfen. Ich habe ihm von meiner neuen Freundin erzählt, die so traurig aussieht und so viel Angst hat. Der Reißverschluss war ganz schwer. Das hat mein Papi auch nicht hinbekommen.« Dabei zuppelte sie daran herum, öffnete ihn. Weiße Watte quoll hervor. »Du kannst da trotzdem deine Angst reinstopfen. Die hat es dann ganz weich.« Sie lachte, weil sie es lustig fand. Dann schmiegte sie ihren Kopf an Hannahs Brust und umarmte sie noch fester. »Ich hab dich lieb.«

Hannah musste zu ihrer Mutter.

46

In Susann hatte er sich auf den ersten Blick verliebt. Auch wenn das albern klang und er nie geglaubt hatte, dass das wahr sein könnte. In dem Moment, als sie sich bei Helga draußen auf die Bierbank gesetzt und ihre schmalen Füße aus den Sandalen gezogen hatte, wusste Wolf, dass sie ein Paar werden würden. Dass sie schwanger war, hatte ihn nicht gestört. Mit ihr konnte er sich vorstellen, eine Familie zu gründen. Und das Bild einer gemeinsamen Familie hatte ihm gefallen. Noch vor Agnes' Geburt war er auf ihren Wunsch hin zum Jugendamt gegangen und hatte die Vaterschaft anerkannt. Eine einzige Unterschrift machte ihn offiziell zum Vater. Aber erst als das Baby geboren wurde, wusste er, dass es seins war.

Wolf liebte das Mädchen sofort. Sie war so klein. Und wenn er sie in den Armen hielt, wusste er auch, dass er alles richtig machte. Dass es sein Job war, dieses kleine Wesen mit den dunklen Knopfaugen zu beschützen. Gleichzeitig überkam ihn eine neue Angst. Die Angst, sie zu verlieren. Agnes war nicht einfach ein anderer Mensch, ein neues Lebewesen. Wenn es wirklich so etwas wie einen Gott gab, dann spürte er dessen Kraft durch dieses zarte Geschöpf. Die meiste Zeit konnte er die Verlustangst zur Seite schieben, doch verlassen hatte sie ihn nie. Sie bestimmte fortan sein Leben.

Bei der Geburt war er dabei gewesen. Der Schmerz, die Qualen des Geburtsvorgangs und die darauffolgende Erlösung waren wahre Schönheit. Er hatte die Nabelschnur durchschnitten, und am liebsten hätte er sie nicht mehr hergegeben. Er durfte sie baden. Und nur widerwillig legte er sie Susann in den Arm. Die Hebamme und der Arzt lachten und nannten ihn einen stolzen Papa.

Er liebte Susann auch danach, aber irgendwie hatte er immer das Gefühl, Susann spürte keine echte Liebe für das Kind. Das Stillen war ihr lästig, das Herumtragen war ihr zu anstrengend. Nächtelang lief er mit ihr hin und her, wenn sie nicht aufhören wollte zu schreien. Es machte ihm nichts aus.

Am liebsten hätte Susann immer nur geschlafen. Erst später hörte er von postnataler Depression. Vielleicht hätte ihr geholfen werden können, und vielleicht hätte sich ihr gemeinsames Leben anders entwickelt. Er hätte mehr Verständnis für sie aufgebracht. Aber damals war er genervt. Nicht, dass er sich nicht gerne um Agnes kümmerte. Um sein Mädchen. Vater zu sein hatte für ihn etwas Grundlegendes geändert. Er bekam Verantwortung übertragen, und er nahm sie an. Ein fairer Deal. Es spielte keine Rolle, wie das Kind in sein Leben trat. Er war davon überzeugt, dass ihm dieses Kind geschenkt wurde, und er hatte nie aufgehört, dafür dankbar zu sein.

Vielleicht war es an der Zeit, dass Agnes zu Susann ging. Sie musste sich um sie kümmern. Das Mädchen war nicht sicher bei ihm. Er hatte sich nicht unter Kontrolle. Es war so weit. Vielleicht hätte er es schon damals machen sollen, damals, als die Geschichte mit dem Ohr passiert war. Doch da hatte Susann ihn gerade verlassen. Ihn mit dem Kind alleine gelassen. Als er von der Affäre erfuhr, stellte er sie zur Rede. Er hatte nicht erwartet, dass das Kind bei ihm bleiben sollte. Dass Susann überfordert war. Und obwohl er Angst hatte, alleinerziehender Vater zu sein, nahm er es auf sich. Denn er hatte eine Entscheidung gefällt. In dem Moment, als er sie das erste Mal gesehen und in seinen Armen gehalten hatte. Eine Entscheidung für das Mädchen. Der Entschluss war unumstößlich. Der richtige Moment für die Wahrheit war nie gekommen, und irgendwann war es zur Selbstverständlichkeit geworden, dass er der Vater war. Dass er es ihr dennoch sagen musste, machte die Sache nicht leichter. Er wollte nicht, dass Agnes sich betrogen fühlte. Ihre Mutter war abgehauen, und nun musste sie erfahren, dass sie all die Jahre mit einem Fremden zusammengelebt hatte. Was hatte er bloß getan?

Wolf ballte die Faust.

Er saß im Sessel. Wartete. Die Wohnung war aufgeräumt. Er hatte sich rasiert. Er hatte sich saubere Klamotten angezogen. Trotzdem kam er sich dreckig vor. Er hatte stundenlang geputzt. Die Bierflaschen in schwarze Säcke geschmissen. Er wollte Agnes nicht verpassen. Sie würde auftauchen, da war er sich sicher. Er spürte es, wie er sie immer gespürt hatte, als wäre sie ein Teil von ihm. Er hatte oft an sie gedacht, das Handy in die Hand genommen, und schon hatte es geklingelt, und Agnes war dran.

Er hatte den Staubsauger aus der Ecke geholt, vergeblich nach neuen Staubsaugerbeuteln gesucht, um dann den alten aufzuschneiden, auszuleeren und mit Tape zusammenzukleben. Er hatte die Fenster aufgerissen, die Scheiben geputzt und war anschließend erstaunt darüber, wie hell die Wohnung ohne den Dreck der Straße war. Als er einen Moment ausruhen wollte, sich in den Sessel setzte, die Zigarette im Mund, überkam ihn ein Verlangen, ein unbeschreiblicher Durst. Er legte die Zigarette in den Aschenbecher, stand auf und putzte weiter, solange er in Bewegung war, konnte ihn die Gier nicht überkommen. Später, als auch die letzte Staubkolonie in der hintersten Ecke beseitigt war, der Abwasch getrocknet in den Schränken verstaut, der Kühlschrank auch innen strahlend weiß geputzt, setzte er sich zurück in den Sessel. Jeden Muskel in seinem Körper spürte er, und dann döste er weg.

Sie würde Fragen haben. Fragen, die er nicht beantworten konnte.

Dass ausgerechnet Sandy ihm eines Tages in den Rücken fallen würde, hätte er nicht gedacht. Sandy war anfangs froh gewesen, dass Susann weg war. Sie war immer in ihn verknallt. Aber sie war kaputt. Da war eine große Wunde in ihr, die er nicht heilen konnte. Nachdem die Sache mit dem Ohr passiert war, hatten es die beiden auch ernsthaft miteinander versucht. Sandy war zu ihnen gezogen, aber Agnes kam mit ihr nicht klar. Schrie und tobte und fing schließlich wieder an, ins Bett zu pinkeln. Erst dachte er, dass es mit dem Ohr zusammenhing. Aber als Sandy auf der Couch schlief und er das Mädchen zu sich ins Bett holte, hörte es auf. Am nächsten Tag packte Sandy ihre Sachen, und Agnes zog zu ihm ins Schlafzimmer. Er hatte nie wieder eine feste Freundin.

Susann hatte ihm oft gedroht, ihn zu verlassen. Als Agnes drei Jahre alt war, haute sie mit dem Mädchen ab. Später fand er heraus, dass sie bei ihrer Mutter unterkommen wollte. Aber die Oma hatte keine Lust, sich um das Kind zu kümmern, also kam Susann zähneknirschend zurück, und Wolf nahm die beiden wieder auf.

Das Schreiben vom Jugendamt lag vor ihm. Schwarz auf weiß. Sicher wollten sie ihm Agnes wegnehmen. Er hatte immer befürchtet, dass das eines Tages passieren könnte.

Er musste mit Agnes sprechen. Dass er ausgerastet war, hätte nicht passieren dürfen.

Wolf hörte den Schlüssel im Schloss. Das Mädchen stand im Türrahmen, eine Tüte baumelte an ihrem Handgelenk. Sie sah ihn irritiert an.

»Wie sieht's denn hier aus?«

»Sauber.«

»Das seh ich.«

Agnes hatte sich umgewandt, war auf dem Weg in ihr Zimmer. Wann war sie erwachsen geworden? Selbstständig? Sie wollte ihm keine Geschichten mehr erzählen und ihn nicht mehr beeindrucken. Sie lebte ihr Leben, er lebte seins. Er hätte gerne die Uhr zurückgedreht. Die versoffenen Jahre besser genutzt. Nicht in die Reue gehen, in die Schuld. Das würde ihn nur von der bevorstehenden Aufgabe ablenken.

Er sprang auf, lief ihr hinterher.

»Ich muss mit dir reden«, sagte er.

Mein Mädchen, dachte er.

Nichts auf dieser Welt kann man behalten. Man muss loslassen. Der Mensch stirbt, alles stirbt. Was war mit der Liebe? Wolf wusste, dass er sie lieben würde, solange er lebte. Dass die Liebe fortbestehen würde, auch wenn er nicht mehr sein würde. Dass dieses Gefühl zu groß war, um zu verschwinden.

Sie lieben wie im ersten Moment, als er sie das allererste Mal gesehen hatte. Der Moment, als er spürte, dass sie füreinander bestimmt sind. Dass es keine Entscheidung von ihm war, sondern dass die Liebe schon da war, bevor er sich überhaupt entscheiden konnte.

Er drehte sich um, setzte sich wieder auf den Sessel. Er griff nach seiner Zigarettenbox. Agnes hatte sich auf den Boden gehockt. Sie schaute zu ihm auf. Die Flamme des Feuerzeugs leuchtete dicht vor seinen Augen auf, und er spürte ihre winzige Wärme.

Wenn er ihr die Wahrheit sagen würde. Aber was war überhaupt die Wahrheit? Wann war man Vater? Und war man weniger Vater, wenn man ein Kind adoptiert hatte? Was er nicht getan hatte, weil es nie nötig war, weil er auf der Geburtsurkunde stand.

»Ich weiß, dass es dir leidtut«, sagte sie. »Und mir tut es leid, dass ich so lange weg war. Entschuldige. Ich muss dir auch etwas sagen. Aber nicht, dass du böse bist. Erst du.«

Er nickte. Sie verstand nicht.

Würde die Wahrheit alles zerstören? Was war stärker? Wahrheit, Liebe?

Er würde es nie erfahren, wenn er nicht ehrlich sein würde.

»Ich bin nicht dein Vater.«

Agnes starrte ihn an. Große Augen, dunkel, matt.

Dann stand sie auf und ging aus dem Zimmer. Wolf ließ sie gehen. Ließ sie los. Wie er es immer getan hatte. Er lehnte sich zurück und schloss die Augen. Er hatte mehr sagen wollen, sich erklären. Hatte Angst vor Fragen. Wer war denn ihr Vater? Das wusste er selber nicht. Susann vielleicht auch nicht. Sie war damals achtzehn, blutjung, und hatte einiges hinter sich gehabt. War für Geld mit Männern ins Bett gegangen. Hatte Sandy behauptet. Es hatte nie eine Rolle gespielt. Vielleicht in den Monaten vor der Geburt, als der Bauch wie ein großes Fragezeichen zwischen ihnen stand. Ihr beharrliches Schweigen sie weiter voneinander trennte, bis er es aufgegeben hatte nachzubohren. Und der Moment der Geburt alles verändern sollte. Alles.

Er war bei ihr, als die Fruchtblase geplatzt war. Wich nicht von ihrer Seite. Ohne dass sie vorher darüber gesprochen hatten, war er ins Krankenhaus mitgefahren. Hielt lächelnd ihren Beschimpfungen stand. Verstand, dass es nichts mit ihm und nur mit den Schmerzen zu tun hatte. Und war dankbar für diese Einsicht, die sich später lange nicht mehr blicken lassen würde. Streitereien mit dem Ziel, den anderen zu verletzen, um den eigenen Schmerz kontrollieren zu können. Die in den Weggang, das Verschwinden mündeten. Der Schmerz war groß, der Verlust, als sie gegangen war. Und das langsame Begreifen, dass sie nicht wiederkommen würde. Die folgenden Wochen lagen im Nebel, wo sie bis in alle Ewigkeiten verweilen würden. Nur das Trinken hatte ihm damals geholfen. Hatte die Ohnmacht genommen. Den Kopf verstummen lassen. Die Tage verkürzt.

Bis er ausgeflippt war und die Hand gegen das Mädchen erhob. Den Grund hatte er vergessen. Er konnte sich an das Gefühl erinnern, das Gefühl der Wut. Zorn, der nach Vergeltung schrie. Verraucht in dem Moment, als das schreiende Kind sich das Ohr hielt und durch die patschigen Kinderfinger Blut floss. Ein Schlag, den er nicht mehr rückgängig machen konnte. Der erste, nicht der letzte.

Wolf schlug sich mit der Faust gegen die Stirn. Dann sprang er auf.

»Agnes?« Aber sie antwortete nicht.

Ein Moment. Eine Handlung. So schwerwiegend, dass sie ein Leben, manchmal sogar mehrere verändern konnte. Hätte er es Susann gesagt, wenn er gewusst hätte, wohin sie gegangen war?

Als er damals mit dem schreienden Kind im Krankenhaus angekommen war, verdrehte er die Wahrheit. Nur ein kleines bisschen, nur so weit, dass er sie nach der Behandlung wieder mit nach Hause nehmen konnte. Denn wem hätte es genutzt, wenn ihm Agnes weggenommen worden wäre?

Oder hätte sie dadurch ein besseres Leben bekommen? Sie war fünf. Er selbst war als Kind herumgereicht worden. Susann hatte nicht nur ihn, sondern auch das Kind verlassen.

Er musste raus hier. Raus, schrie sein Kopf. Das Hemd weit geöffnet, lief er durch die Straßen. Die Kette mit der Tigerkralle klopfte gegen sein Herz. Gnadenlos brannte die Sonne auf ihn herunter. Der kalte Schweiß durchweichte seine Sachen. Das grelle Licht. Er blieb stehen, ein Würgereiz durchzuckte ihn, er beugte sich zwischen die Autos und kotzte Galle.

Was, wenn das Mädchen weg wäre?

Die riesige Leuchtschrift des Supermarkts strahlte bunt auf der anderen Straßenseite. Er drückte sich von der Motorhaube ab und bewegte sich auf die Schiebetüren zu. Bevor sein Spiegelbild ihn böse anstarren konnte, schoben sie sich auf. Wolf betrat den kühlen Laden. Die helle Deckenbeleuchtung. Er stand im Scheinwerferlicht. Suchte den richtigen Gang. Glasflaschen türmten sich in den Regalen. Er brauchte etwas Hartes. Was Klares. Bier würde es nicht tun. Er musste seinen Kopf still kriegen. Sonst würde er den Schmerz nicht überleben. Er griff nach der Flasche Korn, steckte sie hinter den Hosenbund und lief an der Kasse vorbei Richtung Ausgang. Die Kassiererin, jung, bestimmt keine zwanzig, sah ihn misstrauisch an, vielleicht zu ängstlich, und er war überrascht, dass sie ihn laufen ließ. Vielleicht aus Mitleid.

Wolf überquerte die Straße. Stieg über einen flachen Zaun und lief direkt ins Gebüsch, erkämpfte sich den Weg und zerkratzte sich Gesicht und Arme. Auf einer Parkbank ließ er sich fallen. Er zog die Flasche unter dem Hemd hervor, stellte sie einen Moment zwischen den Beinen ab. Atmete.

Versuchte sich zu spüren, doch da war nur Schmerz. Kein Wolf. Der Verschluss knirschte leise.

Er ließ die Flasche sinken. Da war keine Angst mehr. Das Gefühl hatte ihn verlassen. Wenn man immer Angst davor hat, etwas zu verlieren, und der Moment dann kommt, dann ist das wie eine Befreiung. Er hätte gedacht, die Welt würde aufhören, sich zu drehen, wenn sie weg wäre. Aber alles war gut. Er war ehrlich gewesen. Es lag nicht mehr in seiner Hand.

Im hohen Bogen warf er die Flasche ins Gebüsch.

Dunkle Wolken hatten sich vor die Sonne geschoben. Im trüben Licht. Er griff in seiner Hosentasche nach dem Handy und wählte die Nummer. Erste Tropfen auf der Hand.

Jemand nahm ab.

»Kannst du mich treffen? Ich bin im Rosengarten. Ich will nicht saufen. Ich habe Agnes die Wahrheit gesagt.«

Dann legte er auf. Er blieb sitzen. Auch als die Tropfen sich mehrten. Unzählig wurden. Er durchtränkt, nass im Regen saß. Die feinen Blüten der Rosen sich schlossen, und das Grün seinen Duft entfaltete. Er blieb sitzen. Verharrte.

Bis sie kam.

Er sah den pinken Regenschirm sich auf ihn zubewegen. Das Quietschen der Gummistiefel, begleitet vom Prasseln des Regens. Sie setzte sich neben ihn. Sie ließ den Schirm fallen, der vor sie fiel wie ein Käfer auf den Rücken. Und sie nahm ihn in die Arme.

Bis der Regen weniger wurde.

47

Die Haustür knallte hinter ihr ins Schloss. Agnes stand starr. Die Tüte baumelte an ihrer Hand.

Sie sah unsicher nach links, dann nach rechts. Niemand da. Wen hatte sie auch erwartet? Sie war immer alleine gewesen, jeder Mensch war alleine. Sie vielleicht etwas mehr als andere. Der Vater nicht der Vater, die Mutter, die keine Mutter sein wollte. Sie war zu ihrem Vater nach Hause zurückgekehrt, und alles hatte sie verlassen.

Agnes ging ein paar Schritte, dann wurde sie schneller und schneller, und schließlich fing sie an zu rennen. Sie erreichte die große Kreuzung. Die rote Ampel konnte sie nicht aufhalten. Ein Auto bremste, wildes Hupen. Die Straße wurde bunter. Obst und Gemüse neben düsteren Hauseingängen.

Sie sprintete an immer mehr Menschen vorbei. Herausgerissen aus der Geschwindigkeit der anderen. So schnell sie konnte. Die Badstraße hinunter. Bald spürte sie die Füße den Boden nicht mehr berühren. Sie sprang auf die Decke einer eingehüllten Roma-Frau, die ihr fauchend hinterherschrie. Rennen. Den Atem laut hervorstoßen. Die Kehle trocken. Beine nach vorne reißen.

Sie war nur ein Mädchen. Fünfzehn Jahre alt.

Rennen. Rennen. Luft einsaugen. Luft in die Lunge. Leben. Luft ausstoßen. Durst. Schneller atmen. Schneller, schneller. Der Körper ein Werkzeug. Rennen, fliegen, vorwärts, vorwärts. Nicht denken. Schneller rennen. Rennen.

An beschmierten Häuserwänden vorbei. An Baumstämmen. Unebene staubige Straßen, kraftvolle Wurzeln kämpften sich durch gerissenen Beton.

Die ersten Tropfen spürte sie kaum, ein harter Regenschauer machte sie in Sekunden nass. Die Haare klebten ihr im Gesicht. Blind im Regen. Frauen mit Kopftüchern, Jungs mit Basecaps und eine übergewichtige junge Mutter mit Kinderwagen hatten sich unter die Balustraden gestellt und suchten Schutz in Häusereingängen. Agnes rannte weiter. Ein Auto dicht neben ihr bremste nicht ab, eine Riesenwelle dreckiges Wasser bespritzte sie. Sie spürte nichts. Lief weiter. Die Füße schmatzten in den Schuhen. Peitschende Regenböen stellten sich ihr in den Weg. Sie zog den Kopf ein, trotzte dem Wetter. Tanzende Tropfen auf dem Bürgersteig. Das T-Shirt klebte an ihren Brüsten, die Jeans saugte sich an ihren Beinen fest. Sie lief weiter.

Sie wollte nicht denken. Eigentlich wollte sie einen weichen, kuscheligen Bademantel.

Ein Mann stellte sich ihr in den Weg. Sie hatte ihn nicht kommen sehen, stieß mit voller Wucht gegen ihn. Schulter an Schulter. Ein Rempeln. Sie taumelte, schaffte es nicht, das Gleichgewicht wiederzufinden. Sie fiel. Der klitschnasse Hosenboden. Aufstehen. Immer wieder aufstehen. Die Geschwindigkeit wieder aufnehmen. Die Stimme des Mannes donnerte hinter ihr her. Brüllte hässliche Worte. Sie glaubte ihm. Weil sie nichts war. Denn wenn man kleinen, hässlichen Kindern sagt, sie seien schön, dann waren sie es auch. Weil sie das Strahlen schön machte. Hatte ihr jemals jemand gesagt, sie sei schön? Ja, Mickey. Und ihr Vater. Wolf. Doch Mickey hatte ihr die Mutter genommen. Agnes rannte weiter, Gleichgewicht suchend, spürte den Schmerz in der Schulter, der sich durch den Körper zog und sich vermischte mit dem Schmerz in ihrer Brust, vor dem sie nicht wegrennen konnte. So schnell sie auch flog. Den Boden kaum berührend, nur antippend. Schneller.

Weiter, weiter.

Rennen.

Meine Mutter ist nicht meine Mutter, aber sie ist eine Mutter. Sie hat nur aufgehört, meine Mutter zu sein. Hat gewählt, nicht mehr meine Mutter zu sein, aber wollte wieder Mutter sein. Nur nicht meine Mutter. Mutter. Ohne Mutter. Mutterlos. Das war ein Wort, das war es, war es? Oder?

Mein Vater. Ist nicht mein Vater. Hat gewählt, mein Vater zu sein. Aber er behauptet, nicht mein Vater zu sein. Kann man aufhören, Vater zu sein? Wenn man sich entschieden hatte zu gehen? Und wenn nicht er mein Vater ist, wer ist dann mein Vater? Hat auch er sich entschieden, nicht mein Vater zu sein?

Habe ich dann weder Mutter noch Vater?

Die Vögel hatten aufgehört zu singen. Wann waren sie verstummt? Bin ich tot? Motorengeräusche. Laut, stark. Warum? Rote Ampel.

Wo kann ich hin? Rennen.

Sie überquerte die Pankstraße. Ich habe nichts zu verlieren. Nie mehr. Nie wieder.

Die Luft drückend. Feucht. Der Regen hatte aufgehört. Doch es hatte nicht abgekühlt. Agnes rannte nicht mehr. Hatte Seitenstechen. Sie keuchte. Setzte einen Fuß vor den anderen. Und sie spürte die Hitze ihres Körpers, das T-Shirt, das an ihr klebte.

An der Panke lief sie im großen Bogen zurück. Die Hundescheiße war nicht mehr zu riechen, die Luft duftete nach Regen. Über die großen Schottersteine landete sie wieder im Humboldthain. Dunkel, schattig auf dieser Seite. Sie rannte die hölzerne Treppe den Berg hinauf. Oben blieb sie stehen. Agnes beugte ihren Oberkörper, kämpfte damit, nicht umzufallen. Mit letzter Kraft schleppte sie sich zur Bank, hielt sich die Seite. Japste nach Luft. Schwindel. Sie legte sich auf das aufgequollene Holz. Starrte in den Himmel, die Wolkendecke aufgebrochen. Blau wie ein scheinheiliges Versprechen. Und der Gedanke krachte auf sie ein. Wo soll ich hin?

Ihr war schlecht.

Sie war immer lieber zu ihrem Vater gegangen. Er ist nicht mein Vater, schrie ihr Verstand. Warum wurde ihr immer etwas weggenommen? Sie war diejenige ohne Mutter. Rico hatte sie für eine andere verlassen. Wer war sie, warum war sie nie gut genug?

Sie drehte den Kopf zur Seite. Betrachtete den Kies. Glitzernde Steine. Aufgeweichte Zigarettenstummel. Schloss die Augen.

Warum hatte ihre Mutter sie damals verlassen? Wie konnte sie nur? Sie wusste, dass er … er … Wie sollte sie ihn bloß nennen? Er war immer ihr Papa gewesen. Er, der Mann, bei dem ihre Mutter sie zurückgelassen hatte. Warum nur wollte ihre Mutter sie nicht? Warum hatte sie sie nicht mitgenommen? Warum war sie es nicht wert gewesen? Warum? Warum.

Bilder der Vergangenheit. Die keifende Mutter im Streit mit dem Vater, dem Mann. Sie war klein, und sie war nackt. Bettgehzeit. Sie schrie und weinte. Ihre Mutter hatte gedroht abzuhauen. Und Agnes stand heulend vor ihr. Die Arme emporgehoben und flehte, bitte verlasse mich nicht. Bitte verlass mich nicht. Ihr Vater war aus dem Zimmer gestürmt. Er war damals nie laut geworden, brüllte nie, das überließ er ihrer Mutter. Bis sie weg war. Vielleicht weil er von da an nicht mehr hatte gehen können. Er hat sie nie stehen lassen, so, wie er es an diesem Tag mit ihrer Mutter getan hatte. Ihre Mutter war damals nicht sofort gegangen, sondern irgendwann in der Nacht, vielleicht aber auch erst am Morgen.

Lange Zeit konnte sie nicht akzeptieren, dass ihre Mutter nicht mehr da war. Konnte es nicht glauben. Wollte es nicht glauben. Sie hatte sich nicht einmal bei ihr verabschiedet. Agnes hatte im Flur vor der Wohnungstür geschlafen, zusammengerollt, bereit, sie zu umarmen und nicht mehr loszulassen. Ihre Mutter hatte keine Nachricht hinterlassen, machte keinen Besuch, schickte keine Postkarte, und irgendwann war es, als wäre sie nie da gewesen. Nach und nach verschwanden die Dinge von ihr. Auf der Seite des Betts, auf der sie geschlafen hatte, schlief Agnes fortan. Neben ihrem Vater. Die Sache mit dem Ohr schweißte sie zusammen, sie beide gegen den Rest der Welt. Sie wurden eine Einheit. Das Leben aufeinander abgestimmt. Ein Paar. Vater und Tochter.

Sie schluchzte, wischte sich den Rotz von der Nase. Die absolute Konsequenz ihrer Mutter wunderte sie. Hatte sie immer gewundert. Aber die Jahre allein mit ihrem Vater waren wunderschön gewesen, als sie klein war. Sie musste die Aufmerksamkeit nicht teilen.

Es fing wieder an zu nieseln, weich und sanft. Sie setzte sich auf. Zog die Jacke aus der Tüte, die Kapuze über den Kopf und betrachtete den dunkler werdenden Himmel über ihr. Die Zeit mit ihrem Vater vorbei. Es würde keine Gespräche mehr geben in der Küche, auf der kleinen Eckbank, beim gemeinsamen Abendessen. Säuberlich geschnittene Brotscheiben, ein Stück Käse, eine Salami direkt auf dem Holz des Tisches. Sie wünschte sich nichts sehnlicher, als mit ihrem Vater am Tisch zu sitzen. Ihr Magen knurrte. Das Gespräch vergessen, die Zeit zurückgedreht zu dem

Moment, in dem ihre Mutter ankündigen würde, dass sie gehen müsse. Sie würde nicht heulen, kostbare Minuten zerstören. Sie würde ihre Mutter fragen, bevor sie gehen, sie verlassen würde, ob sie sie liebte, ob sie das richtige Kind sei. Aber vielleicht war sie das richtige Kind, verlassen zu werden. Vielleicht war dies das Schicksal mancher Kinder. Vielleicht war sie eines jener Kinder, die damit umgehen konnten. Stark genug, es auszuhalten.

Ihre Mutter war schön gewesen, und wenn sie sich im Spiegel anschaute, dann konnte sie die Schönheit ihrer Mutter in ihrem Gesicht nicht entdecken. Vielleicht hätte sie sie damals mitgenommen, wenn sie schöner gewesen wäre. Ihr Ebenbild. Das dachte sie oft. Auch wenn ihr Vater meinte, sie sei ihr wie aus dem Gesicht geschnitten. Verschiedene Spiegelbilder. Ich sehe was, was du nicht siehst.

Agnes stand auf. Sie hielt sich am morschen Geländer fest und humpelte die Stufen hinunter. Einen Fuß vor den anderen setzen. Ziellos wanderte sie umher.

Sie erkannte Bülent von Weitem. Der übergroße Kapuzenpullover hing ihm fast bis zu den Kniekehlen. Das Basecap ragte unter der Kapuze hervor. Sie überlegte, auf die andere Straßenseite auszuweichen, aber da hatte er seinen Kopf schon gehoben und winkte. Sie lief ihm entgegen. Bis sie sich gegenüberstanden.

Der Hauch eines Lächelns huschte über sein Gesicht, war jedoch schnell wieder verschwunden. Sie lächelte nicht. Wie Hunde starrten sie sich an.

»Hey«, sagte er vorsichtig.

»Hey.«

Mit der Schuhspitze schabte er über die Erde. »Hast du was vor? Begleitest du mich ein Stück, Bier kaufen?«

Agnes zuckte lediglich mit den Achseln. Und als Bülent loslief, trottete sie neben ihm her. So sehr sie ihn auch hasste, es tat gut, jemanden Vertrauten neben sich zu haben.

Schweigend liefen sie zum Kiosk, der nur einen Block entfernt lag. Als sie um die Ecke bogen, blieb Bülent stehen. Agnes streckte die Hand aus, nahm das Geld und betrat den Laden allein. Es roch nach altem Wischlappen und Bockwürsten. Sie lief zu den Kühlregalen, griff nach einem Sixpack.

Heiner wartete hinter dem Tresen.

»Hör auf zu glotzen, sonst bezahl ich das Bier nicht«, drohte sie ihm.

»Komm, Mädel.«

Agnes knallte das Geld auf den Tresen.

»Da fehlen einsfuffzig«, drohte Heiner.

Sie schnappte sich einen Schokoriegel.

»Den nehme ich auch.«

»Hey«, rief er ihr nach.

Agnes drehte sich um, sah ihn an. Sie war wütend auf dieses scheiß Leben. Auf diese Ungerechtigkeit. Sollte Heiner doch kommen. Dann nahm sie die Packung mit den Fröschen und schmiss sie ihm entgegen. Er riss schützend beide Arme hoch, aber ungelenk und unbeholfen, sodass sie den kleinen verängstigten Jungen in ihm sah. Und dann kapierte sie es. Er hatte Angst vor ihr, sie war kein Kind mehr.

Heiner schaute sie stumm an, versuchte, seine bedrohliche Miene wieder aufzusetzen.

Draußen stand Bülent und trat von einem Fuß auf den anderen. Sie ging zu ihm, nahm seine Hand und riss ihn mit.

»Nee.«

»Doch, du musst.«

»Auf die Fresse habe ich keinen Bock.«

Agnes ging auf ihn zu. »Du musst.« Und ihre Stimme bebte und verbat ihm Widerworte.

Gemeinsam betraten sie den Laden. Über ihnen erklang die helle Glocke. Dann war es mucksmäuschenstill. Selbst die Lüftung des Kühlregals schwieg für den Moment.

»Gib uns eine Flasche Wodka.«

Heiner zögerte, bewegte sich nicht. Wirkte trotzig. Aber etwas ließ Bülent sehen, was sie selber nur einen Augenblick vor ihm gesehen hatte.

»Gib den Wodka, du Kinderficker.«

Heiner griff nach der Flasche.

»Nee, nicht den billigen. Den links daneben wollen wir haben. Zwei Schachteln Kippen. Pall Mall.« Bülent zögerte einen Moment, dann schrie er: »Und den Inhalt der Kasse. Und zwar schnell.«

Heiner stellte den Wodka und die beiden Zigarettenschachteln auf die Ladentheke.

»Nicht die Kasse.«

Bülent rannte um den Tresen, schubste Heiner in die Ecke und griff nach den Scheinen.

»Ihr habt Hausverbot«, zitterte Heiners Stimme.

»Du kannst mich mal.«

Bevor sie den Ausgang erreicht hatten, drehte sich Bülent um. Und rannte zurück. Er packte Heiner am Kragen, zog ihn höher und spuckte ihm die Worte ins Gesicht. »Wenn ich dich erwische, wenn ich irgendwie erfahre, dass du meinen Bruder anfasst oder einen seiner Kumpels in deine Wohnung lockst mit deiner scheiß X-Box, dann kommst du nicht so einfach davon, dann schneid ich dir deinen verfickten Pimmel ab, du perverse Sau.«

Agnes sah, dass Heiner sich in die Hose pinkelte.

Auf der Straße reichte Bülent ihr eine Schachtel Kippen.

»Danke.«

Sie spürte, dass er nicht darüber sprechen wollte. Sich nicht damit brüsten, den ekelhaften Heiner abzuziehen. Da war nichts Heldenhaftes dran. Heiner hatte Angst vor ihnen gehabt. Er war ein armes Schwein. Und beide hatten es gesehen.

»Kommst du mit zu den Bänken?«

»Ist Rico da?«

»Nee, der ist …« Aber Bülent beendete den Satz nicht, und Agnes war froh darüber.

Kleine Grüppchen standen um die Parkbänke herum und unterhielten sich. Alle hielten ein Bier in der Hand.

Als sie kamen, sahen sie nur kurz zu ihnen herüber, keiner sagte was.

Sie setzte sich mit Bülent abseits der anderen. Agnes nippte an ihrem Bier. Im Hintergrund feste Stimmen, die lautstark diskutierten, jeder wollte dem anderen seine Meinung aufzwingen. Und niemand hörte dem anderen zu. Wer am lautesten war, hatte recht. Bülent schraubte die Wodkaflasche auf, trank einen Schluck und reichte sie ihr. Agnes wischte über die Öffnung und trank. In ihrem Kopf zerklirrten die Gedanken. Erleichterung schaffte sich Platz. Die Frage, wo sie die Nacht verbringen sollte, löste sich auf. Puff. Verschwunden. Hoffnung machte sich breit.

Jeder Schluck gab ihr Sicherheit. Bis sie gemeinsam lachten. Trinkspiele spielten. Und nichts mehr zwischen ihnen stand. Über Rico redeten sie nicht. Auch Mickey kam nicht zur Sprache.

Die anderen waren weitergezogen. Bülent und sie saßen alleine auf der Bank. Es war egal. Hätte keinen Unterschied gemacht. Sie wären nicht mitgegangen, wo immer es die anderen hingetrieben hatte. Die Wodkaflasche war zu einem Drittel leer, und mit jedem Schluck wurde Agnes mehr zu dem Menschen, der sie sein wollte. Angstfrei, groß und unbesiegbar. Nicht mehr allein.

Sie saßen auf der Bank auf dem Hügel. Ihr Blick schweifte über die große Wiese, dunkel wiegte der Rasen im aufkommenden Wind. Dahinter ihr Haus, sie konnte bis zum Eingang sehen. Dunkel auch der Eingangsbereich, das Nummernschild leuchtete nicht.

»Du kannst bei mir pennen«, sagte Bülent. Er hatte einen Joint gebaut, zog daran und reichte ihn an sie weiter.

Agnes schaute ihn an, er wich ihrem Blick aus und starrte auf seine Schuhe. Hier saßen sie beide, freundschaftslos zusammengedrängt, in ihrer Einsamkeit verbunden.

Zwei dunkle Gestalten tauchten in der Ferne auf. Stimmen drangen zu ihnen herüber. Eine Frau und ein Mann. Sie kniff die Augen zusammen, es war zu dunkel, um scharf zu sehen. Sie zogen mit Abstand an ihnen vorbei. Doch mit jedem Schritt, den sie sich entfernten, wurde sie sich sicherer, dass es ihr Vater war. Mit dem Püppchen. Die langen Haare hingen wie Spaghetti die Regenjacke herunter. Ein pinker Regenschirm schleifte hinter ihnen her. Agnes sprang auf. Wollte sie bei den Haaren packen, den Hinterkopf in die Hand nehmen und sie gegen die Betonwand knallen, weil sie diese Drecksschlampe hasste. Weil sie nicht wusste, wohin mit all dem Zorn.

Sie blinzelte. Der Hauseingang verschlossen. Unschuldig. Doch hinter der gläsernen Haustür schien Licht. Dann leuchtete das Schlafzimmerfenster ihres Vaters. Das Puzzle ergab einen Sinn.

Sie blickte zu Bülent, der betrunken in sein Bier laberte. Das Licht ging aus. Sie riss die Flasche hoch und trank. Und sie dachte, was für eine Nutte. Was für eine Nutte.

Bülent berührte sie sanft am Arm und brabbelte irgendwas. Sie konnte seine Lippen sehen, wie sie Worte formten, aber die Wut ließ nichts mehr an sie ran. Sie war größer als Bülent. Also schubste sie ihn weg.

Das Flattern einer Tüte im Wind. Das Geräusch war deutlich zu hören. Sie drehte sich einmal um sich selbst, ihr war, als würde jemand hinter ihr, dann neben ihr stehen, eine Plastiktüte in der Hand. Flattern. Scheiß Gras.

Sie nahm einen Schluck aus der Flasche. Wieder das Flattern. Die tote Katze. Oder was von ihr übrig geblieben war.

Das Gebüsch kauerte auf dem Hügel. Schwach erleuchtet im gelben Schein der Laterne. Das Grab. Sie war in einem schwarzen Sack begraben.

Agnes stand auf. Wankte. Musste sich an der Lehne festhalten. Das feuchte, maserige Holz unter ihren Fingern.

»Was machst du?«, stotterte Bülent hinter ihr.

Sie kraxelte den Hügel hoch. Knie auf feuchter Erde. Samtiger Matsch unter ihren Händen. Spitze Äste und tropfende Blätter verfingen sich in ihrem Haar. Ein Denkzettel an die Nutte. Hinter sich hörte sie Bülent rufen, wie durch Nebel, wattige Silben.

Das Mondlicht spiegelte sich im schwarzen Plastik, das aus der Erde ragte. Sie strich über die sandigen Fetzen.

»Was machst du da?« Bülent hockte neben ihr auf der Erde. Die Augen glasig.

»Die Katze hat mich gerufen.«

»Bist du völlig durchgeknallt?«

»Ich habe die Tüte gehört.«

»Du spinnst.« Er schob ihre Hand zur Seite. »Dieses Ministück Plastik? Was iss'n das?«

»Ich habe eine Katze vergraben. Ich buddel sie jetzt aus«, hörte sie sich sagen.

Sie begann zu graben. Der Boden vom Regen aufgeweicht, die Tüte nicht tief genug. Ein entsetzlicher Gestank machte sich breit.

»Puh, Agi. Lass das Ding da unten. Das ist Leichenschändung.«

»Die Seele ist längst weg.«

»Was hast'n vor?«, brummte Bülent durch das Shirt, das er sich vor Mund und Nase hielt.

»Ich schmeiße es der Nutte vor die Tür.« Dann hielt sie inne. Mit beiden Händen hatte sie den Sack umklammert. Sie sah ihn an.

»Entweder du hilfst mir jetzt, oder du verpisst dich. Und wehe, du sagst es jemandem.«

Sie hatte ihn in der Hand, nach der Sache mit Heiner würde er nichts sagen.

»Wenn sie zu Ende gevögelt haben, wartet eine nette Überraschung vor ihrer Tür.«

»Von wem redest du? Mit wem vögelt die denn?«

Mit einem Fremden.

»Das geht dich einen Scheißdreck an.«

Er hielt ihr die Wodkaflasche hin. Sie nahm und trank. Dann stand sie auf. Den schweren Sack in der Hand.

48

Die Enge im fensterlosen Bad. Der Lüftungsschacht heulte. Die Haare verknotet, das Bürsten ziepte und schmerzte. Als es an der Tür klingelte, legte Hannah die Bürste auf dem Toilettendeckel ab, sachte, um keine weiteren Geräusche zu machen, und hielt sich am Waschbecken fest. Es ist nur der Liefermann, sagte sie sich ruhig. Es ist nur der Liefermann. Der Herzschlag ließ den Oberkörper beben.

»Hallo?«, sagte sie in die Gegensprechanlage.

Die Leitung war tot.

Sie lugte durch den Spion. Der Hausflur lag im Dunkeln. Sie legte das Ohr an die Tür, als es erneut klingelte, zuckte sie erschrocken zurück. Sie griff den Hörer der Gegensprechanlage, doch die Leitung war noch immer tot.

Hannah öffnete die Haustür.

Den schwarzen Müllbeutel auf der Fußmatte entdeckte sie sofort. Unheilvoll starrte sie das lehmige Plastik an. Feine Sandkörner überall verstreut. Dann Schritte, sie war bereit, die Tür zuzuknallen, aber es war der Liefermann mit dem pinken Rucksack auf dem Rücken. Die beiden starrten den Sack an. Er wirkte fremd. Er gehörte nicht auf ihre Türschwelle.

Sie sah dem Liefermann in die Augen. Was war in dieser Tüte? Was hatte die Geistesgestörte bei ihr abgelegt?

Hannah lächelte: »Verzeihung, das ist der Müll. Hat mein Freund nicht runtergebracht.«

Er zuckte nur mit den Achseln, ihn schien ihre Erklärung nicht zu interessieren.

Sie schlug ihm die Tür vor der Nase zu. Ihr Herz pochte. Der Appetit war ihr vergangen. Sie brachte das Essen in die Küche, stellte es auf dem Küchentisch ab. Dann setzte sie sich hin. Sie musste erst eine rauchen. Das Feuerzeug zitterte in ihrer Hand. Tief sog sie den Rauch ein. Mit der anderen Hand tappte sie auf die Tischplatte. Ihr Bein wippte im Takt.

Sie drückte die halb gerauchte Zigarette aus und lief zur Wohnungstür. Langsam drückte sie die Klinke runter. Der Sack lag noch immer da. Hannah kniete sich hin. Nichts deutete auf den Inhalt hin. Sie streckte ihre Hand aus. Traute sich nicht. Als sie den Fahrstuhl hörte, packte sie zu. Und sprang zurück in die Wohnung. Sie hockte auf dem Boden. Sie würde sich eine weitere Zigarette anzünden müssen.

Unsichtbar bleiben.

Schnell breitete sich ein verdorbener Gestank in der Wohnung aus. Sie öffnete die Tür zum Ankleidezimmer und warf den Sack hinein. Mit einem Schritt Abstand betrachtete sie ihn. Er hatte eine eigenartige Form. Und er roch fürchterlich. Hannah musste ihn loswerden. Sie musste auch die anderen Müllbeutel in dem Zimmer wegbringen. Vorwurfsvoll starrten sie die schwarzen Säcke an.

Sie nahm die Stäbchen und stopfte sich ein Maki nach dem anderen in den Mund. Die Sojasoße verströmte ihren süßlichen Geruch, doch der modrige Gestank drang bis in die Küche. Sie konnte nicht weiteressen, schob die Plastikbox zur Seite und machte sich auf den Weg in ihr Zimmer. In ihrer Kommode wühlte sie nach dem Klebeband. Mit dem leuchtend pinken Tape verklebte Hannah die Ritzen der

Tür. Dann kniete sie sich auf den Boden, nahm die Geschirrtücher, rollte sie zusammen und stopfte sie vor den Spalt auf dem Boden. Mehr Tape. Mit den Zähnen riss sie lange Stücke ab, die sie gegen Tür und Boden klatschte. Bis die Tür wie die Installation in einer Galerie aussah.

49

Agnes glitt aus der Dunkelheit. Ein lichtdurchflutetes Zimmer. Ein Schatten über ihr, dann erkannte sie Mickeys Gesicht. Sie lag auf einem schmalen Bett in einem fremden Zimmer. Die Matratze so dünn, dass sie die Latten darunter spürte. Ihr Nacken schmerzte. Vergilbte geblümte Tapete, die nach nassem Papier roch. An der gegenüberliegenden Wand stand ein weiteres Bett. Es war ungemacht, leer. Mickey starrte sie an.

»Was machst du hier?«

»Bülent hat mich angerufen. Was habt ihr getan letzte Nacht?«

»Nichts.«

»Bülent sagt was anderes.«

»Was fragst du dann so dämlich?«

Mickey griff nach ihren Händen und hielt sie Agnes dicht vors Gesicht. Pudrig schwarze Haut. Krustiger Dreck unter den Fingernägeln.

»Und das?«

Sie presste die Lippen aufeinander.

»Lass mich alleine«, rief sie. Und trat ihm von hinten in den Rücken.

Mickey drückte sie in die Kissen.

»Ich verstehe, dass du dich beschissen fühlst.«

»Nichts verstehst du. Fahr zur Hölle.«

»Doch, Agnes. Es gibt beschissene Wahrheiten. So ist das Leben. Aber es ist deine Entscheidung, wie du damit umgehst.«

»Nichts stimmt. Du stimmst nicht. Ich stimme nicht. Meine Mutter wollte mich nicht. Und mein verdammter Vater ist nicht mein Vater«, stieß sie bitter hervor. »Das Leben ist so scheiß ungerecht.«

Unsanft packte er sie an den Schultern.

»Du beklagst dich, dass das Leben nicht fair ist? Wach auf, Agnes. Werde erwachsen. Ich sage dir eins, merk es dir gut: Das Leben ist ungerecht. Es hat nie jemand etwas anderes behauptet. Aber wir müssen nicht alles persönlich nehmen. Es ist unsere Entscheidung, wie wir dem Leben begegnen. Ich weiß, was es heißt, Konsequenzen zu tragen. Schuldig zu sein. Aber, Agnes, Wolf hat dich großgezogen. Er hätte ja auch abhauen können. Ich will dein blaues Auge nicht schönreden. Ich weiß, dass er es war. Es sah verdammt kacke aus. Aber wer hat noch nie Scheiße gebaut? Du musst dich entscheiden, ob du ihm verzeihen willst. Ansonsten wirst du an deinem Selbstmitleid und deinem Hass ersticken. Du hast einen Vater. Wolf. Wie viele Male bist du nicht ans Telefon gegangen? Wusste er, dass du bei mir bist? Vielleicht wollte er dich all die Jahre vor der Wahrheit schützen? Du hattest ein Zuhause. Reiß dich zusammen. Und überlege mal, ob du nicht ein paar Dinge wiedergutzumachen hast?«

»Du hast leicht reden.«

»Was hast du denn gestern Nacht mit deinen Händen gemacht?«

»Ich habe die Nacht draußen verbracht.«

»Das war's?«

»Das war's.«

»Mit Ehrlichkeit habt ihr es wohl nicht so in eurer Familie.«

Die Zimmertür flog krachend auf. Mit Bülent drang türkische Musik ins Zimmer.

»Ihr müsst gehen, Leute. Mein Bruder kommt.«

Mickey stand auf und zog Agnes hinter sich her, sie griff nach ihrer Tüte.

»Komm mit.«

»Wo gehen wir hin?«

»Wirst du schon sehen.«

50

»Es riecht komisch hier.«

Hannah zog sich die Trainingsjacke enger um den Körper. Luca ging an ihr vorbei.

»Ach Quatsch.«

»Doch, doch.«

Wie ein kleiner Spürhund lief Luca durch die Wohnung. Vor dem Ankleidezimmer blieb sie stehen und besah die zugeklebte Tür.

»Warum hast du das gemacht? Was ist dahinter?«

Sie drückte die Klinke runter und warf sich dagegen.

»Nein«, rief Hannah. Und riss Luca nach hinten. Mit großen Augen blickte sie auf. Überrascht, anklagend.

»Warum hast du mich geschubst?«, fragte sie.

Hannah wusste, sie war zu weit gegangen.

»Es tut mir leid.« Rasch kniete sie sich neben Luca, bereit, sie zu trösten. Ihre kleine Unterlippe bebte, gleich würde sie anfangen zu heulen. Aber nicht, weil sie sich wehgetan hatte, sondern aus Zorn. Und Hannah musste lachen. Sie richtete sich wieder auf.

»Du kannst hier nicht einfach tun, als wärst du zu Hause, das ist meine Wohnung.«

»Und du darfst keine kleinen Kinder schubsen.«

»So klein bist du doch gar nicht mehr.« Sie konnte ihren Mund nicht halten. Musste mit einer Achtjährigen diskutieren. Sie zögerte, dann reichte sie Luca die Hand: »Du hast recht. Komm, steh auf.«

Luca ignorierte sie. Sie zeigte auf das Ankleidezimmer.

»Was ist da drin?«

Hannah ließ sich neben Luca auf dem Boden nieder. »Jemand hat einen Sack vor der Tür abgelegt, ich habe ihn da reingeschmissen. Der Geruch stammt da her.«

Sie wusste nicht weiter. Ihre Angst war zu etwas Großem angeschwollen, so groß, dass sie nicht mehr wusste, was zu tun war. Alle Regeln, die sie kannte, galten nicht mehr.

»Was ist denn in dem Sack?« Lucas Stimme riss sie in die Gegenwart.

Sie lehnte sich an die kühle Wand.

»Ich weiß es nicht.«

»Wollen wir mal nachschauen?«

Hannah konnte die Augen nicht länger verschließen. Sie stand auf und riss mit einem lauten Ratschen das Tape ab. Drückte vorsichtig die Klinke runter. Vom Gestank zurückgetrieben, stieß sie mit Lucas Körper zusammen, die sich dicht hinter ihr versteckt hatte. Der Geruch war furchtbar. Und fast musste sie kotzen, als sie kleine weiße Maden auf dem Boden kriechen sah. Angewidert vergrub sie die Nase in der Trainingsjacke. Und Luca schrie hinter ihr hell auf, ehe sie sich an ihr vorbeiquetschte und dicht neben ihr stehen blieb. Sie griff nach ihrer Hand. Klein und weich.

»Was ist da wohl drin?«

»Ich will es nicht wissen.«

»Doch. Wir müssen es herausfinden.«

»Wir müssen es wegschmeißen.«

»Warum hast du es noch nicht weggeschmissen?«

Weil ich mich nicht aus dem Haus traue, dachte sie.

Luca sah sie fragend an. »Müssen wir die Polizei anrufen?«

Daran hatte Hannah auch gedacht. Aber ihr fiel der Zettel wieder ein, den sie auf dem Schreibtisch liegen lassen hatte. Ich werde deinen Vater ficken, dachte sie beschämt.

»Lass uns doch erst mal gucken, was drinnen ist«, bettelte Luca.

Sie hatten sich Tücher vor Nase und Mund gebunden, sahen wie Bankräuber aus. Mit Lederhandschuhen griff Hannah nach dem Sack. Der Gestank wurde stärker. Vorsichtig atmete sie durch den Mund. Als sie das struppige schwarze Fell entdeckte, trat sie die Tüte weit von sich. Und robbte rückwärts zur Wand. Erst dann hörte sie Luca neben sich. Undeutliche Laute drangen durch das Tuch.

»Was?«

Luca riss das Tuch hinunter. Hustete.

»Ich kenn die Katze.«

Die beiden sahen sich an.

»Wer hat die denn vor deine Tür gelegt?«, fragte Luca.

»Ich weiß es nicht. Aber ich glaube, es war das junge Mädchen aus dem Erdgeschoss.«

»Die ist böse.«

»Kennst du sie?«

»Ja.« Luca druckste herum, und Hannah ahnte, dass sie noch mehr sagen wollte, aber nicht wollte oder durfte.

»Jetzt spuck schon aus.«

»Ich darf nicht.«

»Warum nicht?«

»Die aus dem Erdgeschoss, die stand vor deiner Tür. Sie hat an deiner Tür gelauscht.«

Hannah wurde schlecht.

»Hat sie dich gesehen?«

»Ja.«

»Und? Was hat sie gemacht?«

»Sie hat so gemacht.« Dabei presste Luca die Spitze des Zeigefingers an ihre Lippen. »Aber nicht nett.«

Und zum ersten Mal spürte Hannah, dass sie die Kleine beschützen wollte. Sie mochte das kleine Ding. Zog sie auf ihren Schoß. Der kleine Rumpf. Zerbrechlich. Zierlich. Hannah hielt sie und dachte, um dich kann ich mich kümmern. Dir Liebe zeigen. Dich umarmen. Dir geben, wonach ich mich immer gesehnt habe. Der Gedanke kam ungebeten. War einfach da. Sie presste das Mädchen an sich. Drückte ihr Gesicht in das raue, grobe Haar. Gestillte Einsamkeit. Und flüsterte: »Ich hab dich lieb.«

Luca wandte sich aus der Umarmung, sah sie verwundert an. Drückte ihr einen klebrigen Schmatzer ins Gesicht. Kleine Lippen, zart.

»Ich muss rüber.«

Dann rannte Luca davon. Sie ließ die Wohnungstür sperrangelweit offen. Der Schlüssel baumelte an einem Gummi um ihren Hals. Das Klingeln des Telefons hallte durch den Flur. Das Knallen der Tür.

Der Kadavergeruch waberte durch den Raum, und Hannah hoffte, dass er sich verflüchtigen würde. Sie müsste nur lange genug lüften. Wie bloß könnte sie den Sack unauffällig nach unten schaffen? Morgen früh musste sie es tun. Bevor die Müllabfuhr kam. Keine Angst haben. Schritt für Schritt. Keine Panik. Alles wird gut. Aber was, wenn der Kampf nicht aufhören würde? Dann müsste sie das Gespräch suchen. Ja. Aber nicht heute. Morgen würde sie das Haus verlassen. Sie wollte nicht länger gefangen sein. Mama, hilf mir.

51

Sie passierten das verwaiste Ansagehäuschen des oberirdischen Bahnsteigs Holzhauser Straße. Die U-Bahn rauschte an ihnen vorbei und wirbelte die feuchtwarme Luft auf. Mickey sprang die Treppen zum Ausgang hinunter. Und Agnes folgte ihm. Sie wusste nicht, wohin er sie mitnehmen wollte. Sie hatte nicht mehr mit ihm gesprochen, seit sie die Wohnung von Bülent verlassen hatten.

An der großen Kreuzung zeigte die Fußgängerampel Rot. Starker Verkehr. Neben ihnen standen drei junge Mädchen mit gelben und weißen Plastiksonnenbrillen. Korbtaschen, aus denen Badetücher quollen. Schrill drang ihr Lachen zu Agnes herüber.

»Wir sind gleich da«, sagte Mickey.

Die Autos bremsten, die Ampel sprang auf Grün. Agnes immer einen Schritt hinter ihm. Wenn sie kein eigenes Ziel mehr hatte, wollte sie folgen. Sie liefen über einen Parkplatz. Kies und Schotter, kein fester Halt unter ihren Stiefeln. Die Sonne brannte auf der Haut. Die Luft staubig, trocken. Der schmale Weg gesäumt von Büschen. Hohe Mauern zu ihrer Linken. Sie blinzelte.

»Was ist dahinter?«

»Die Haftanstalt Tegel.«

»Hast du hier gesessen?«

»Nein. Hier sitzen die Schwerverbrecher. Auch Sicherheitsverwahrung.«

»Was wollen wir hier?«

»Nichts. Wir gehen weiter.«

Kiefern ragten vor ihnen auf. Vom Licht in den Schatten. Ein kurzes Stück Waldweg, dann traten sie wieder in die Sonne. Mickey nahm ihre Hand. Er zog sie durch den blendenden Sand bis zum See.

Ein nackter Mann stand bis zu den Knien im Wasser. Sein alter Arsch ging nahtlos in die Oberschenkel über.

Sie setzten sich an eine freie Uferstelle. Mickey zog seine Springerstiefel aus.

»Ich verstehe den Sinn nicht.«

»Es gibt keinen Sinn. Hör auf, darauf zu hoffen, dass dich jemand rettet. Hör auf zu warten, dass das Leben nach deinen Regeln abläuft. Wenn du die Dinge akzeptierst, wie sie sind, kannst du ein ganz gutes Leben haben.«

»Du und deine schönen Worte.« Sie starrte aufs Wasser.

»Ich habe mich für das Leben entschieden, Agnes. Als ich im Gefängnis saß.«

Agnes wandte sich ihm zu. Aber er sah in die Ferne.

»Ich habe eine junge Mutter umgefahren.« Die Stimme brüchig. »Ich war auf der Flucht vor der Polizei, die mich anhalten wollte. Ich habe einfach Gas gegeben. Mir war nicht klar, dass das Konsequenzen haben würde. Dass es mein Leben verändern würde. Dem Kind ist nichts passiert, weil es hinter der Mutter gelaufen ist. Die Mutter kam schwer verletzt ins Krankenhaus. Während die Ärzte um ihr Überleben kämpften, haben mich in der Untersuchungshaft die Polizisten verprügelt. Ich kann es ihnen nicht verübeln. Es ist schwer, mit der Schuld zu leben. Ich wäre gerne gestorben in dieser Nacht. Und in den vielen Nächten, die folgten. Ich war verzweifelt. Dann wurde mir klar, dass ich nur eine Chance hatte weiterzuleben. Ich musste versuchen, es wiedergutzumachen. Irgendeine Stimme sagte mir, dass ich nicht die Absicht hatte, eine Frau umzufahren. Ich betete darum, dass sie es schafft. Und sie überlebte. Aber was ich auch versucht hab, es gelang mir nicht, Kontakt zu ihr aufzunehmen. Irgendwann schrieb sie mir einen Brief und fragte, warum. Ich antwortete, und so begann ein Briefaustausch. Später besuchte sie mich sogar. Sie hat mir vergeben. Es hat länger gedauert, mir selbst zu vergeben, ich bin immer noch dabei. Es ist ein Prozess. Gib deinem Vater eine Chance. Sprich mit deiner Mutter.«

»Ich kann nicht.«

»Es ist deine Entscheidung.«

Sie spürte die Tränen kommen.

»Agnes.«

»Ich kann nicht.«

Sie stand auf und rannte davon.

Hoffte, dass er ihr hinterherrufen würde. Sie aufhalten. Aber er kam nicht. Sie ließ sich zwischen den Handtüchern der Badenden nieder. Versteckt hinter Sonnenschirmen. Er fand sie nicht. Vielleicht suchte er sie aber auch gar nicht.

52

Blutende Wände. Rote Farbe überall. Getrampel. Hallende, schwere, schnelle Schritte im Treppenhaus. Hannah hielt sich die Ohren zu. Ein gellender Schrei aus ihrem Mund. Sie sah keinen Menschen, stand allein im Flur. Die anderen Türen geschlossen. Der Tod war gekommen.

Der Wecker riss sie aus dem Traum. Ihr Herz pochte. Es war hell. Die Sonne bereits aufgegangen. Sie schob die Beine unter der Decke hervor und setzte sich auf. Sie hatte im Jogginganzug geschlafen. Griff nach den Turnschuhen, die neben dem Bett standen, und schnürte sie zu. Schob das lange, verknotete Haar unter die Kapuze. Sie wollte keine Zeit verschwenden, wollte es hinter sich bringen. Kein Zögern, keine weiteren Gedanken. Als sie das Ankleidezimmer betrat, erschlug sie der Gestank beinahe. Scheiße, scheiße, scheiße. Vielleicht sollte sie die tote Katze aus dem Fenster schmeißen.

Hannah griff nach einem Tuch, das über der Kleiderstange hing, und band es sich vor Mund und Nase. Nahm den Rucksack, den sie sich für die Reise mit Fee gekauft hatte, und stopfte den Beutel hinein. Die Katze war steif. Sie ekelte sich, durch das dünne Plastik das tote Tier zu spüren. Sie knotete das Zugband zusammen, verschloss ihn. Sie schob die Träger über die Schultern. Die tote Katze im Rücken.

Meine Mutter, dachte sie.

Zusammengerollt in einem schwarzen Sack. War ihre Mutter tot? Sie hatte ihr Handy nicht mehr eingeschaltet.

Dann ging sie zum Fenster und öffnete es weit. Das klare Licht des frühen Tages.

»Hilf mir«, flüsterte sie.

Ihr Herz schlug heftig, ihr war übel. Reiß dich zusammen, schrie sie in ihren Gedanken und flüsterte es in die warme Luft.

»Reiß dich zusammen. Reiß dich zusammen.«

Ihre Stimme hörte sich fremd an.

Sie ging zur Wohnungstür.

Sie drehte von innen den Schlüssel im Schloss. Das Herz schlug wild. Panik ließ sie das Blut in den Adern rauschen hören. Der Flur leer. Nichts deutete auf ihren Traum hin.

Hannah versuchte sich vorzustellen, wie sie zu einer Reise aufbrach, und marschierte auf leisen Sohlen durch den Flur. Fühlte in der Jackentasche nach dem Schlüssel.

Sie öffnete die schwere Feuertür zum Treppenhaus. Es stank nach altem Zigarettenrauch und feuchtem Beton. Die dreckigen Wände mit Edding beschmiert. Sie konnte nur ihr eigenes Schnaufen hören. Der Geruch des Kadavers verströmte langsam. Es war dunkel. Kleine Fenster. Sie machte kein Licht. Hannah hielt sich am Treppengeländer fest. Und machte sich langsam an den Abstieg. Schritt für Schritt. Sie war alleine mit ihren Gedanken. Meine Mutter wird geholt. Dich hole ich auch. Was, wenn die Verrückte dastand und nur auf sie wartete? Sie war ihr ausgeliefert.

Die Katze stieß gegen ihre Wirbelsäule. Ekel. Sie bekam kaum Luft, klammerte sich an das Geländer. Ihre Beine schwer. Sie stieß den Atem aus. Es wurde dunkler um sie herum. Wurde sie ohnmächtig? Sie musste den Rucksack loswerden. Sie musste sich hinsetzen. Sie sank in die Knie. Befreite sich von ihm, stieß ihn fort. Laut polterte er die Stufen nach unten, und Hannah hielt den Atem an. Sie versuchte, nicht zu hyperventilieren. Ihr war schwindelig, sie stützte sich auf den Stufen ab, trotzdem hatte sie Angst umzukippen. Ihr Mund war trocken. Sie zwang sich, in den Bauch zu atmen. Und musste aufpassen, sich nicht zu übergeben. Kalte, feuchte Hände.

53

Ein Flugzeug zerschnitt den Himmel über dem dunklen See. Das sanfte Schwappen der Wellen. Ihr Gesicht war kühl und feucht. Sandkörner in den Wimpern. Agnes blinzelte. Und rieb sich den Sand von Lippen und Wangen.

Wenige Meter entfernt, am Rande des Wegs, war das runtergebrannte Lagerfeuer. Schwarze Asche. Kreisförmig lagen ein paar dunkle Gestalten wie weggeworfene Lumpen herum.

Sie kroch auf allen vieren den sanft abfallenden Hang hinunter zum See. Sie spritzte sich Wasser ins Gesicht. Die Haut brannte und spannte. Sie hatte einen Sonnenbrand.

An den nackten Armen fror sie.

Sie suchte nach der Tüte mit ihrem Handy. Musste ihren Vater anrufen. Wollte, dass er sie holte. Geborgen, gehalten werden. Sie spürte die Arme ihres Vaters. Nicht mehr allein sein. Und verloren. Er wollte ihr nur die Wahrheit sagen. Sie glaubte Mickey.

Sie huschte den Hang hinauf. Eine kleine Kuhle dunkler Sand, wo sie geschlafen hatte, doch die Tüte war nirgendwo zu sehen.

Agnes schlich zu den Schlafenden. Der Geruch des Feuers hing noch in der Luft. Sie hatte mit ihnen Bier getrunken, ihr Schweigen hatte die Jungs unruhig gemacht, deswegen hatte sie sich in der Dunkelheit ins Abseits gesetzt, wo sie in Ruhe gelassen wurde.

Die Tüte lugte unter einem der Köpfe hervor, sachte zog sie daran. Roch angewidert den Alkohol. Das zerknautschte

Gesicht ließ den Jungen alt aussehen. Noch bevor sie in die Tüte sah, wusste sie, dass sie leer war. Das Handy weg, wahrscheinlich in einer der Hosentaschen. Vielleicht brauchten sie es dringender als sie.

Sie wandte sich ab, ging den Pfad in den Wald hinein. Das Knacken der Äste. Hier war es dunkler. Agnes wanderte zwischen den Bäumen durch, wartete darauf, die Mauern des Gefängnisses zu erblicken, doch der Weg führte sie nur noch tiefer in den Wald hinein. Es knisterte. Sie hörte ein Schnaufen. Ballte die Fäuste. Dann bemerkte sie, dass sie selbst das Geräusch machte. Endlich kam sie an einen Parkplatz, und wenig später war sie an einer großen Straße. Sie folgte ihr, bis sie das blaue U-Bahn-Schild entdeckte. Auf der Bank am Bahnsteig wartete sie auf die erste Bahn.

54

Wolf stand im Badezimmer vor dem Spiegel und knöpfte sein Hemd zu. Frisch rasiert, sah er noch hagerer aus. Er hatte abgenommen. Er öffnete die Hose, um das Hemd ordentlich reinzustecken. Den Gürtel musste er enger schnallen. Das Jackett fiel locker an ihm herab. Er hatte den Anzug lange nicht mehr angehabt. Das letzte Mal bei der Eröffnung eines Clubs, in dem er die Bar gebaut hatte. Ein Brandloch im Ärmel. Er passte nicht mehr. Wolf blickte auf seine Schuhe. Braun, da konnten auch die roten Strümpfe keinen Chic vortäuschen. Ein letzter prüfender Blick in den Spiegel.

Von Weitem sah er Susann aufrecht vor dem unauffälligen Eingang des Altbaus stehen. Die Fassade war hellgrün getüncht, mit ungelenken Schriftzügen beschmiert. Es sah eher wie ein Wohngebäude als wie das Jugendamt aus. Nur das Messingschild am Eingang deutete auf sein Gewicht hin. Ihre Finger hielten sich an einer Zigarette fest. Mit der anderen Hand umklammerte Susann den Arm eines Mannes. Brille. Anzug. Ein ernstes Gesicht. Auch sie hatte sich zurecht gemacht. Susann trug ein dunkelblaues Kostüm mit passenden hohen Schuhen. Sie sah verkleidet aus und doch auch irgendwie nicht. Sie war älter geworden. Feine Fältchen hatten sich in ihr Gesicht gegraben. Das lange gelbblonde Haar wie früher.

Er trat auf sie zu. Unsicher, distanziert. Er wusste nicht, ob er sie umarmen sollte. Deswegen sagte er nur: »Susann.«

Nur noch der Hauch der tätowierten Träne neben dem Auge. Sonst deutete nichts auf ihre Vergangenheit hin.

»Wolf.«

Auch sie hielt Abstand, keine Berührung. Ihr Blick verhuscht wie der eines Rehs, jeden Moment bereit, die Flucht zu ergreifen. So wie früher.

»Hast dich nicht verändert.« Ihre Stimme im Gegensatz dazu fest und selbstbewusst. »Das ist mein Mann. Peter.«

Wolf griff nach der Hand, die Peter ihm entgegenstreckte. Ein kräftiger Handschlag. Wortlos, nur ein Nicken. Er hatte nicht mit einem Mann gerechnet. Aber es war gut so, sagte er sich. Agnes würde in eine Familie kommen. Ihre Familie.

»Es tut mir so leid.« Gesenkte Lider. »Ich glaube, sie hatte nicht damit gerechnet, dass sie Geschwister hat.«

»Wovon sprichst du?«

»Ich habe vor fünf Jahren Zwillinge bekommen.«

»Das meine ich nicht«, unterbrach er sie. »Woher weiß sie es?«

»Sie ist bei meiner Mutter aufgetaucht.«

»Wann?«

»Vorgestern.«

Wolf stöhnte auf. Fasste sich mit der Hand an die Stirn. Das Timing denkbar ungünstig. Agnes wollte ihm etwas sagen, er erinnerte sich. Etwas Wichtiges. Erst jetzt wurde es ihm bewusst. Warum nur hatte er sie nicht reden lassen? Die Zeit im Fluss. Die Vergangenheit unabänderlich.

»Hat sie dir nicht davon erzählt?«

»Wann genau war sie bei dir?«

»Am Vormittag, die Kita war geschlossen, und ich wollte die Kinder …«

Er hörte nicht zu. Nur ihre Stimme im Hintergrund. Er griff nach dem Handy, wählte Agnes' Nummer.

»Diese Nummer ist zurzeit nicht erreichbar. Bitte versuchen Sie es später noch einmal …«

Er starrte sein Handy an. Und spürte Susanns Blick. Konnte sie hören, aber verstand sie nicht. Er hatte Agnes gesagt, dass er nicht ihr Vater sei. Sie hatte ihm doch etwas sagen wollen, sei nicht böse, so hatte sie begonnen. Er hätte ihr zuhören müssen, dachte er entsetzt. Er hätte schon viel früher mit ihr sprechen müssen, ihr von dem Brief erzählen sollen. Er hatte alles falsch gemacht.

»Es ist spät.« Susanns Stimme drang zu ihm durch. »Lass uns doch gemeinsam einen Kaffee trinken gehen nach dem Termin.«

»Sie ist danach zu mir gekommen.« Wolf musste reden. Hier draußen. Mit Susann. Es war ihre gemeinsame Tochter. So war es immer gewesen. Oder war es überhaupt jemals so?

»Ich habe ihr gesagt, dass ich nicht ihr leiblicher Vater bin. Dann ist sie weggerannt.«

Er musste sie suchen gehen.

»Warum hast du das getan?«

»Ich wusste nicht, dass sie bei dir war. Ich wollte ihr die Wahrheit sagen. Nur die Wahrheit sagen. Ich habe so viel falsch gemacht in letzter Zeit. Ich wollte einfach eine Sache richtig machen.«

»Aber …«

»Das ist nicht alles.« Er zögerte, er musste es sagen. »Ich habe sie geschlagen, Susann.«

»Was?«

»Ich muss ausgeflippt sein. Ich … ich …«

Er wusste, dass er Susann die ganze Wahrheit erzählen sollte.

»Susann. Ich habe sie geschlagen.«

Sie starrte ihn an. »Aber warum?«

»Ich weiß es nicht. Ich war nicht zu Hause gewesen, ich kam betrunken heim. Ich habe so viel getrunken. Ich war fast immer betrunken in letzter Zeit. Du kannst das Sorgerecht haben. Es ist besser so. Sie soll bei dir wohnen.«

»Wovon sprichst du? Trinkst du noch?«

»Ich habe aufgehört. Ich versuche es. Ich will nicht mehr. Ich bin seit drei Tagen nüchtern. Ich werde in Therapie gehen, mir Hilfe holen. Das ist aber alles keine Entschuldigung. Ich brauche Hilfe. Ich werde mich dem stellen. Die Konsequenzen tragen. Ich werde nicht um das Sorgerecht kämpfen.«

»Aber Wolf, ich will das Sorgerecht nicht, deswegen sind wir heute nicht hier.«

»Nein?«

Wolf schüttelte den Kopf, verstand nicht.

»Ich wollte wieder ein Teil eures Lebens sein. Ich habe mich nicht getraut, mich bei dir zu melden. Ich wollte eine Mediation. Weißt du, wo sie jetzt steckt?«

Wolf zuckte mit den Schultern. »Nein, aber ich könnte es bei ihren Freunden versuchen. Bei Rico.«

»Rico … Worauf wartest du noch?«

»Der Termin.«

»Peter und ich gehen hoch und klären das.« Peter nickte zustimmend.

Sie reichte Wolf eine Karte.

»Hier ist meine Nummer. Ruf mich an, wenn du sie gefunden hast.«

Er drehte sich um, auf der anderen Straßenseite sah er Herbert und Nicole. Schüchtern winkte Nicole ihm zu. Keine Perücke, keine falschen Haare. Ratzekurz waren die

Haare, sie sah schön aus und verletzlich. Er war überrascht, die beiden zu sehen. Er würde eine Therapie anfangen. Würde um Hilfe bitten. Er wollte ein neues Leben beginnen. Aber erst musste er Agnes finden.

55

Am Bahnhof Gesundbrunnen stieg Agnes aus. Die Sonne brannte.

Ein Auto fuhr neben ihr im Schritttempo.

»Agnes, steig ein.«

Sie drehte sich um. Rico saß hinterm Steuer, zu einem lautlosen schnellen Takt schlug er aufs Lenkrad.

»Das ist nicht deine Karre.«

Er lachte schief. Sah irre aus. Pickel im Gesicht, ganz blass und die Pupillen so groß, dass seine sonst so klaren blauen Augen schwarz schienen. Auf dem Rücksitz schlief Bülent.

»Komm. Fahren wir ein bisschen rum.«

»Ich will nicht. Ich muss nach Hause.«

»Willst du einen Schluck?« Er hielt eine Whiskeyflasche aus dem Fenster.

»Bestimmt nicht. Die Bullen kriegen dich, wenn du weiter so scheiß auffällig bist.«

»Was'n los, Agnes? Komm schon her. Lass es uns machen wie früher. Lass uns zusammen abhauen.«

»Ich will nicht mit dir abhauen.«

Rico kam ihr erbärmlich vor. Sie wusste nicht mehr, warum er ihr mal so wichtig war.

»Mit Mickey warst du doch auch unterwegs. Und hey, wir haben ordentlich Drogen im Gepäck. Habt ihr gut gemacht mit dem Heiner.«

Es war ihr egal, dass Bülent geredet hatte. Sie wollte nur nach Hause.

Der Motor war abgesoffen. Sie ließ Rico stehen. Ließ ihr altes Leben zurück. Verfolg mich nicht, du jämmerlicher Pisser.

Agnes lief weiter. Zu ihrem Vater. Sie dachte an Mickey.

Der Müllwagen vor ihr schnaufte. Die Geschäftigkeit der Müllmänner, das Rattern der Mülltonnen, eingehüllt in eine Wolke aus Gestank.

Vor ihr sprang eine schwarze Katze wie eine Erinnerung aus dem Gebüsch. Sie blieb kurz stehen. Sah der Katze hinterher, die auf der anderen Seite in einer Hecke verschwand. Vielleicht war es nicht richtig gewesen. Wiedergutmachen, dachte sie. Sie wollte mehr von Mickey hören.

Hinter sich hörte sie das Aufheulen des Motors. Rico sollte sich verpissen. Nein. Alles war gut. Gleich war sie zu Hause. Zu Hause.

56

Hannah blinzelte in die Sonne. Das Licht knisterte. Sie atmete frische Luft. Ihre Beine weich. Sie steckte den Schlüssel in das Schloss des Müllbunkers. Hievte den Rucksack in den Container. Das tote Tier würde in Müllbergen beerdigt sein.

Sie war verschwitzt, dabei hatte der Tag erst angefangen. Sie sog die Luft ein. Egal, was dieses Mädchen vorhatte, sie hatte sich nicht unterkriegen lassen. Würde sie ansprechen. Vielleicht.

Hannah wollte jetzt zu ihrer Mutter. Der Gedanke war da. Sie würde sich von ihr verabschieden, sie in den Arm nehmen. Vielleicht würde auch ihr Vater da sein. Sie könnten zusammen einen Kaffee trinken gehen.

Hannah überquerte die Straße. Nicht weit entfernt ratterten Mülltonnen über den Gehweg. Sie hatte es noch vor der Müllabfuhr geschafft, dachte sie erleichtert.

Sie sah das Auto nicht.

Sie spürte nur einen heftigen Schub.

Hörte einen Knall.

Und flog.

Eine große Freiheit. Alles war gut. Die Angst war gegangen. Endlich.

Träumte sie?

Sie spürte ihren Körper nicht.

Dann wurde alles hell.

Hell und heller.

Bis sie weiß sah.